Helena Baum

ERST MAL FÜR IMMER

TOSKANA

HELENA BAUM

ERST MAL FÜR IMMER

TOSKANA

Impressum

Cover: indiepublishing.de
Bildnachweis: ©: Helena Baum und bioraven/depositphotos
Lektorat: Elsa Rieger https://www.elsarieger.at/lektorin/
Korrektorat: Mirjam Samira Volgmann und Enya Kummer

Imprint: Independently published

Für meine Berliner Ersatzfamilie:
Miriam, Daniel, Luca und Nelly

Keine Erfahrung ist je umsonst

Vorwort

Eigentlich war der Plan, nur den ersten Teil der Geschichte »Erst mal für immer. Kreta« aufzuschreiben und zu veröffentlichen. Doch wie das so ist mit den Plänen, nie halten sie sich daran. Nach der Veröffentlichung des Kreta-Buches, wie ich es liebevoll nenne, obwohl es erst nach dem ersten Drittel um das Leben auf Kreta geht, habe ich viele Fragen nach einer Fortsetzung bekommen. Je mehr Zeit verging, umso klarer zeichnete sich ab, dass die Geschichte noch nicht zu Ende erzählt ist.

Irgendwo hatte ich mal gelesen, dass Menschen, die die Möglichkeit haben zu reisen, die Verpflichtung hätten, anderen Menschen davon zu erzählen. Diese Aussage und die Tatsache, dass ich selbst unheimlich gerne Biografisches von Menschen lese, die etwas im Leben gewagt haben, ganz egal, ob bedeutende oder öffentlich weniger bekannte Menschen, ließen mich weiterschreiben. Ich kann nicht versprechen, dass das der letzte Teil ist, aber das ist der Plan.

Das Buch ist so geschrieben, dass man den ersten Teil nicht unbedingt gelesen haben muss. Aber wie immer im Leben ist es schöner, die Dinge der Reihe nach zu tun. Sagt eigentlich wer?

Die leise Stimme

Wie ein Esel der Möhre folge ich der leisen Stimme in mir, die unaufhörlich plappert: Das war doch noch nicht alles! Weitermachen! Du wolltest Abenteuer, Freiheit, im Süden leben! Weitermachen! Weitermachen! Weitermachen! Greif nach dem Leben, dem vollen!

Zurück nach Deutschland zu gehen, ist auf einer Skala von zehn (für ja) bis null (für nein) für mich minus zehn. Die letzten Jahre auf Kreta waren ein Beginn, ein Start, aber keinesfalls ein Ende.

Trotz aller anfänglichen Ungewissheiten, was eines Tages aus uns beiden werden wird, sind Tom und ich weiterhin ein Paar, gerne ein Paar. Als wir loszogen, war alles möglich: beste Freunde, Geschäftspartner, eine Affäre. Ja, es gab die stürmischen Zeiten, in denen Reibereien, Endlosdiskussionen und die Asynchronität unserer Energien trennender zwischen uns standen als die verbindende Freude aufeinander. Doch nach all den Stürmen kam jedes Mal zuverlässig die ruhige See.

Nun sind die Würfel gefallen, wir haben uns die Lust aufeinander zurückerobert und starten in einen neuen Abschnitt unseres Auswandererabenteuers. Gemeinsam werden wir die Insel Kreta verlassen und in die grünen Hügel der Toskana ziehen. Manchmal habe ich noch damit zu kämpfen, dass Tom auf Kreta nicht wurzeln konnte. Ich war gezwungen, mich wie zwischen zwei Liebenden zu entscheiden – der Liebe zur Insel mit all dem, was ich mir aufzubauen begonnen habe, oder der Liebe zu Tom.

Wie das Pendel einer alten Standuhr schwinge ich seitdem zwischen dem wohlig-vertrauten Leben auf der Insel und der unbekannten Zukunft in Italien hin und her. Mal überwiegt die Freude auf das Neue, ein anderes Mal die Traurigkeit, von hier wegzugehen. Hin. Her. Hin. Her. Angst-Freude. Traurigkeit-Freude. Freude-Freude. Traurigkeit-Traurigkeit.

Zum Glück dauert der Umzug noch eine Weile, denn noch ist, im September 2016, kein Haus zum Einziehen in Sicht. Weder in der Toskana noch sonst irgendwo. So oder so soll ein Umzug erst zu Beginn des nächsten Jahres stattfinden und das Datum klingt beruhigend weit weg. Ganze sechs Monate in der Zukunft, sodass ich beschließe, unsere Auswanderer- und Liebesgeschichte aufzuschreiben. Später, wenn meine Enkel etwas über die Zeit des Umbruchs in ihrer Familie erfahren wollen, sollen sie es lesen können. Ganz in Ruhe, Zeile für Zeile und nicht nur in ein, zwei Sätzen erzählt bekommen à la: Damals, als ihr beide kurz hintereinander geboren wurdet, wanderte eure Mutter nach Amerika aus und eure Großmutter nach Kreta. Fertig. Punkt. Nein, in diesen Jahren der Veränderung in unserer Familie stecken so viel Mut, Zuversicht und Liebe, dass es wert ist, die ganze Geschichte zu erzählen.

In einem Affenzahn und mit all meiner Leidenschaft für das Geschichtenerzählen sammle ich Informationen über das *Selfpublishing* und *Storytelling*, melde mich in unzähligen Autorengruppen an und auch schnell wieder ab, da mich die vielen Informationen überfordern. Lese Schreibratgeber, durchforste das Internet, lerne alles über Plotten, Spannungsbögen und Nicht-Plotten.

Und eines Tages setze ich mich voller Zuversicht vor eine neue blütenreine Seite an den Laptop und schreibe den ersten

Satz. »Schweißgebadet wache ich auf und ahne, dass etwas ganz und gar nicht stimmt.« Entscheide ohne langes Nachdenken, dass die Geschichte, die ich erzählen werde, mit diesem mulmigen Gefühl, mit dieser Ahnung im Herzen beginnt. Die Worte fließen mir aus den Fingern, überfluten mich regelrecht und nach einigen Kapiteln überlege ich, in welcher Erzählperspektive ich die Geschichte eigentlich schreiben möchte. Mist. Hab ich doch tatsächlich vergessen, darüber nachzudenken.

So lasse ich mich coachen, zahle ein Heidengeld, schreibe nach dem Coaching geduldig alles um und folge der Schreib-Coach-Empfehlung. Rede mit einer anderen Autorin, die ich zufällig kennenlerne, und schreibe wieder alles um.

Schließlich mache ich einen Punkt, zu verwirrend ist diese Flut an Möglichkeiten, und höre auf mein Bauchgefühl, kehre zur allerersten Erzählform zurück, die ich intuitiv gewählt hatte: Ich-Form und Präsens.

»Hast du schon wieder alles gelöscht?« Tom schaut mir über die Schulter, stellt mir einen Kaffee hin und bleibt einen Moment zu lange hinter mir stehen.

Geh weiter, denke ich und warte, ob er es von allein merkt. Nuschle meine Antwort, Klartext will ich jetzt nicht. »Nicht gelöscht, nur umgeschrieben.« Hoffe, dass er die Botschaft versteht. Nichts weiter nachfragt, nicht mit mir redet, nichts von mir will. Einfach weitergeht.

»Nur umgeschrieben«, höre ich ihn deutlich wiederholen, weiß, dass er in seine Tasse pustet und die Augenbrauen anerkennend hochzieht. »Wenn ich früher in der Schule nur eine halbe Seite schreiben musste, war das wie Folter und dann mehrmals umschreiben, das wäre für mich Doppel-Folter. Krass, wie …«

»Tommy! Nicht mit mir reden! Bitte!«, zische ich ihn wie eine Natter an. Himmel! Jedes Mal zwingt er mich, es auszusprechen. »Sonst merkst du doch auch alles«, schiebe ich eine Spur versöhnlicher hinterher.

»Ist ja gut, ist ja gut. Bin schon weg.« Er trollt sich, schnappt seinen Laptop, der auf dem Tisch liegt und setzt sich mir gegenüber auf das kleinere der beiden Sofas.

In den kälteren Monaten haben wir nur diesen einen Raum, in dem wir uns aufhalten können. Jeder richtet sich in seiner Ecke ein und versinkt in dem, was zu tun ist.

Wahrscheinlich plant Tom seine einwöchige Toskanareise im Oktober. Ich beobachte sein konzentriertes Recherche-Gesicht, das schnelle Tippen im Zehn-Finger-System, worum ich ihn beneide, das Nippen am Kaffeebecher mit der Aufschrift *I love Berlin*. Und dann hat er natürlich wieder vergessen, dass er jetzt nicht mit mir reden soll. Ich werde wahnsinnig!

»Ich hab jetzt alle Makler angeschrieben. Guck mal, das Haus ist doch schön, oder?« Völlig selbstvergessen dreht er den Bildschirm zu mir.

Nicht hochschauen, nicht antworten, ermahne ich mich. Vielleicht erinnert er sich. Einen weiteren Moment tu ich so, als würde ich nachdenken. Schaue extrem aufmerksam auf den Bildschirm, dabei bin ich längst abgelenkt. Ungehalten klappe ich den Laptop zu, gebe auf. »Himmel noch mal, jetzt bin ich raus. Zeig schon her.«

Ich schau mir die ausgewählten Mietshäuser an. Der Mietermarkt in Italien gibt nicht so viel her, aber immerhin fünf Häuser mit Garten. Alle Objekte kosten deutlich mehr Miete als in Griechenland, doch weniger als in Deutschland. Zusammen können wir uns die Summe gut leisten, jeder müsste zukünftig vierhundert Euro bezahlen. Im Schnelldurchlauf überschlage ich meine laufenden Kosten. Der größte Betrag ist nach wie vor die Krankenkasse. Doch es wird gehen.

»Das Haus hier ist besonders schön, oder?« Er vergrößert ein Bild und ich erkenne eine sehr einladende Wohnküche mit Sofa und Kamin.

»Oh, wirklich. Es sieht sehr gemütlich aus! Gibt es mehr Bilder?« Ich bleibe an den Fotos hängen und klicke mich durch die anderen, leider lieblos eingestellten Fotos und versuche, mir das Haus vorzustellen. Inzwischen sitzen wir wieder auf einem Sofa, eng aneinandergekuschelt, eine Decke über uns gelegt, den Ärger von vorhin vergessen.

»Das Haus ist auch mein heimlicher Favorit. Bin gespannt. Sorry, für mein Gequatsche. Das ist so neu, dass ich dich nicht ansprechen darf. Ich gelobe Besserung!« Er schwört und überkreuzt zum Beweis Zeige- und Mittelfinger.

»Ich glaube, wir brauchen in Italien ein Zimmer mehr. Du musst dich zurückziehen können. Oder ich. Hier hängen wir viel zu sehr zusammen. Willst du nicht doch mitkommen?« Tom versucht es immer wieder.

»Ich weiß, dass es zu zweit schöner wäre. Aber der Flug in die USA ist schon so lange gebucht und wenn ich zurück bin, landen gleich Klienten und parallel eine Freundin. Zwischendrin noch nach Italien reisen, das ist mir alles zu viel. Ich vertrau dir, du weißt, wonach wir suchen. Du wirst unser Haus finden.«

Er nickt, weiß längst, dass es wirklich nicht anders geht, und wenn wir im Januar oder Februar umziehen wollen, müssen wir loslegen.

»Ist ja nur zur Miete, wenn es uns dort gar nicht gefällt, ziehen wir weiter. Das können wir doch gut.« Tom entspannt sich und gemeinsam reden wir uns in die Zuversicht. Schauen uns die neue Gegend um *Pisa* herum an, finden kleine Filmchen, Fotos und Berichte im Internet und sammeln schon mal ein paar unumstößliche Fakten: Der Weg zum Flughafen wird kürzer sein, der Weg zum Meer länger.

Wochen später ist es dann so weit. Tom ist einige Tage in der Toskana und schaut sich die ausgewählten Mietshäuser an. Er schickt mir von jeder Besichtigung die Fotos. Eine Flut von Bildern lässt mein Handy aufgeregt vibrieren.

Gleich von der ersten Hausbesichtigung, unserem Lieblingshaus, ist er total begeistert. »Leni, das würde dir gefallen, bin ich mir total sicher. An dem Haus steht dein Name.«

»Gefällt es dir denn auch?«, frage ich nach. »Beschreib es.«

»Ja, und wie! Es ist unglaublich idyllisch hier, alles ist grün, das Gelände ist leicht erhöht, ein großer Garten mit vielen Pflanzen und Bäumen, ein Pool, und das Haus hat zwei Kamine und eine Pelletheizung. Wir werden es im Winter warm haben. Und! Du glaubst es nicht! Das, was wir immer gesucht und auf Kreta nicht gefunden haben, gibt es hier auch noch: ein Seminarhaus, ebenfalls hier auf dem Gelände. Hinter dem Mietshaus.« An seiner Stimme lese ich den Grad der Begeisterung ab. Volle Punktzahl.

»Dann schlag zu!«, provoziere ich ihn ein bisschen, denn ich weiß, dass er erst alle anderen Häuser gesehen haben muss, um einen Vergleich zu haben. Niemals würde er so etwas Wichtiges sofort entscheiden.

An der Stelle sind wir so verschieden wie Watte und Beton. Ich bin eine schnelle Entscheiderin, ohne viel Recherche und Vergleich. Wenn es passt, passt es. Tom prüft alles sehr genau. Und manchmal auch sehr lange.

»Du wieder!«, antwortet er in einem Tonfall, als hätte ich vorgeschlagen, er solle das Haus mal schnell abreißen und neue Wände hochziehen, bevor er zurück auf die Insel kommt. Mehr Worte braucht es nicht, wir wissen an der Stelle um unsere Unterschiedlichkeit.

Am Ende der Woche hole ich ihn in *Chania* am Flughafen ab, unsere Entscheidung ist auf das erste Haus gefallen und in meinem Herzen galoppieren ein paar Wildpferde, so aufregend finde ich den Prozess.

Ein »Sag ich doch« kann ich mir dann doch nicht verkneifen und grinse ihn an, als hätten wir gewettet, wer zuerst das neue Haus findet.

»Gut, dass du immer alles weißt, kleine Besserwisserin!«

Gottfroh, so schnell ein Haus gefunden zu haben, fallen wir uns stürmisch in die Arme. Nun bleibt die bange Frage, ob wir es bekommen werden, denn es gibt noch diverse Mitbewerber aus Berlin.

Als uns Marta, die italienische Vermieterin, zusagt, sind wir erleichtert und glücklich. Wir mieten ein Haus in Italien. Yes! Beziehungsweise *si*! *Si*!

Letzter Winter

Anfang November, mitten in der Olivenernte, haben wir uns reichlich mit Olivenholz eingedeckt und unser kleiner Ofen bollert den ganzen Tag fröhlich vor sich hin. Von drei Wintern, die wir hier erleben durften, war nur einer sehr mild, die anderen eiskalt. Im Grunde ist in dieser Zeit nur der untere Raum mit den zwei gegenüberstehenden Sofas im Haus warm zu bekommen und bewohnbar, alle anderen Zimmer schicken wir in den Winterschlaf. Fenster zu, Rollos runter, Betten abgedeckt und vor allem: Türen zu. Das untere Schlafzimmer bleibt zwar auch kalt, doch wir nutzen es tapfer zum Schlafen. Wärmen die Betten mit Wärmflaschen vor und öffnen am Abend die Türen, sodass ein Hauch Wärme in das Schlafzimmer huschen kann.

Die besten Plätze, rund um den wärmenden Ofen, belegen natürlich die Katzen. Wenn wir an ihnen vorbeigehen, tatzen sie abwehrend nach uns, als würden wir ihnen die Plätze streitig machen wollen. Dabei würden wir sie auf keinen Fall verjagen, nur neben ihnen sitzen, in der bollernden Wärme. Ganz dicht. Schon einen Meter vom Ofen entfernt wird es wieder kühler.

Unser letztes Weihnachten auf der Insel verbringen wir mit unseren Freunden Maja und Michael in einer kleinen gemütlichen Taverne in *Ravdoucha*, und Silvester mit denselben Freunden auf traditionell griechische Weise in einer größeren Taverne. Einem riesigen Saal. Das Stimmengewirr der vielen Menschen nimmt mir für einen Moment die Luft, man versteht nicht, was der Nachbar sagt. Wegen des heftigen Unwetters in dieser Nacht fällt immer wieder der Strom aus und die Köche haben alle Hände voll damit zu tun, die Feiernden dennoch mit Essen zu versorgen. Da es um uns herum markerschütternd laut ist, geben wir es nach kurzer Zeit auf, uns zu unterhalten. Hungrig sitzen wir da. Schweigen, beobachten die Menschen und warten, dass der Strom wiederkommt, wir bald essen können, dass es Mitternacht wird.

Manchmal beugt sich einer zum anderen und versucht dennoch, etwas zu sagen. Doch ich höre um mich herum immer nur »Was?«, die Hände wie Trichter an das Ohr gelegt.

Ab und zu ist die Stromversorgung wieder in Ordnung, die Lichter gehen an und noch später funktioniert dann auch der Generator. Die Menschen tanzen nach dem Essen in ausgelassener Stimmung, verabschieden das alte Jahr, warten auf das neue, doch die Ausgelassenheit erreicht uns dieses Mal nicht. Noch vor Mitternacht sind wir wieder zu Hause und stoßen still auf den letzten Jahreswechsel auf Kreta an. Der Hauch Wehmut, der uns seit einiger Zeit umgibt, ist nicht mehr wegzureden. Vielleicht wird er mir helfen, mich in das Schreiben zu vertiefen. Die Geschichte aufs Papier zu bringen, nicht ansprechbar zu sein.

Am nächsten Morgen traue ich meinen Augen nicht. Alles ist zugeschneit. Der Pool, der so dicht am Wohnzimmer gebaut ist, dass er das Zentrum der Terrasse bildet, ist voller Schnee. Alle meine kleinen und großen mediterranen Pflanzen, die ich liebe, hege und pflege, sind mit einer lustigen Schneehaube bedeckt. Der Orangenbaum, die Olivenbäume im hinteren Teil des Gartens, alle Töpfe, die um das Haus herum stehen. Einfach alles. Blitzschnell stehe ich auf, laufe barfuß über die barbarisch kalten Fliesen, schaue aus allen Fenstern und kann es immer noch nicht glauben. Reibe sogar kurz meine Augen, doch alles bleibt weiß. Weiß und lautlos.

»Bist du wahnsinnig! Rennst hier mit nackten Füßen rum. Nicht zu fassen!« Tom hat sich erbarmt und kocht den ersten Kaffee. Genauso schnell, wie ich aufgestanden bin, verschwinde ich wieder unter der noch körperwarmen Bettdecke. Auch er kommt geschwind zurück ins Bett, zwei dampfende Kaffeebecher in den Händen. Ich stopfe uns die Kissen in den Rücken, sodass wir angelehnt an das Bettende ganz in Ruhe aus den Fenstern schauen und dem stillen Treiben folgen können. Als ich meine kalten Füße an Toms Beinen wärmen will, schreit er kurz auf, ehe er es grummelnd zulässt. Ich darf unter seiner Decke bleiben, sein Körper erscheint mir immer mindestens zwei Grad heißblütiger als meiner.

»Wahnsinn, oder?« Toms Stimme klingt wie ein Reibeisen, unbenutzt, noch nicht geölt. Sein Blick wandert zum Fenster, wieder zurück.

Ich nicke. »Schön und unglaublich. So viel Schnee auf der südlichsten Insel Europas.«

Amüsiert beobachten wir die Katzen, die keinen Schnee kennen, allerdings viel zu neugierig sind, um ihn links liegen zu lassen. Mit weit hochgezogenen Pfoten stapfen sie durch die weiße Pracht. Setzen sich immer mal auf einen erhöhten Stein und schauen, was passiert.

Die Bettdecken bis zum Kinn, unterhalten wir uns, salben die Stimmen für den Tag. Beginnen ihn, wie wir ihn gern beginnen, mit einer ersten Tasse Kaffee im Bett.

Später höre ich Tom schimpfen. Er hat den Ofen geheizt, sitzt in eine bunte Decke eingemummelt im Wohnzimmer, den Laptop auf den Knien.

»Oh nein. Was für ein Mist. Das glaube ich jetzt nicht. Lena!«

Ebenfalls in eine Decke gewickelt, setze ich mich zu ihm, doch er schaut nicht mal hoch. »Was ist denn los?«

»Wir können mit unserem griechischen Auto nicht so einfach in Italien rumfahren. Ich lese gerade im Forum, was es dann für Ärger geben kann. Wir, als Deutsche, dürfen nur ein Auto, das in Deutschland gemeldet ist, fahren.«

»Ich denke, es ist Europa. Ist doch egal, wo ich ein Auto kaufe und damit herumfahre, oder?«

»Eben nicht. Das ist typisch Griechenland, dass man hier einfach so ein Auto kaufen kann, ohne gemeldet zu sein. In jedem anderen europäischen Land geht das gar nicht.«

»Dafür liebe ich Griechenland«, motze ich trotzig. »Und was bedeutet das jetzt?«

Toms ernstes Gesicht verheißt nichts Gutes und macht mich ganz wuschig. Bitte keine neuen Stolpersteine. Er nimmt einen Schluck des heißen Kaffees, überhört meine Empörung und antwortet ganz ruhig: »Wir müssen das Auto verkaufen.«

»Nein!«

Wir haben nur wenige Wochen bis zum Umzug und überlegen fieberhaft hin und her, ob es noch eine andere Möglichkeit gibt. Das Auto erst mal mitnehmen und später weitersehen? Ummelden in Deutschland? Anmelden in Italien? Eine Weile damit fahren und es dann später in Griechenland verkaufen? Wir haben tausend Ideen, doch keine überzeugt uns. Das Überführungskennzeichen gilt nicht lange, und als Deutsche dürfen wir das Auto nur nach Deutschland überführen, unser Ziel ist aber Italien.

Die Köpfe rauchen, schade, dass die Diskussionshitze keine Zimmer heizen kann, dann wäre der Raum jetzt noch wärmer.

»Wir kommen nicht drumherum. Ich muss wohl in den sauren Apfel beißen, nach Deutschland fliegen und mit einem ordentlich registrierten deutschen Auto zurückkommen.« Toms tiefer Seufzer, gepaart mit einer Prise Sarkasmus, klingt nach seinem: Keine-Lust-muss-aber-sein-Ende-der-Diskussion.

»Fuck!«, entschlüpft es mir. »Schaffst du das? Schaffen wir das?« Wir nicken uns zu und legen los.

Tom schaut nach günstigen Flügen, Autos, die im Kölner Raum zu verkaufen sind, und plant die Route. Ich schreibe eine Anzeige, telefoniere mit Freunden auf der Insel, ob jemand jemanden kennt, der ein Auto braucht. Möglichst schnell. Setze es in die Kretagruppen und dann liegt die Lösung so nah.

Meine Freundin Sonja, die nur wenige Minuten von uns weg in *Almyrida* wohnt, sagt schlicht, dass sie ein Auto gebrauchen könnte. Wir werden uns über den Preis einig und ein bisschen freue ich mich, dass etwas von mir bei Sonja bleibt. Die griechische Bürokratie legt uns noch ein paar Steinchen in den Weg. Die Behörde wundert sich, dass eine deutsche Frau der anderen ein griechisches Auto verkauft. Wir werden von A nach B geschickt, dann wieder zurück nach A. Irgendwann kommt Kostas, Sonjas griechischer Mann, dazu und hilft, Klarheit zu schaffen.

Inzwischen ist Tom in Köln gelandet. Wir bleiben täglich im Kontakt. Er muss ein Auto finden, auch wenn es völlig gegen seine Natur ist, in diesem Tempo und ohne ausreichende Recherche eins zu kaufen. Er muss!

Ich rede mir den Mund fusselig. »Es soll uns nur von A nach B bringen, nichts ist für immer, wir können es wieder verkaufen. Aber wir müssen erst mal von der Insel wegkommen.«

Sein Widerwillen springt über all die Kilometer hinweg zu mir. Ich kann mir sein Gesicht vorstellen, die Falte zwischen den Augen, den ernsten Zug um den Mund. Doch ich weiß auch, dass er mir zustimmt. Der neue Mietvertrag läuft schon, wir zahlen doppelte Miete. Wir brauchen ein Auto.

Am Abend das Aufatmen, aufgeregt ruft er an.

»Leni! Geschafft! Ich kann es nicht glauben, aber ich habe ein Auto gefunden, alles erledigt. Dann mache ich mich mal auf den Rückweg.«

»Gott sei Dank!« Ich schicke den Dankesgruß in den Himmel. Jetzt muss Tom nur noch heil zurückkommen. Überall auf der Strecke schneit es wie verrückt, immerhin ist es Januar und tiefster Winter. Ich packe in der Zeit unsere Sachen in Kisten, schmeiße weg, verschenke. Es erinnert mich an den Umzug meiner Tochter im Herbst. Meine Hände sortieren nur noch nach: Kommt mit ins neue Leben oder kann weg.

Unsere Geschichte habe ich inzwischen zu Ende geschrieben. Meine Tochter Klara hat den Titel gefunden.

Sie erzählte mir, dass Freunde sie oft fragen, wie lange sie denn nun eigentlich in Amerika bleiben würde, und ihre Antwort ist stets: »Erst mal für immer.«

Der Titel gefällt mir sofort. Die Geschichte ist im Korrektorat und bei Testlesern. Das erste Mal, dass Fremde die Geschichte lesen. Ich bin wahnsinnig gespannt, was sie sagen werden, mir ist richtig flau im Magen. Auch die Suche nach einem Coverdesigner und jemandem, der mir den Buchsatz macht, geht reibungslos vonstatten.

Unruhig und besorgt beobachte ich den Wetterbericht, habe schon länger nichts von Tom gehört. Stürme, Neuschnee, Kälte. Er müsste jetzt auf der ersten Fähre von *Ancona* nach *Patras* sein. Eigentlich gibt's doch dort WLAN. Ich versuche erneut, ihn zu erreichen. Nichts. Hoffentlich ist alles gut.

»Lena, gut, dass ich dich erwische! Bin ich froh, dass ich noch lebe. Diese Fährüberfahrt von *Ancona* nach *Patras* war ein Höllentrip. Das Schiff war nur am Schaukeln, meterhohe Wellen. Sowas habe ich noch niemals erlebt! Doch jetzt sind hier zirka zwanzig Zentimeter Schnee, um die Null Grad. Es schneit und schneit, alles steckt fest. Ein Transporter steht quer. Nichts geht mehr. Ein griechischer Bauer neben mir sagte, alle stellen sich hier an, da, wo er herkommt, liegt über ein Meter Neuschnee. Kannst du mir eine Übernachtung in *Piräus* buchen? Hab hier kaum Netz. Bis *Piräus* schaffe ich es, aber die nächste Fähre auf gar keinen Fall.« Aufatmen, alles sprudelt aus ihm heraus. Ich höre nur zu. Registriere, dass er erst einen Tag später kommt, aber alles ist im grünen Bereich.

Hektisch suche ich nach einer Übernachtung, buche für ihn ein Zimmer in der Nähe vom Hafen und schicke ihm die Daten.

»Liegt auf Kreta auch noch Schnee?«

»Leider ja, ich bleib lieber zu Hause, zum Glück haben wir reichlich Holz besorgt, ich muss nicht rausgehen. Essen ist auch genug da.«

»Bist du eine Einsiedlerin geworden?«

»Eine Wintereinsiedlerin, die auf ihren Helden wartet, der über die Meere kommt. Mit neuem Fang, während sie den Ofen heizt.« Herrlich blöd albern wir noch ein bisschen herum und wissen, dass unsere Rollenverteilung auch andersherum sein kann. Ich staple das Holz und Tom kocht das Essen.

»Bis ganz bald, Tommy. Knutsch, knutsch. Fahr schön langsam. Wie sieht unser neues Auto eigentlich aus?«

»Schwarz«, ist das Letzte, was ich von ihm höre. Dann gibt sein Handy den Geist auf.

Nach zwei Nächten auf der Fähre und einer Nacht halb im Auto, halb in der Pension kommt er endlich nach Hause. Das Abenteuer Ruck-Zuck-Autokauf können wir abhaken.

Tom ist unendlich müde, schnappt sich die Wärmflasche, die schon vorbereitet ist, und legt sich erschöpft ins Bett. Er schläft bis zum frühen Abend, ohne einen einzigen Mucks von sich zu geben. Ab und zu schaue ich leise nach, ob er noch atmet. Er atmet.

Debütroman

Fertig! Das Cover steht, der Text ist korrigiert, der Buchsatz erledigt. Alle vollendeten Dateien sind in einem Dropbox-Ordner namens *Veröffentlichungen* gespeichert. Mehrzahl! Veröffentlichungen. Ich staune nicht schlecht, der Ordnername suggeriert mir ja schon das Weiterschreiben. Doch worüber? Eins nach dem anderen, ermahne ich mich. Zunächst richte ich mir ein KDP-Konto bei Amazon ein und bin froh, dass es diese Möglichkeit des Veröffentlichens überhaupt gibt. Selfpublisherin, Indie-Autorin, alles liegt in meiner Hand. Die ersten Meinungen von Testlesern waren so positiv, dass ich schon seit einigen Tagen dauerlächelnd über den gepackten Kisten schwebe. Alles, was vor mir liegt, ist ein Klacks. Umzug von Kreta nach Italien mit zwei Katzen. Kein Ding! Ich muss noch die ganze Küche ausräumen. Aber ja doch!

»Worüber freust du dich eigentlich so? Hab ich was verpasst?« Tommy glaubt, dass ich irgendeine gute Nachricht bekommen habe, die er noch nicht kennt.

»Komm mal her.« Aufgeregt klopfe ich auf den Platz neben mir, als würden wir ›Mein rechter, rechter Platz ist frei‹ spielen. »Guck, alle Dateien sind eingestellt. Soll ich?« Aufgewühlt stoppe ich den Zeigefinger vor dem Button *Veröffentlichen* auf meinem Bildschirm. »Soll ich?«

Ganz nah sitzen wir beieinander, näher geht nicht. Immerhin ist es unsere Geschichte, die da in die Welt kommen wird. Kurzer Blickwechsel. Ein Nicken, unisono.

»Los. Drück!« Aufmunternd wandert seine warme Hand in

meinen Rücken, doch drücken muss ich allein. Noch zögere ich, lehne mich zurück, spüre seine warme Handfläche wie eine Heizdecke.

»Was, wenn ich vernichtet werde? Ganz böse Rezensionen bekomme?«

»Das ist dein erstes Buch, ich liebe die Geschichte und die Art, wie du sie erzählst. Deine Testleser mochten sie auch, durch die Bank«, antwortet Tom sehr ernst.

Ich nicke, denke an die zehn Menschen, die mir Sicherheit geben sollten. Zu den ausgewählten gehören acht völlig fremde Leute und zwei aus dem Bekanntenkreis, deren Meinungen ich hoch bewerte. Eine Drehbuchautorin und ein anderer oberkritischer Leserfreund. Am liebsten hätte ich das Manuskript zehn weiteren Menschen gegeben oder zwanzig. Doch irgendwann ist jede Testphase vorbei.

»Gut, gut, dann wappne ich mich mal für alles, was kommen wird und ja, ich weiß doch, die Geschmäcker sind verschieden. Alles kann passieren.«

Ich habe bereits auf den Profilen oder bei Interviews anderer Autoren nachgelesen, wie sie mit schlechten Rezensionen umgehen und lese immer den gleichen Tipp: Prüfen, ob was dran ist, daraus lernen und weiterschreiben. Besser schreiben. Nicht diskutieren, nicht verteidigen, keine Kommentare dazu abliefern. Genauso werde ich es handhaben. Nach einem letzten Blick bei meinen Lieblingsautoren, die alle auch miese Ein-Sterne-Rezensionen bekommen haben, bin ich bereit. Wenn die anderen schaffen, damit umzugehen, schaffe ich das auch. Also los!

»Jetzt!« Abgedrückt. Wie ein Gummiball hüpfe ich hoch, flitze zum Kühlschrank, suche Sekt, Wein oder Raki. Ganz egal was, wir müssen anstoßen. Eine Buchveröffentlichung ist ein besonderer Moment im Leben. Mit einem Glas Prosecco stoßen wir an. Langsam beruhige ich mich wieder.

»Lenchen, du kannst echt stolz auf dich sein, ehrlich!« Ein Kuss landet auf meinem Kopf. Tom kann sich so wunderbar neidlos mitfreuen.

Als das Buch nur wenige Stunden später online ist, habe ich das Gefühl, dass ich die Insel nun verlassen kann. Die Kretajahre und alles Drumherum wurden festgehalten, nichts davon kann mehr verloren gehen.

Am nächsten Morgen habe ich vor, auf einen Kaffeestopp zu Sonja zu fahren, in ihrem wohlig warmen Wohnzimmer zu sitzen und letzte gemeinsame Tage zu genießen. Ich schreibe ihr, dass wir immer noch eingeschneit sind, dass das Auto keine Winterreifen hat und ich mir nicht zutraue, den Berg hinunter und später wieder hochzufahren. Sie kann es nicht glauben, denn sie wohnt nur wenige Autominuten von mir entfernt in *Almyrida,* unten am Meer.

Bei uns gibt es keine einzige Schneeflocke auf dem Boden, tippt sie ins Handy. Ich schicke ihr die Beweisfotos. Alles um mich herum ist wieder unter einer dichten Schneedecke verschwunden. Die Fotos sehen fast aus wie Schneebilder aus der Schweiz.

»Das ist ja unglaublich.« Kurzerhand haben wir zum Telefon gegriffen. »Vielleicht ist es nachmittags wieder besser. Ich bin mit den Kindern hier zu Hause. Pedros Kita hat auch wegen der Wetterverhältnisse geschlossen und Anna ist ein bisschen krank. Aber komm, wenn es irgendwie geht, wir haben nur noch eine Woche. Wir müssen jeden Tag nutzen.«

Ja, denke ich seufzend, du wirst mir fehlen, Sonja.

Entschlossen heize ich den kleinen Ofen und versuche, den unteren Teil des Hauses warm zu bekommen. Den Zugang zur oberen Etage haben wir inzwischen provisorisch mit einem dicken Vorhang abgetrennt. Die Katzen spielen mit Vorliebe darin Verstecken, krallen sich im Stoff fest, schaukeln wild hin und her und jedes Mal fürchte ich, dass unser Konstrukt mit einem Ruck herunterkrachen wird. Immer wieder waten sie wie die Störche durch das weiße Nass, schütteln sich und flitzen blitzschnell zurück ins Haus, um sich erneut hinter dem dicken Vorhang zu verstecken. Noch wissen sie nichts von der bevorstehenden Überfahrt nach Italien. Tiere bewegen sich so wunderbar in der Gegenwart, was schert sie der Plan der Menschen von morgen? Wenn es so weit ist, werden sie sich schon irgendwie arrangieren. Unsere Katzen haben inzwischen ordentliche Katzenpässe, gültig europaweit. Sie sind gechipt und geimpft. Wir überlegen sogar kurz, Billy mitzunehmen. Den roten Nachbarskater, der so schön mit unseren Katzen spielt, Billy, den wir schon fast adoptiert haben. Unsere Nachbarn hätten nichts dagegen, wie wir wissen. Streunende Katzen gibt es auf der Insel genug und Billy ist ein sehr autonomer Kater, der sich nicht so an Menschen hängt. Wir überlegen, entscheiden uns dann aber dagegen. Schon mit zwei Tieren wird die Überfahrt eine Strapaze für uns alle werden. Vielleicht bringen Jacky und Terry uns den Kater irgendwann. Vielleicht. Irgendwann.

Nach einem Telefonat mit meiner Tochter Klara in Portland schwappt ihre Sorge zu mir. Die USA hat gewählt und der neue Präsident Trump verhängt als eine seiner ersten Aktionen Einreiseverbote für Menschen aus muslimischen Ländern, egal, ob sie im Besitz einer gültigen Greencard sind oder nicht. Klara ist beunruhigt, wie schnell alles anders sein könnte, wie machtvoll Macht sein kann. Sollte er für alle Greencard-Inhaber per Dekret entscheiden, dass sie zum Beispiel für neunzig Tage nicht arbeiten können, war's das mit ihrem Job, dem Haus, dem Leben in Portland. Ganz egal, aus welchem Land sie kommt.

Wir beruhigen uns gegenseitig, hoffen, dass es nicht so weit kommt und verfolgen das politische Geschehen in den USA. Manchmal kann ich es kaum glauben, dass aus meiner Tochter, meinem Mädchen, diese erwachsene wunderbare Frau geworden ist.

Auf nach Italien

Wenn ich den Blick durch unser Kreta-Haus schweifen lasse, sehe ich nur Chaos und Häufchen von den Sachen, die noch nicht sortiert sind oder ordentlich verpackte und gestapelte Kisten mit Aufschriften, was sie beinhalten. Immerhin befinde ich mich auf der Zielgeraden, und das, was noch zu tun ist, klingt machbar. Tom, der mir helfen will, ist keine Hilfe.

»Nein, nicht in die Kiste. Das soll später in das Arbeitszimmer. Die andere!«

Schockgefroren bleibt er stehen. Himmel, ich muss ein wenig hysterisch auf ihn wirken. Ergeben drückt er mir die Box mit den Schreibutensilien in die Hand.

»Sorry. Übertreibe ich?«, frage ich stöhnend und schwitzend.

»Alles gut. Ich erkenne ihn zwar nicht, aber ich glaube, du hast einen Plan. Dann mach ich mal die zwei Kammern draußen leer.«

»Stimmt, die gibt es ja auch noch. Da kann ganz viel weggeschmissen werden.« Mist, weiß er, was wegkann? Oder mach ich es lieber selber? Abgeben, befehle ich mir. Ist doch nicht so wichtig, Hauptsache wir packen.

Irgendwann ist die letzte Kiste gepackt, Schränke und Zimmer sind ausgeräumt und es kann losgehen.

Am nächsten Morgen kommt der Transporter, der unseren Krimskrams von Kreta nach Italien bringen wird, am selben Abend des 11. Februar 2017 werden wir mit dem neuen Auto und den Katzen an Bord in den Bauch der Fähre gleiten. Überrascht, was sich in den letzten drei Jahren bereits wieder angesammelt hat, trotzen wir dem nasskalten Wetter und laden den ganzen Vormittag ein. Einige Freunde helfen uns und obwohl ich die meiste Zeit versuche, das lautstarke Fluchen des Fahrers auszublenden, sinkt meine Laune halbstündlich tiefer und tiefer.

»Das passt nicht. Nie im Leben geht das alles mit. Die Pflanzen auch? Ach, du Scheiße!« Am Gefrierpunkt meiner Leidensfähigkeit angekommen, greift Tom ein. Redet vermittelnd und guter Dinge auf den Fahrer ein, überzeugt ihn, dass das schon passen wird, und beide Männer geben ihr Bestes, die Dame des Hauses nicht weiter zu frustrieren.

Der Wind peitscht von allen Seiten, unsere Freunde, längst bis auf die Haut durchnässt, packen furchtlos an und am Ende bleiben hauptsächlich große Pflanzen übrig, die ich schweren Herzens auf der Insel lassen muss. Der Transporter fährt los und wir schauen ihm so lange nach, bis wir die Bremslichter nicht mehr sehen.

Völlig erledigt widmen wir uns am Nachmittag dem Hausputz und dem Packen des Volvos für die zweitägige Reise. Es wird gewischt, geschrubbt, blankgeputzt. Zwischendurch essen wir Kleinigkeiten, die der Kühlschrank noch hergibt, packen den Proviantkorb für die Reise und behalten die Katzen im Blick. Meine Angst, dass sie sich verstecken, den Braten riechen und am Abend nicht zu finden sein werden, setzt mir zu. Doch ich habe sie die ganze Zeit im Visier, Umzug hin oder her. Mal sehe ich sie bei den Nachbarn, mal gegenüber im Olivenhain. Erst als alle Helfer gegangen sind, wir uns schulterklopfend verabschiedet haben, kommen sie zurück zum Haus. Wir füttern sie ein letztes Mal und jagen sie anschließend spielerisch durch den Garten, damit sie schön müde werden. Sie ahnen immer noch nicht, dass sie gleich für eine lange Zeit in ihre Boxen müssen.

Fertig. Fix und fertig. Die Tiere und der Rest unserer Sachen sind im Auto verstaut. Die Schlüssel an Jacky und Terry übergeben, die Handys geladen. Da wir uns schon sehr lange häppchenweise verabschiedet haben, fällt das Bye-bye-Sagen mit unseren englischen Nachbarn eher knapp aus. Das Wetter lädt auch nicht dazu ein, lange am Zaun zu stehen. Es windet, es regnet wieder und irgendwo grollt ein Donner. Und doch, ein ganz kleines Bisschen mehr Abschiedsdrama wäre schön gewesen.

Das schale Gefühl erinnert mich an den Abschied aus Berlin, den emotionalen Rückzug meiner Freundinnen, verbunden mit dem latenten Vorwurf, was für eine bodenlose Frechheit es ist, einfach wegzugehen. Einfach weiterzuziehen.

Als wir abfahrtsbereit sind, ruft Sonja mit belegter Stimme an und fragt, ob wir unterwegs zur Fähre nach *Souda* kurz bei ihnen halten können. Kostas und sie wollen sich von uns verabschieden, ein letztes Mal umarmen.

Wir steigen ins Auto, schließen die Türen und die Katzen fangen direkt ihr Gejaule an. Ohne uns noch einmal umzudrehen, fahren wir los. Im Geiste schicke ich einen Gruß zu Girlie, unserem Katzenmädchen, das wir im Olivenhain gegenüber vom Haus begraben haben. Beide schlucken wir alle Empfindungen weg, ich sehe Toms Adamsapfel hervortreten. Ruhig nimmt er meine Hand und fährt uns einhändig den kurvenreichen Weg bis nach *Almyrida.*

»Girlie ist immer bei uns«, höre ich ihn sagen. »Glaub mir.«

Ich glaube ihm. Im Rückspiegel lasse ich *Kambia* verschwinden, den winzigen Ort, in dem wir lange gelebt haben, und nach der letzten Kurve richte ich den Blick nach vorn. Vor Kostas und Sonjas Haus halten wir, lassen die Scheinwerfer an, denn viel Zeit bleibt uns nicht.

Der Abschied ist mit Abstand der tränenreichste am heutigen Tag. Wortkarg liegen wir uns in den Armen, versprechen, in Kontakt zu bleiben.

»Wirklich!« Sonja schaut mich klar und ungeschützt an. »Nicht nur so dahinsagen!«

»Wirklich!«, verspreche ich und meine es genau so.

Beim Einsteigen reicht sie ein Essenspaket durchs Fenster. »Abendbrot, für die Fähre«, bringt sie gerade noch so heraus, ehe die Tränen kullern.

Kostas, der Verrückte, hat doch tatsächlich für uns gekocht, die Wärme des Essens heizt meinen Schoß, auf dem die Tüte gelandet ist. Wieder winken, Tränen verdrücken, weiter geht es.

Eine gute halbe Stunde später sind wir auf der Fähre, öffnen die Katzenboxen in unserer Kabine, in denen Tiere erlaubt sind und stellen uns auf die ersten neun Stunden Überfahrt bis nach *Piräus* ein. Kokko, der rothaarige Kater, krabbelt sofort aus seiner Box. Beschnuppert neugierig die Kabine und macht es sich dann auf Toms Schoß bequem. Django ist ängstlicher und verkriecht sich schnurstracks unter dem Bett.

Nachdem die Fähre abgelegt hat, schnappen wir uns den Proviant, denn dem Duft von Kostas Essen können wir keine Sekunde länger widerstehen. Wie Schulkinder, die das erste Mal in ein Ferienlager fahren, futtern wir gierig alles auf, was für eine lange Reise reichen sollte.

Die beiden Freunde haben an alles gedacht. Warme Hauptspeise, kleines Dessert, Trinkbeutel, Besteck und Servietten.

Ganz gerührt schauen wir nach rechts, dahin, wo *Almyrida* liegt. Dahin, wo der Balkon ihrer Wohnung ist. Ich weiß, dass Sonja dort sitzt. Schaue noch ein letztes Mal in die Richtung, wo wir die letzten Jahre gelebt haben.

Viele Monate später, als ich Sonja auf Kreta besuche, zeigt sie mir ein Foto mit der beleuchteten Fähre. Von ihrem Balkon aus hat sie den Schiffsverkehr gut im Blick, weiß, wann welche Fähre wo an- und ablegt.

»Das war eure Fähre, Leni. Es war so traurig zu wissen, dass ihr da drin seid und nicht wiederkommen werdet.«

Am Morgen kommen wir in *Piräus* an, fahren gemütlich weiter nach *Patras*, die Katzen sind wieder in ihren Boxen verstaut und schimpfen. Sie haben nur wenig gefressen und getrunken, alles ist viel zu neu, zu aufregend und scheint ihnen Angst zu machen. In *Patras* suchen wir uns einen schattigen Parkplatz in Hafennähe, animieren die Katzen, sich zu bewegen, was nur mäßig gelingt. Django hat sich in die hinterste Ecke seiner Box verkrochen und will in Ruhe gelassen werden. Behutsam decke ich seine Box mit einem leichten Tuch ab und rede beruhigend auf ihn ein. Kokko turnt im Fußraum auf der Fahrerseite herum, dabei dachten wir immer, Django wäre der Mutigere der beiden.

Am frühen Abend checken wir auf der zweiten Fähre ein. Verbringen den Abend, die Nacht, den nächsten Morgen und einen weiteren Tag auf dem Schiff. Zäh vergehen die Minuten, noch zäher die Stunden. Doch irgendwann hat auch diese Reise ein Ende.

In den Abendstunden erreichen wir den Hafen von *Ancona*. Strecken uns, bewegen die vom Ausharren starr gewordenen

Körper und packen alles zusammen. Freuen uns, wieder Festland unter den Füßen zu spüren und lassen die unendlichen Stunden auf dem Wasser und auch die Jahre auf der Insel hinter uns.

Italien. Bella Italia, wir sind da. Nur noch vier Autostunden trennen uns von unserem neuen Zuhause. Die Euphorie des Aufbruchs kann ich nicht mehr entdecken, wir sind geschlaucht. Der Umzug und die Überfahrt sitzen uns in den Knochen. Ankommen, denken wir übereinstimmend. Wir wollen nur noch ankommen.

Piccola casa

Tom verpasst die richtige Abfahrt und ich sehe ihm an, dass er sich vor Wut selbst in die Faust beißen, den Kopf auf das Lenkrad donnern könnte.

Zu erschöpft, um zu nörgeln, wiederhole ich mantramäßig immer nur dieselbe Botschaft: »Ist nicht so schlimm. Auf die halbe Stunde mehr kommt es nun auch nicht an. Ist nicht so schlimm. Wirklich. Einfach fahren. Ist nicht schlimm.«

Inzwischen ist es kurz vor Mitternacht, am 13.2.2017. Seit zwei Tagen und zwei Nächten sind wir unterwegs. Der Körper wird nur noch mitgeschleift, das Gehirn ist auf das Ziel programmiert und jegliche Gefühle sind ausgeschaltet. Das Haus, das wir gleich beziehen werden, kenne ich nur von Bildern. Alle meine Freunde haben die Hände über dem Kopf zusammengeschlagen, manche erbost, manche irritiert, manche amüsiert. Das würden sie nie im Leben tun. Niemals. Männer schauen ein Haus schließlich ganz anders an als Frauen. »Na, hoffentlich passt das«, war noch das Harmloseste, was ich zu hören bekam.

Doch mein Vertrauen in Tom ist endloser als das Meer, das uns auf Kreta umgeben hat. Er weiß, was uns beiden gefällt und wenn nicht: Es ist nur zur Miete, dann schauen wir vor Ort eben weiter.

Je näher wir *Lorenzana* und dem neuen Haus kommen, umso aufgeregter wird er. »Hoffentlich gefällt es dir. Es liegt sehr versteckt. Das zweite Haus ist ein Seminarhaus, das, was wir immer gesucht haben.« Er wiederholt, was ich alles schon weiß.

»Tommyschatz, alles ist gut. Egal, was für ein kleines Hexenhaus ich gleich sehen werde, glaub mir, ich werde es sowas von lieben.« Nach einer kleinen Pause schaue ich ihn amüsiert an. Seine Finger umkrampfen das Lenkrad, seine Kiefer mahlen. Normalerweise versteht er meine Späßchen und in Erwartung dessen ergänze ich: »Wenigstens für heute Nacht.«

Erschrocken dreht er den Kopf zu mir, fährt fast gegen eine Mülltonne und nuschelt: »Mist! An der Mülltonne rechts!«, schafft die Kurve gerade so und die Scheinwerfer des Autos beleuchten eine typisch toskanische Auffahrt, eine wunderschöne Zypressenallee.

»Wow, wie in den Toskana-Filmen.« Was ich sage, meine ich und endlich lächelt er. Die Katzen in ihren Boxen schimpfen um die Wette. Hört der eine auf, fängt der andere an. Als Tommy den Motor abstellt, sind sie plötzlich ganz still. Hoffentlich leben sie noch.

Und still sind auch die erste toskanische Nacht und das Haus, das darauf zu warten scheint, dass wir es endlich in Besitz nehmen. Nur das Scheinwerferlicht hilft uns, überhaupt etwas zu sehen. Der Himmel ist sternenklar, doch den Mond, der uns leuchten könnte, finde ich nicht.

»Erst die Katzen«, sage ich. Wir sind uns einig. Das gegenseitige Kopfnicken untermauert auch im größten Erschöpfungszustand, dass wir ein Team sind. Ganze Sätze haben wir schon lange nicht mehr gesprochen.

Der Schlüssel liegt an der vereinbarten Stelle, jeder schnappt sich eine Katzenbox und auf geht es. Plötzlich ist alle Müdigkeit verflogen. Die Katzen tragen wir nach oben in unser neues Schlafzimmer, schließen alle Türen und öffnen die Transportboxen. Beide huschen sofort unter das große Doppelbett und bleiben zunächst in ihrem Versteck.

Das Haus ist warm, die Betten sind bezogen, der Kühlschrank brummt.

»Wer hat geheizt und die Flasche Wein für uns hingestellt?«, frage ich Tom, der den Kontakt zur Vermieterin gehalten hat.

»Ich denke, das war die Schwester von Marta. Sie lebt in *Lorenzana*. Oder Vanda, die sich normalerweise um das Gästehaus kümmert. Ich weiß es nicht.«

Alles ist liebevoll für uns vorbereitet. Als ich den Kühlschrank öffne, sehe ich ein großes Stück Käse. Wein und Käse, wie nett. Der untere Raum ist möbliert. Vor dem Kamin stehen ein Ecksofa und ein kleiner Tisch. Im gleichen Raum befindet sich die Küche, die Wände sind mit typisch mediterranen Fliesen gefliest, wunderschön. Der große Esstisch aus Holz mit den vier passenden Stühlen trifft genau unseren Geschmack. Neugierig schaue ich, was sich hinter den anderen beiden Türen verbirgt: ein Bad mit Dusche und WC und das kleine Arbeitszimmer. Momentan stehen hier zwei Betten und eine Kommode. Doch ich sehe schon, wie ich es einrichten werde. Die Treppe vom großen Wohn- und Esszimmer führt nach oben in den Schlafraum.

Was ich erkennen kann, gefällt mir auf der Stelle. Sofort checke ich, was ich verändern werde, was bleiben kann, was gar nicht geht und was weggeräumt werden muss.

»Na, meine Innenausstatterin, ich sehe dir an, dass du schon wieder planst und umgestaltest.«

Und dann lege ich los. Sprudelnd erzähle ich ihm, welches Bild wohin kommen wird, dass ich mich darauf freue, bald meine eigenen Sachen aus Berlin abzuholen, endlich wieder mein Geschirr benutzen werde, dass mein rotes Ledersofa, auf das ich so lange gespart habe, ins kleine Zimmer kommen wird, gemeinsam mit der bunten Kommode aus Kreta.

Geduldig hört er noch eine Sekunde zu, bevor er im Tiefschlaf versinkt und kurz davor in seinen Dreitagebart nuschelt: »Leni, du zwitscherst.«

Wie kann er jetzt schlafen!

Umständlich und bemüht leise, um Tom nicht zu stören, krauche ich unters Bett und locke die Katzen, rufe sie, streichle über ihre Köpfe, die ich knapp erreiche. Sie haben sich eng aneinandergekuschelt und schauen mich, wie ich meine, vorwurfsvoll an. Wenn sie sprechen könnten, würden sie wahrscheinlich erbost fragen, was das Ganze soll. War doch schön auf Kreta! Alle Kumpels sind weg, alle vertrauten Gerüche sind weg. Keine Orientierung mehr, wo sind wir eigentlich? Wir sind dagegen!

Schuldbewusst stelle ich ihnen ihr vertrautes Kreta-Futter und frisches Wasser hin, für diese Nacht auch das Katzenklo in das angrenzende Bad. Erst jetzt registriere ich, dass man vom Schlafzimmer durch einen offenen Wandausschnitt in das benachbarte Bad kommt. Eine Badewanne, ein Waschbecken, Toilette, Bidet und keine Tür! Gleich neben unserem Bett. Das ist mal was anderes.

Der obere Raum ist groß und nur eine weitere Tür führt in eine kleine Kammer mit Regalbrettern und einer Kleiderstange. Praktisch, ein Zimmerchen für alles, was wir nicht dauernd brauchen.

Still lege ich mich auf meine Seite des Bettes, Tom atmet tief und gleichmäßig. Sein Gesicht sieht verjüngt und ungeschützt aus. Meistens legt er beim Einschlafen einen Arm quer über den Kopf. So, als müsse er seine Gedanken vor einem bösen Geist schützen. Heute jedoch liegt eine Hand auf seinem Bauch, der sich gleichmäßig hebt und senkt, die andere neben ihm.

Sanft schiebe ich meine Hand in seine, fast unmerklich erwidert er, selbst im Schlaf, meine Berührung. Drückt zurück.

Ohne darüber gesprochen zu haben, waren wir uns einig, wer auf welcher Seite des Bettes schläft. Es fühlt sich stimmig an, als wären wir in unserem vertrauten Bett im *Kambia*-Haus, auf Kreta. Kreta, denke ich noch sehnsüchtig beim Einschlafen, du wirst immer meine Lieblingsinsel bleiben. Immer! Versprochen! Und endlich versinke ich in den wattigen Nebel der Nacht, höre beim Einschlafen die fremden Geräusche des Hauses, Toms ruhigen Atem neben mir und die Stille der Katzen unter unserem Bett. Wie einen Luftballon, den ich in den Himmel fliegen lasse, lasse ich mein geliebtes Kreta los.

Am nächsten Morgen treiben mich der blaue Himmel und die ersten Sonnenstrahlen aus den Federn. Unser Bett steht so, dass wir beim Aufwachen in die Hügel schauen. Drei Fenster und zwei ganz kleine zähle ich, außerdem drei weitere winzige im benachbarten Bad, das nach Norden weggeht. Genug Licht.

Tom schläft immer noch, die Katzen haben sich keinen Millimeter wegbewegt. Sie liegen weiterhin unterm Bett. Als sie meine Schritte hören, recken sie neugierig ihre Köpfe und wagen sich hervor. Ein Schritt vor, zwei Schritte zurück.

»Ich gehe raus«, flüstere ich in Toms Richtung und erwarte höchstens ein zustimmendes Brummen.

Aufgeregt öffne ich die unteren blauen Holztüren und stehe direkt auf der Terrasse mit dem Marmortisch. Welcher Vogel zwitschert schon den ganzen Morgen unermüdlich und was für ein reibendes Geräusch höre ich hinter unserem Schlafzimmer? Als ich um das Haus gehe, sehe ich es. Bambus, riesiger Bambus, in dessen Wipfeln sich die Spatzen wiegen. Noch nie habe ich so einen dichten Bambuswald gesehen. Die Botaniker sagen ja, Bambus wäre Gras, aber das hier sieht eindeutig nach Bäumen aus. Wann immer die Bambusrohre aneinanderreiben, klingt es, als würde jemand einen Sack Kartoffeln über den Boden schleifen und dazwischen gibt es ein Klackern wie beim Roulette, wenn die Kugel über das Rad hüpft, nur lauter. Je nach Windstärke hört es sich immer wieder anders an.

Der dichte Bambuswald schützt uns vor dem hinteren Gebäude, dem großen Gäste- und Seminarhaus mit insgesamt zwölf Betten.

Hier können wir endlich alles vereinen, wovon wir die letzten Jahre geträumt haben: am selben Ort wohnen und arbeiten, weniger reisen. Zusammen einen idyllischen Ort kreieren, einen Auszeit-Ort für die gestressten Städter. Tom bietet seine Meditation an und ich die Seminare mit einem hohen Selbsterfahrungsanteil. Eins nach dem andern, ermahne ich mich wieder. Eins nach dem andern!

Tom, der mir inzwischen gefolgt ist, versucht, in meinem Gesicht zu lesen, beobachtet alle meine Reaktionen. Prüft, ob ich etwas verschweige. Doch was er an mir sieht, stimmt mit dem überein, was ich fühle.

»Ich sehe jetzt erst, dass das Haus gelb angestrichen ist und überall blaue Türen und Fenster hat. Ist mir bei der Besichtigung gar nicht aufgefallen«, höre ich ihn.

»Auf den Fotos im Netz hat man ja auch fast keine Farben erkannt!« Spontan nehme ich seine Hand. »Tommy, entspann dich. Es ist traumhaft hier. Wunderschön. Ich glaube, heute wird ein fantastischer Tag, schau dir den blauen Himmel an. Im Februar!«

Zurück im Haus sehen wir, dass sich die Katzen weiter aus ihrem Versteck vorgewagt haben. Wir lassen sie zunächst im oberen Stockwerk. Doch als sie unsere Stimmen auf der Terrasse hören, maunzen sie herzerweichend am oberen Fenster.

»Komm, lassen wir sie raus. Was soll schon passieren? Sie sind vorsichtig. Ich glaube, sie wollen nur in unserer Nähe und nicht mehr eingesperrt sein.«

Tom öffnet die Tür und gründlich beschnuppern sie das Haus, all das Neue. Bleiben auf der Türschwelle stehen und riechen, die Köpfe nach oben und unten, nach links und rechts drehend, in die Luft. Mit Bedacht wagen sie sich aus dem Haus und stürzen bei dem ersten fremden Geräusch zurück nach oben, unters Bett.

Neuanfang

In vier Tagen werden unsere Utensilien aus Kreta ankommen. Da wir dort nur wenige Möbel gekauft haben, sind es eher Sachen für den Garten, ein Teil meiner Tontöpfe und Pflanzen, die rote Bank, Gartenstühle, Geschirr und Klamotten.

Gleich nach der Ankunft der Fuhre muss Tom leider nach Deutschland abreisen. Seine Tochter braucht ihn in Köln und unsere Kinder haben Vorrang. Immer. Das mussten wir gar nicht besprechen, das ist ein Gesetz.

Den Gedanken an seine Abreise schiebe ich noch weit nach hinten, denn ein wenig gruselt mir davor, an dem neuen Ort ganz allein zu sein. Neben all der Romantik und Schönheit dieses kleinen Hügels müsste ich blind und taub sein, um nicht zu registrieren, wie einsam er liegt. Die nächste Nachbarin ist Vanda, die Frau, die sich um das Gästehaus auf dem Gelände kümmert. Wenn ich von unserem Haus weggehe, auf den angrenzenden Hügel steige, kann ich zumindest das Dach ihres Hauses sehen. Alles ist so fremd. Fürchterlich fremd.

Doch noch ist Tom da und zusammen erkunden wir alle neuen Wege. Wo ist der nächste Ort? *Lorenzana.* Wo ist ein Supermarkt? *Collesalvetti.* Wo der nächste Strand? *Vada.* Euphorisch entdecken wir die Umgebung.

Unser Haus liegt so versteckt, eingebettet in sanfte Hügel, dass wir es selbst kaum finden. Wenn ich auf der Terrasse sitze, schaue ich in Felder, höre einen Traktor in der Ferne. Es zwitschert, summt und zirpt dermaßen, dass ich mich vergewissern muss, welchen Monat wir haben. Es bleibt dabei: Februar. Unglaublich.

Die ganze Toskana erlebe ich bisher wie eine behutsame Umarmung. Die Landschaft hat etwas Einlullendes, Streichelndes. Etwas sehr Beruhigendes und wer jemals daran gezweifelt hat, dass Landschaften eine Auswirkung auf Menschen haben, wird feststellen, dass der Puls auf unserem neuen Platz einen Takt langsamer schlägt als normal.

Während wir uns einrichten, bekomme ich immer wieder Rückmeldungen zu meiner ersten Veröffentlichung. Per Mail, als Rezension, im Messenger oder auch ganz öffentlich auf verschiedenen Social-Media-Plattformen. Ich müsste lügen, wenn ich nicht zugeben würde, wie sehr mich das beflügelt. Die Motivation, weiterzuschreiben, sitzt bereits in den Startlöchern. Doch sie darf noch nicht, es gibt eine Reihenfolge einzuhalten, auch wenn es im Inneren schon sprudelt. Zuerst weiter auspacken, danach Toms Abreise verdauen, anschließend schreiben.

Und dann geht alles ganz schnell. Der Transporter mit unseren Kisten, Kartons und Möbeln aus Kreta kommt an. Die Sonne blendet und lässt uns glauben, dass der Frühling schon in vollem Gange ist. Wir buddeln im Garten, die Kretapflanzen werden im besten Einvernehmen neben die Italienpflanzen gruppiert und ich freue mich, dass alle die Überfahrt überlebt haben. Die Unmengen von Rosmarin und Lavendel, die das Terrassenbeet übernommen haben, stutzen wir, sodass Platz für anderes Blühendes entsteht. Auch im Haus kommen wir voran und bauen uns unser neues Nest. Das Internet funktioniert, selbst ein Fernseher mit deutschen Programmen lockt mich in den Abendstunden vor die Kiste.

Der Wohnraum mit der integrierten Küche lässt mich schmunzeln. Die vorhandenen Gerätschaften sind ein kleiner Kühlschrank, ein Zweiplattenherd und ein Minibackofen. Eher eine Campingküche.

Tom packt die Sachen für seinen Aufenthalt in Köln zusammen und ich schlage mich tapfer, obwohl mir ganz flau im Magen ist. Mit aller Kraft unterdrücke ich das stärker werdende Bauchgrummeln und rede mir unaufhörlich Mut zu: Du warst schon so oft allein, das kannst du gut. Mach's dir schön. Stell dich nicht so an. Komm schon!

Alle Gegenargumente ersticke ich direkt im Keim, spüle sie mit dem *Vino rosso* hinunter, den wir gerade testen. Nicht das kleinste Aber hat eine Chance, gehört zu werden.

»Ich weiß«, sagt Tom bedrückt. »Glaub mir, ich wäre jetzt auch lieber länger hier und würde weiter einräumen, umräumen, die Gegend mit dir entdecken.«

Ich weiß es ja auch. Es geht nicht anders.

Die Katzen bewegen sich mittlerweile sicherer im Haus. Rennen vom ersten Stock nach unten und wieder zurück. Jagen einander, einer springt über den anderen. Wenn sie reden könnten, würden wir wahrscheinlich den ganzen Tag hören: »Gewonnen!« Dann sind sie urplötzlich todmüde, suchen sich einen Schlafplatz, rollen sich zusammen und nicken augenblicklich ein. Unters Bett kriechen sie nur noch bei fremden Geräuschen.

Toms Hände streichen abwechselnd über Kokkos und Djangos Köpfe. Sie liegen wieder dicht beieinander, wie sie es auf Kreta schon lange nicht mehr getan haben. Das Ungewohnte lässt sie erneut zueinanderfinden. »Die beiden werde ich auch vermissen. Wir haben alle zusammen schon ganz schön was erlebt.«

»Das stimmt. Erst ihre Rettung, das Sterben ihrer Schwester und jetzt der Umzug von einem Land ins andere.« Ich blättere in meinem Kalender und bin enttäuscht. »Weißt du überhaupt, dass wir einen fliegenden Wechsel haben werden, wenn du zurückkommst? Du landest sonntags, dann haben wir nur diesen einen Abend zusammen und schon am nächsten Tag muss ich nach Berlin.«

Tom schließt seinen Koffer, lädt das Handy und mit wenigen Worten dehnt er unsere gemeinsame Zeit ein wenig aus. »Leni.« Sanft nimmt er mein Gesicht in die Hände. »Wir werden einen langen Nachmittag haben, den kompletten Abend, die ganze Nacht und dann noch einen kolossalen Vormittag. Und heute haben wir uns auch noch. Komm, lass uns den Abend genießen und nicht an die bevorstehenden Abschiede denken.«

Am nächsten Morgen bringe ich ihn zum Flughafen, *Pisa* ist zum Glück nur eine halbe Stunde von unserem Wohnort entfernt. Ich gehe ein paar Sachen für mich einkaufen und dann bin ich allein. Drei Wochen. Mein Magengrummeln meldet sich mit neuer Wucht zurück.

Einsamkeit, die erste

Eine der Entscheidungen dafür, genau dieses Haus zu mieten, war die wunderbare Tatsache, dass es eine funktionierende Pelletheizung und zwei Kamine gibt. Sollte die Pelletheizung mal nicht funktionieren, könnten wir das Heizen sogar auf Gas umstellen. Auf dem Gelände steht ein unterirdischer Flüssiggastank, jedoch ist Gas hier sehr teuer, weil es in Italien hoch besteuert wird. Das wäre zwar eine kostspielige Variante, aber immerhin ein Plan B, denn über die Jahre haben wir dazugelernt. Kein Haus mehr in Südeuropa ohne funktionierende Heizung! Besonders die Monate vor und nach dem Winter haben es in sich und ich habe gelesen, dass die Nächte in Nord-Italien richtig kalt werden können. So richtig. Deutlich unter null.

Mit Toms Abreise ändert sich auch prompt das Wetter. Es regnet und regnet und regnet. Mal Bindfäden, mal Wasserfälle. Zwischendurch stürmt es heftig und nach dem letzten Sturm ist das Internet tot. Jetzt funktioniert nur noch mein Handy, das mich mit der Außenwelt verbinden könnte. Sicherheitshalber schreibe ich Tom, dass er sich keine Sorgen machen soll, dass ich gerade nicht gut erreichbar bin, da es hier stürmt und regnet. Als ich auf Senden drücken will, sehe ich es: kein Netz. Kein Empfang. Keine Balken. Nichts. *Niente.*

Jetzt wird mir immer mulmiger zumute und bereits in der Dämmerung verriegele ich die schweren Holztüren des Hauses. Eingewickelt in eine dicke Decke verkrieche ich mich auf das Sofa und probiere, ob wenigstens der Fernseher funktioniert. Zuerst schalte ich mit den zwei Fernbedienungen den Receiver, dann den Bildschirm ein. Nichts. Muss es andersherum sein? Erst der Bildschirm, dann der Receiver? Auch nicht. Vielleicht muss er warm laufen, gestern ging er doch noch. Müssen Fernseher warm laufen? Enttäuscht lege ich die Fernbedienungen auf den kleinen Tisch und koche mir eine schnelle Möhrensuppe. Musik, blitzt es in mir auf. Wir brauchen eine kleine Anlage oder eine Box, um der Stille im Haus etwas entgegenzusetzen.

In Gedanken längst woanders, erschrecke ich zu Tode, als ich plötzlich laute deutsche Stimmen in der Küche höre, die heftig miteinander diskutieren. Blitzschnell drehe ich mich um und atme erleichtert auf. Der Fernseher hat sich warm gelaufen.

Draußen peitscht der Bambus in unregelmäßigem Rhythmus aufs Dach. Das Geräusch ist so ungewohnt und bedrohlich, dass ich mich stehenden Fußes zu den Katzen legen könnte, die sich mit angelegten Ohren unters Bett verkrochen haben. In der Ferne dröhnt der Donner, rückt näher und näher. Für eine Sekunde ist es mucksmäuschenstill auf dem Hügel und der Blitz erleuchtet das Haus, als hätte ich aus Versehen zehn Neonröhren in jedem Raum eingeschaltet. Ein ohrenbetäubender Krach lässt erahnen, dass der Blitz ganz in der Nähe eingeschlagen hat. Ganz in der Nähe, nicht bei mir, beruhige ich mich. Nur in der Nähe. Nicht hier.

Als der Strom ausfällt, überkommt mich eine handfeste Panik. Wie soll ich bloß durch die Nacht kommen? Es ist noch nicht mal Mitternacht. Alles um mich herum ist rabenschwarz und ich habe den Eindruck, dass es jede Minute eine Nuance dunkler wird. Ich könnte heulen, doch mein geschärftes Hirn meint kurz und knapp: Kerzen, Streichhölzer, Taschenlampe. Suchen! Jetzt!

Durch das Dunkel des noch fremden Hauses tappend, suche und finde ich Teelichter und ein mickriges Feuerzeug. Der Backsteinboden ist eisig kalt. Ich brauche warme Hausschuhe, notiere ich im Geiste, und einen ganz warmen Schlafanzug. Innen angeraut. Der imaginäre Notizblock wird immer länger. Ich muss das alles aufschreiben, so richtig, mit Stift und Zettel: warme Hausschuhe mit Sohle, angerauter Schlafanzug, Lichterkette, Feuerschale. Noch was?

In einem Schubfach finde ich die Taschenlampe aus Kreta. Kreta, winsle ich lautlos, da hätte ich rüber zu Terry und Jacky geschaut, es hätte mich beruhigt, dass da Menschen wohnen, die ich sehen kann. Selbst wenn ich allein war, war ich nie so allein wie jetzt. Verfluchter Umzug. Verfluchte Angst!

Wie die Katzen flüchte ich nach oben ins Bett, immerhin nicht unters Bett, der Platz ist weiterhin besetzt. Fernsehen kann ich vergessen. Telefonieren kann ich vergessen. Ich zünde alle Teelichter an, die ich gefunden habe. Dafür, dass ich im Inneren des Hauses bin, flackern sie viel zu sehr. Man könnte meinen, ich sitze mitten im Wind, draußen auf der Terrasse. Vorsichtig lege ich die Taschenlampe auf meinen Nachttisch und warte ab. Versuche, die Katzen zu mir zu locken, doch sie bleiben versteckt. Irgendwann wird es aufhören. Irgendwann muss es aufhören. Es kann nicht drei Wochen gewittern. Oder?

Erschrocken beobachte ich, wie es durch die undichten Fenster regnet und auch eine Stelle an der Decke ist leck. Toll. Wind und Regen im Haus. Wieder aufstehen, Schüsseln und Eimer suchen und schnell zurück ins Bett. Am liebsten würde ich Tom anrufen und ihm alles erzählen. Oder meinen anderen Freunden. Maja, Michael, Sonja. Jemandem, der sich kümmert. Die Welt für mich wieder in Ordnung bringt.

Der riesige Bambus peitscht hier oben noch stärker und

furchteinflößender auf das Dach, als ich es unten gehört habe. Mein Herz schlägt bis zur Schädeldecke. Wenn ich wenigstens einen Hund hätte! So einen wie Lucy, in Portland. Oder noch eine gehörige Spur gefährlicher als Lucy.

Irgendwann muss ich eingeschlafen sein. Die Katzen liegen mittlerweile an meinem Fußende, als wollten sie sagen: »Du bist nicht allein, und vor allem: Du brauchst keinen Hund.«

Nach weiteren grauen Regentagen entscheide ich, einen Ausflug mit dem Auto zu machen. Ich muss raus hier, mit jemandem sprechen, Tom sagen, dass ich in Ordnung bin. Etwas einkaufen, wieder normal werden.

Doch schon als ich die Autotür öffne, überkommt mich erneut eine unbekannte Prise Furcht und Panik. In puppenhafter Reglosigkeit sitze ich im Auto. Nur der Geist rattert. Was ist, wenn das Auto stehen bleibt? Wie heißt unsere Adresse? Wen könnte ich anrufen, wenn irgendwas ist? Auf einen Zettel schreibe ich unsere Koordinaten, eine richtige Adresse gibt es nicht. Darunter Vandas Telefonnummer. Irgendwie werde ich mich schon verständlich machen. Wiederholt überprüfe ich mein Handy. Kein Netz. Kein Internet, aber der Strom ist wieder da.

Sobald ich ordentlich angeschnallt im Auto sitze, den Sitz auf mich eingestellt und die Spiegel verändert habe, überlege ich, wo ich hinfahren könnte. Denk nach! Wo hat es dir gefallen? Wo war es schön? Vielleicht gibt es irgendwo ein Café. Oder soll ich doch gleich zum Meer fahren? Das ist zu weit. Oder? Verdammt, ich kann mich nicht entscheiden und halte erst einmal Kurs auf die kleinen Orte in der Nachbarschaft mit den schönen Namen *Laura, Lorenzana, Luciana.* In *Laura, direkt* am Kreisel, gibt es eine große Cafeteria namens *Bar Miama.* Langsam fahre ich daran vorbei und registriere, dass da einige alte

Männer sitzen, die dort in aller Ruhe ihren *Caffé* trinken. Nein, das passt nicht. Keine alten italienischen Männer heute.

Wie ferngesteuert biege ich ab und fahre ohne Umwege nach *Pomaia*. Erinnere mich an den Platz, auf den auch die Mönche in ihren roten Kutten zum Kaffeetrinken gehen und es ist nicht so weit von unserem Haus weg. Falls was ist.

Der kleine Ort *Pomaia* in der Gemeinde *Santa Luce* beheimatet das größte tibetische Kloster in der westlichen Welt, das *Istituto Lama Tzong Khapa*. *Pomaia* ist ein Ort mit internationaler Präsenz und man kann sich hier entweder für kurze oder längere Zeit zurückziehen, um die spirituellen Kurse der weisen Mönche zu studieren. Ich weiß, dass der Dalai Lama hier schon einige Male zu Besuch war und auch der Hollywoodschauspieler Richard Gere, und genau danach sehne ich mich heute, nach internationaler Präsenz. Nach Menschen mit einem friedlichen Geist, nach Weitgereisten, Fremden wie ich, nur mit weniger Angst im Gepäck.

Als ich die kurvige Hauptstraße erreiche, hat sich die Sonne einen Weg durch die Wolken erkämpft. Für einen Moment wirkt alles so, als hätte jemand ein atemberaubend helles Licht angeknipst. Ein warmes Licht, keine Neonröhren. Es blendet so stark, dass ich die Sonnenblende im Auto herunterklappen muss, um die Straße zu erkennen. Das Leben wirkt wieder freundlicher. Wärmer. Italienischer.

Der Blick über die Weite der toskanischen Täler und Hügel nimmt mir für einen Moment die Luft. Alles ist grün, seidig und ineinanderfließend, wie bei Liebenden.

Am Ortseingang in *Pomaia* fahre ich langsamer, suche nach einem Parkplatz und mein Blick bleibt an einer Frau in roter Mönchskutte hängen. Die kurzgeschorenen Haare betonen ihre klaren Augen. Ruhig schauen wir uns für einen Moment an und ich bleibe mitten auf der Straße stehen, so sehr zieht sie mich in ihren Bann. Alles ist gut, lese ich in ihrem gütigen, klaren Gesicht. Alles ist gut. Dann lächelt sie, nickt mir zu, geht weiter und mir ist schlagartig wohler ums Herz. Alles ist gut. Das Leben zieht wieder bei mir ein.

Beherzt parke ich, gehe zum Café und bestelle in astreinem Italienisch: »Un caffé e un cornetti di crema, per favore«, und genieße es, mal wieder meine Stimme zu hören.

Selbst mein Handynetz schlägt fröhlich aus, als wäre es nie anders gewesen. Schnell, bevor alles erneut zusammenbricht, rufe ich Tom an. Man weiß ja nie.

»Lena, endlich! Was ist denn los? Ich hab mir solche Sorgen gemacht. Ich hätte fast unsere Vermieterin kontaktiert, dass sie irgendwas veranlasst, um nachzuschauen, ob alles in Ordnung ist. Marianna heißt sie, oder?«

Einen Hauch zu hysterisch muss ich lachen, da es ihm fast nie gelingt, die richtigen Namen zu behalten. Meistens stimmt nur der Klang oder der Anfangsbuchstabe. Mit dem Lachen schüttle ich die Anspannung der letzten Tage ab. »Marta, sie heißt Marta! Und sie wohnt in Berlin, was hätte sie tun können?« Ich komme kaum dazu, ihm alles zu erzählen. Er schwankt zwischen Erleichterung und Sorge, unterbricht mich immer wieder.

»Alles ist gut jetzt«, beruhige ich ihn. »Ich sitze hier in *Pomaia* und zumindest funktioniert heute das Handynetz. Ich werde das ausnutzen, hier sitzen bleiben und in Ruhe alle Mails beantworten, die eingegangen sind, und ich kümmere mich auch gleich darum, dass ich bald wieder Internet habe. Okay?«

»Gut, und denk an den Mietvertrag. Weißt du, wo du hingehen musst?«

»Ich weiß, das mach ich morgen.«

»Wird Zeit, dass ich zurückkomme. Ich vermisse dich.«
»Dito.«
»Dieter?«
»Quatschkopf, ich vermisse dich auch.«

In den nächsten Tagen entwerfe ich mir eine Art Geländer, um durch die verbleibende einsame Zeit zu kommen. Morgens werde ich meinen ersten Kaffee im warmen Bett trinken, danach füttere ich die Katzen und drehe eine Runde im Garten. Je nach Wetter. Dann das ganze Procedere des Heizens durchlaufen: Pelletofen aufschrauben, aussaugen, Säcke nachfüllen, Ofen starten. Dann warten, ob der Funken anspringt. Falls nicht, alles nochmals von vorn.

Wenn alles funktioniert und die Heizkörper langsam Wärme abgeben, werde ich beginnen, das neue Buch zu schreiben, meinen ersten fiktiven Roman.

Mittags werde ich eine Kleinigkeit kochen, dann muss ich raus, das Haus verlassen. Einkaufen fahren oder neue Plätze entdecken. Hauptsache unter Leute gehen. Nachmittags werde ich weiter das Haus einrichten, Mails beantworten, Coachingtelefonate führen. Die Katzen daran gewöhnen, dass sie rausdürfen und ab zwanzig Uhr ist der Tag geschafft und ich werde den Fernseher anmachen. Inzwischen habe ich mir angewöhnt, ihn schon gegen sieben Uhr einzuschalten, so hat er eine Stunde Zeit, um warm zu laufen, und ich kann gegen acht einen Film sehen. Jedes verdammte Mal erschrecke ich zu Tode, wenn plötzlich jemand hinter mir redet. Gruselig!

Fast habe ich die drei Wochen geschafft. Mein neues Manuskript beschäftigt mich Tag und Nacht. Ich feile an den Figuren, lese erneut Schreibratgeber und probiere verschiedene Erzählperspektiven aus. Stephen Kings Tipp, stur nach vorn zu schreiben und höchstens das letzte Kapitel noch einmal zu lesen, wirkt bei mir wie ein Wunder. Die Rohfassung wächst Seite um Seite und anders, als anfangs gedacht, wird die Geschichte um die drei Freundinnen Romy, Roberta und Florence sehr komplex. Den Roman zu beenden, ist mein anvisiertes Ziel und so, als hätte ich mir Scheuklappen übergezogen, habe ich nur noch das Wörtchen »Ende« vor Augen, nichts anderes. Genau da will ich hin.

Doch heute kommt erst mal Tom zurück. Aufgeregt und mit Herzklopfen, als würde ich zu einem Blind Date fahren, parke ich am Airport. Automatisch wandert meine Hand zum Herzen, als wolle sie verhindern, dass es plötzlich herausspringt. Runterfällt. Kaputtgeht.

Mit der Flut der ankommenden Reisenden schwappt er durch die Flügeltür. Ich entdecke ihn sofort, auch wenn er noch nach mir sucht. Ob er ebenfalls so aufgeregt ist? Dann findet er mich endlich und in sein suchendes Gesicht schleicht sich ein breites Lächeln. Manchmal bin ich dem Leben so dankbar, dass wir uns damals auf Korfu gefunden haben, ohne uns zu suchen. Unbestimmbar, wer von uns beiden breiter grinst, sinke ich in seine Arme und sauge ihn auf. Spüre den vertrauten Körper, seine Wärme, die zwei Grad mehr, seinen Geruch.

Dann genießen wir unseren gemeinsamen Nachmittag, dehnen den Abend, flüstern uns in die Nacht und kämpfen uns am nächsten Morgen aus dem Bett. Reden ohne Punkt und Komma, bis Tom mich den ganzen Weg, zum Flughafen *Pisa*, zurückbringt. Fliegender Wechsel und ich habe das Gefühl, ihm noch gar nicht alles erzählt zu haben.

Klarheiten

»Lass uns später, wenn ich gelandet bin, in Ruhe telefonieren. Das Internet geht wieder und nicht erschrecken, wenn der Fernseher nach einer Stunde einfach so anspringt. Ciao, ciao.« Hektisch schicke ich ihm noch einen letzten Luftkuss und begebe mich schnurstracks durch die Sicherheitskontrolle, um nach Berlin zu fliegen.

Nach den stillen letzten Wochen habe ich nun das Gegenteil vor mir: einen endlosen Marathon an Dingen, die zu erledigen sind. Eine Wohnung, die leergeräumt werden muss. Seminare, die gehalten werden müssen. Einzelklienten, die gehört werden wollen. Für einen Augenblick fühle ich mich wie ein überladener Esel auf einer kretischen Bergtour.

Also. Ärmel hoch und los. Kiste um Kiste packe ich die Berliner Wohnung leer, verschenke und verkaufe die Möbel, die ich nicht mitnehmen werde. Nur das Nötigste oder Schönste soll einen Platz in Italien finden. Sehr bewusst unterbreche ich mit dieser konsequenten Aktion den Zustand des Vorläufigen, des Erst-einmal, des Vielleicht-ja-vielleicht-nein.

Wenn meine liebsten Sachen in Italien sind, die Wohnung leer ist, wohne ich eindeutiger als je zuvor an einem einzigen Ort: Italien. Berlin wird noch entschiedener nur ein Arbeitsort sein.

Tom, der kein Mobiliar mehr besitzt und auch gut damit klarkommt, in möblierten Häusern zu leben, versteht meine Umzugsaktion nicht wirklich, spürt aber, dass es mir wichtig ist und lässt mich machen. Zwischen meiner Orgie des Ausmistens und Packens telefoniere ich immer mal mit ihm, erkläre geduldig die Macken des neuen Hauses, die ich in den letzten Wochen erleben durfte und die veränderten Gewohnheiten der Katzen. Tja, ich kenne mich auf unserem Hügel aus.

Nach dem letzten dreitägigen Seminar auf dem Land fahre ich mit David, meinem Freund und Kollegen, zurück nach Berlin. Da ich Beifahrerin bin und wir der sättigenden Fülle der letzten drei Seminartage eher mit zufriedenem Schweigen begegnen, lese ich die neuesten Nachrichten auf meinem Handy.

Oh, ein langer Text von Klara. Irgendwas ist passiert, sonst würde sie nicht so viel schreiben. Viel zu aufgeregt lese ich ihre Worte, dann noch einmal. Wort für Wort. Jakob, inzwischen fast drei Jahre alt, war zur Evaluation seiner Sprachfähigkeit und insgesamt gäbe es Gründe zur Annahme, dass er sich im autistischen Spektrum bewegt, lese ich. Was? Was heißt das? Ist mein Enkel autistisch?

Ohne zu zögern, wähle ich Klaras Nummer. Ignoriere das schlechte Internet auf dem Land, ignoriere die neun Stunden Zeitverschiebung, die Kosten sowieso. Komm schon! Verbinde mich! Während die Verbindung aufgebaut wird, rechne ich doch die neun Stunden zurück. In Portland ist es sechs Uhr morgens, eigentlich zu früh für alles und erst recht für solche Gespräche. Ist sie schon wach? Wecke ich das ganze Haus auf? Allerdings hat sie mir mitten in der Nacht eine Nachricht geschickt. Komm schon!

»Was ist los?«, fragt David, während ich darauf warte, dass sie abnimmt.

»Ich muss Klara anrufen. Jakob scheint autistisch zu sein. Ich muss wissen, was los ist.«

Bevor er etwas antworten kann, geht sie ran. Dann erzählt sie mir von dem Test, der Sorge und auch der Erleichterung, dass alles, was sie sich an Jakobs Verhalten nicht erklären konnte, nun endlich einen Namen hat. Rückblickend würde alles einen Sinn ergeben.

»Ich glaube nicht, dass es eine schwere Form von Autismus ist. Er kuschelt gern, hält Augenkontakt. Das spricht dagegen. Doch es gibt auch vieles, was dafür spricht. Sein Weglaufen, sein Nicht-Reagieren auf unsere Mimik, auch wenn es ganz ernst ist, sein Abkapseln und Abtauchen, sodass er kaum erreichbar ist.« Sie erzählt mir alles, was sie weiß und ihre Stimme schwankt zwischen Hoffnung, Erleichterung und Sorge. »Wenn die Diagnose bei weiteren Tests bestätigt wird, bekommt er frühkindliche Entwicklungshilfe, die vom Staat bezahlt wird«, beendet sie ihren Bericht.

»Und ihr beide, wie ist das für dich und Sam?«, frage ich weiter.

»Ich bin erleichtert, weil ich nun weiß, dass sein Gehirn einfach anders funktioniert und er Zugang zu Ressourcen bekommen wird. Sam hatte zuerst mehr Abwehr als ich, aber wir arrangieren uns damit. Jakob ist Jakob, das Label ändert nichts daran, wer er ist.«

Gelöster als vor zehn Minuten atme ich aus. »Mensch, Klara. Ihr macht das echt gut und seid wieder so schnell. Schnell, die neuen Infos zu integrieren und Hilfe anzunehmen. Hut ab.«

Gefüllt mit neuen Informationen lege ich auf und nehme mir vor, alles über Autismus zu lesen, was mir in die Finger kommt. Als ich David anschaue, sehe ich, dass er schluckt. Sein Mund zuckt.

»Was ist?«, frage ich.

»Ich hab ja nur deine Antworten gehört. Aber allein, dass du so etwas sagst, wie: Ihr macht das gut. Das berührt mich sehr. Ich hätte mir so gewünscht, diesen Satz einmal von meiner

Mutter oder gar meinem Vater zu hören. So ein schlichter Satz von einer Mutter zu ihrem Kind und so wohltuend. Selbst, wenn ich ihn nur stellvertretend gehört habe.« Seine Worte wirken nach und für einen Moment sind wir ganz still, die Augen auf die Autobahn gerichtet.

»Wir machen es einfach besser als unsere Eltern. Du doch auch.« Dann reden wir über das riesige Spektrum autistischer Störungen, die vielen Grauzonen und Untergruppen und das Nichtwissen, wohin mein Enkel sich entwickeln wird.

Völlig gerädert kommen wir nach fast drei Stunden Autofahrt in Berlin an. Viel Zeit zum Grübeln bleibt mir nicht, der Umzugstermin steht wie ein Betonpfeiler in der Landschaft. Unverrückbar, und ich mache weiter. Nehme jedes Teil in die Hände und entscheide in Sekundenschnelle: Kommt mit, kann weg. Kommt mit, kann weg.

Mein Freund Jan, der immer noch im asiatischen Raum lebt, kommt zu seinem jährlichen Besuch nach Berlin und hilft mir, wo er nur kann. Tom muss die Stellung in Italien halten, das ist der Nachteil, wenn man Katzen und keine Nachbarn hat, einer muss immer vor Ort sein. Genau am Umzugstag muss ich ein Seminar in Berlin leiten und Jan wuppt den Umzug in seiner stoischen Ruhe, als hätte ich ihn lediglich darum gebeten, für heute Abend Pizza statt Pasta zu bestellen.

»Denk an den Keller, alles muss raus.«

»Geht klar.«

»Die eine Bücherkiste muss noch zum Antiquariat, als Spende.«

»Geht klar.«

»Und«, er schiebt mich einfach aus der Tür, »Leni, ich weiß, die Wohnung soll leer sein, der Keller auch. Ciao, Bella. Nun schwirr ab.«

Am Abend dieses Tages sind wir beide schachmatt und könnten auf der Stelle einschlafen. Das Bett und zwei einzelne Matratzen bleiben für die Untermieterin in der Wohnung.

»Setz dich.« Mit einer ausladenden Geste zeigt er auf die beiden Klappstühle, die morgen früh noch in den Keller gestellt werden müssen. Die Fensterbank ist unser Tisch, das Teelicht ersetzt die Lampe.

»Ich hab es uns mal gemütlich gemacht. Lass uns anstoßen. Die Wohnung ist leer, der Keller ist leer. Morgen geht's nach Italien. Prost auf das Neue, Lena! Auf alles, was kommt!«

»Mein Kopf ist noch nicht so schön leer wie die Wohnung und der Keller. Dauert sicher noch ein paar Tage. Aber ehrlich, Janni, danke für alles. Ohne dich hätte ich es nicht geschafft.« Die Gläser klirren dumpf beim Anstoßen. Es sind alte Senfgläser, die in den Müll gehören, ehe wir abreisen. Ach ja, der Müll muss weg. Mein Kopf kommt nicht zur Ruhe, registriert auf einer imaginären Liste alles, was noch zu tun ist.

Nach einer unruhigen Nacht genieße ich am nächsten Morgen die Geräuschlosigkeit in der Wohnung, verabschiede mich von jedem Raum einzeln und erinnere mich an die Zeit, als ich das allererste Mal einen Fuß in die neuen vier Wände gesetzt habe.

Ost-Berlin 1992, nur wenige Jahre nach dem Mauerfall, nur wenige Monate nach der endgültigen Trennung vom Vater meiner Tochter. In den Räumen standen Kachelöfen und schon damals dachte ich, dass die Wohnung eine gute Energie hat. Mauern, die mich halten können. Helle Räume, nah am Himmel, mitten in der Stadt und gleichzeitig so kirchenstill. Noch wusste ich nicht, wie oft ich, die kleine Klara an der einen Hand, den Kohleeimer in der anderen, diverse Taschen über die Schultern geworfen, über die vier Etagen schimpfen würde.

Doch sobald ich die Tür hinter mir geschlossen hatte, fielen der Lärm der Großstadt, die Anstrengung, alles nach oben schleppen zu müssen und das dazugehörige Schnaufen und Stöhnen von mir ab. Die Wohnung war unser heimeliges Nest.

Der Bezirk Mitte war nicht zu vergleichen mit dem heutigen Berlin-Mitte. Alles war gemächlicher, improvisierter, weniger chic und hipp. Der Innenhof strahlte die Ruhe eines Dorfangers aus, im Hinterhaus werkelte ein Mann in seiner Schlosserei. Ohne Umwege kam ich mit den Nachbarn ins Gespräch, viele wohnten hier schon über Jahrzehnte, andere waren gerade erst eingezogen. Unübersehbar bleibt, dass ein langes, sehr schönes Kapitel meines Lebens mit der heutigen Abreise zu Ende geht. In Gedanken lege ich der jungen Frau von damals, knapp dreißig, die Hände auf die Schultern, streiche über ihr Gesicht. Sie war so hungrig nach Leben. Unruhig, wenn es zu still wurde. Ängstlich, dass sie sich übernommen hatte. Alles richtig gemacht, flüstere ich ihr beim Gehen lautlos zu.

Nachmittags fliegen Jan und ich gemeinsam nach Italien. Als ich angeschnallt auf meinem Stammplatz mit der Nummer 3D sitze, lehne ich den Kopf zurück, schließe die Augen und warte darauf, dass die Triebwerke hochfahren. Gewohnheitsmäßig werfe ich einen Blick ins Cockpit. Eine junge Frau mit einem wippenden Pferdeschwanz sitzt auf dem Pilotensessel. Fliegt sie uns oder ist sie Praktikantin? Vielleicht die Tochter des Piloten, der gleich kommen wird? Als alle Türen geschlossen werden und sie keine Anstalten macht, den Platz zu räumen, bleibt mir nur, ihr zu vertrauen. Tröste mich mit dem Gedanken, dass junge Menschen oft ihr Bestes geben, anders als Ältere, die glauben, alles im Schlaf zu können. Sie macht das schon.

Noch rumpeln wir auf die ausgewiesene Startposition zu.

Meine Gedanken schweifen zu Tom, dem Umzugswagen und den Möbeln aus Berlin, die im Laufe des Nachmittags, vielleicht gerade jetzt, im neuen Haus, im neuen Zuhause, angekommen sein müssten. Zuhause, wie fremd das noch klingt. Wird Italien ein Zuhause? Wird das gemütliche Haus ein Zuhause?

Es geht los, kraftvoll werde ich in den Sitz gedrückt, die Schnauze des Flugzeugs hebt sich und die Motoren geben alles. Geduldig warte ich mit geschlossenen Augen, bis wir über den Wolken sind und die Maschine ruhiger fliegt. Nach wie vor hilft mir beim Fliegen die absurde Vorstellung, dass ich in einem Bus sitze. Beharrlich buche ich Gangplätze, weit vorn und starre höchstens auf die Leitlinien im Durchgang, niemals Fensterplätze. Noch immer mag ich es nicht, mit anzusehen, wie das Flugzeug immer höher steigt. Höher und höher, über die Wolken. Ohne jegliche Bodenhaftung.

Doch die junge Frau fliegt uns sicher nach *Pisa* und legt eine unglaublich sanfte Landung hin. Beim Aussteigen schenke ihr mein schönstes Lächeln und den größten Respekt.

Wie der Wind

Meine Sachen finden allmählich ihren Platz und kooperieren in friedlicher Koexistenz mit den Möbeln, die es im Haus schon gibt. Ein Multi-Kulti-Mix. Das rote Ledersofa aus Berlin leuchtet im kleinen Arbeitsraum gemeinsam mit der bunten Kommode aus Kreta um die Wette. Die italienischen taubenblauen Fenster und Türen geben dem Ensemble einen fröhlichen Touch. Hochzufrieden mit dem Nestbau versuche ich, ganz nebenbei, ruhiger zu werden, meinen Adrenalinspiegel wieder zu senken. Mehr anzukommen, hier an diesem Ort und auch bei mir. Das Hochtourige aus den Berlintagen umschlingt mich noch wie ein kratzender Pullover. Er scheuert und stinkt, aber er klebt dermaßen stark an mir, dass ich ihn nicht einfach ausziehen kann. Fühle mich unruhig wie der Wind, der seit Tagen ums Haus pfeift. Leicht aufbrausend, zappelig, kribbelig, immer in Bewegung. Meine Gedanken, sonst ruhig und klar, hüpfen hin und her, überholen sich, nur, um dann schnell wieder zurückzupreschen. Eigentlich müsste ich bei dem Chaos im Kopf rasende Kopfschmerzen haben.

War es richtig, die Berliner Wohnung aufzulösen? Keinen Zufluchtsort mehr zu haben? Zuflucht? Wovor sollte ich flüchten? Na, wenn alles schiefgeht? Oh, nein, ich weiß schon, wer da redet. Weg da! Es ist jetzt, wie es ist. Keine neuen Zweifel streuen, du ewig kritische Stimme! Weg da!

In wenigen Tagen kommt meine erste Klientin in die Toskana und ich verfluche mich, mir nicht mehr Zeit gelassen zu haben.

Wieso hetze ich schon wieder so durchs Leben? Der Plan war doch, ruhiger zu leben. Langsamer.

Zur Ablenkung lausche ich den scheppernden Geräuschen in der benachbarten Küche. Alle Türen stehen offen. Janni kocht für uns drei und breitet sich dafür großräumig aus. Ich bin mir nicht sicher, ob er registriert hat, dass wir nur eine Art Campingkocher mit zwei Herdplatten haben. Überall stehen kleine und größere Schälchen mit diversen Zutaten. Auf dem großen Tisch, auf der Ablage, auf den Fensterbrettern.

»Fenchelsamen«, erklärt er, als Tom interessiert ein Schälchen hochnimmt und daran riecht.

»Kenne ich gar nicht«, bekennt Tom unumwunden und seine echte Verwunderung, was es alles so gibt, lässt mich schmunzeln. Tom und ich verhalten uns bei der Nahrungszubereitung wie zwei unbeholfene Jugendliche. Meistens versuchen wir aus dem, was der Kühlschrank hergibt, etwas Leckeres zu zaubern und landen oft bei Nudeln mit Soße, Reis mit Gemüse, Kartoffeln mit irgendwas. Hauptgewürze sind Pfeffer und Salz und überraschenderweise schmeckt es oft besser, als es aussieht. Wenn dann jemand wie Jan mit dermaßen vielen Zutaten auftischt, sind wir schwer beeindruckt.

»Riecht lecker«, rufe ich motivierend aus dem Arbeitszimmer, in dem ich putze und einräume.

Erst glaube ich, er will uns etwas Thailändisches zubereiten, doch Jan lächelt verschmitzt. »Lenchen, nicht doch. In Italien essen wir etwas Italienisches. Warte ab!« Er reibt Zitronenschalen, kocht Reis und zaubert eine helle, leichte Soße dazu, am Ende kommt alles in einen Topf. Risotto.

»Janni, hast du dir auf deiner Insel in Thailand auch öfter was gekocht?«, frage ich und wechsle vom Arbeitszimmer auf den Terrassenplatz vor die Küche.

»Ganz selten, man kann für umgerechnet einen Euro an jeder Ecke wunderbares Thaifood bekommen. Du kannst zuschauen, wie es frisch zubereitet wird.«

Wir müssen uns aus der Entfernung von Terrasse und Küche anschreien, zu anstrengend für eine Unterhaltung, entscheide ich. Lieber höre ich den beiden Männern bei ihrer Fachsimpelei über die italienische Küche zu.

»Wir haben übrigens die Regel, dass derjenige, der kocht, nicht danach die Küche aufräumen muss«, höre ich Tommy erklären und hoffe, dass er sich selbst mit dem Aufräumen meint, denn ich erkenne nicht mehr, wo die Küche anfängt und aufhört. Alles, was wir besitzen, ist in Benutzung.

Um meiner Unruhe entgegenzuwirken, fange ich an, den Tisch auf der Terrasse zu decken. Ende März und wir können bereits draußen essen, auch wenn wir uns wahrscheinlich in Decken einhüllen und jede verfügbare Kerze anzünden werden, um es einen Grad wärmer zu haben.

Ein kleiner Feuerkorb wäre toll, notieren meine hüpfenden Gedanken ins Blaue hinein, und eine bunte Lichterkette über dem Tisch. Ach ja, und eine Tischdecke für den kalten Marmortisch. Überhaupt könnten wir den schweren Tisch mit den gemütlichen Kretastühlen kombinieren. Umstellen! Fast klingt es wie ein Befehl aus meinem Inneren: Stell den ganzen Tisch andersherum, an die linke Seite. Los! Jetzt! Komm schon! Beweg dich! Sieht doch viel schöner aus.

»Ach, nein! Willst du jetzt umstellen? Du hast doch schon alles eingedeckt? Das Essen ist ja gleich fertig.« Tom kennt mich. Jetzt heißt jetzt. Zwar versucht er noch halbherzig, meinem irren Tatendrang mit rationaler Argumentation entgegenzuwirken, doch seine Hände packen schon die schwere Marmorplatte.

»Du machst mich wahnsinnig«, stöhnt er völlig übertrieben.

Doch ich habe ein Einsehen, diese Platte ist wirklich sauschwer.

»Überleg dir gut, wohin damit, die schleppe ich nicht jede Woche von A nach B.« Die Italiener und ihr Marmor.

»Da links ist es gut«, beruhige ich Tom. Erst mal ist es dort gut. Braucht er ja nicht zu hören.

Nur kurze Zeit später kommt Jans Zauberwerk nach stundenlanger Vorbereitung dampfend von der Campingküche auf den neu platzierten Terrassentisch. Es duftet köstlich, die Küche sieht aus wie Sau und das Risotto, das den Eindruck macht, als ob es immer noch quillt, schmeckt hauptsächlich nach Zitrone. Nach wenigen Löffeln bin ich dermaßen satt, dass ich glaube, nie wieder etwas essen zu können, so schwer liegt es im Magen. Tom und ich schauen uns ganz kurz an. Nicht lachen!

Doch Jan entgeht nichts. »Was?«, fragt er mit drohendem Unterton.

Dann prusten wir los. Alle drei.

»Schön zitronig!«

»Hm, und der Fenchelsamen, Hammer!«

»Dermaßen leichte Kost hatte ich schon lange nicht mehr.«

Entnervt rollt Jan mit den Augen. »Ist ja gut, holt Pfeffer und Salz, ihr seid solche Banausen!«

»Tommy, haben wir nicht vor Kurzem die Regel geändert, dass derjenige, der kocht, auch die Küche aufräumen muss, damit alles in einer Hand bleibt?«

Tom denkt angestrengt darüber nach, ob und wann wir das so besprochen haben könnten, und schaut mich entgeistert an. Jan tut ihm jetzt schon leid. Erst kocht er stundenlang für uns, dann muss er den Saustall auch noch aufräumen, weil wir komische Regeln haben? Alles in einer Hand! Seine Bestürzung steht ihm ins Gesicht geschrieben.

»Hallo, Erde an Tom. War ein Witz! Aber ich räume hier nicht allein auf. Schaut euch das an!« Spielerisch empört, eine Hand in der Hüfte, zeige ich in den Raum. Schüttle fassungslos den Kopf. »Nö, ne! Gibt's ja gar nicht.«

Tom schaut peinlich berührt, entschuldigt mich bei Jan mit einem Blick, der sagt, meint sie nicht so. Doch Jan ignoriert unser Palaver, trinkt in aller Ruhe seinen Wein und fragt, ob es eigentlich noch Kaffee und Süßes gibt. Aber natürlich! Gibt es.

Nach einer gefühlten Ewigkeit antwortet Jan auf die Frage von vor zwei Stunden: »Mach ich dann morgen, das mit der Küche.«

Noch einmal prusten wir los, alle drei. Auch bei Tom ist endlich angekommen, dass mein Getue nicht ernst gemeint war. Nach dem gemeinsamen Aufräumen schleppen wir uns die Treppe hoch in unser Bett. Jan schläft im unteren Zimmer, meinem zukünftigen Arbeitsraum. In allen Bäuchen rumort es gewaltig und ich fürchte, wir werden die ganze Nacht Toilettenspülungen rauschen hören und ich bin froh, dass wir zwei Toiletten im Haus haben.

»Fühlt sich an wie Fertigbeton im Bauch«, waren Toms letzte Worte, bevor er sich von da an fast jede Stunde geräuschvoll hin und her wälzt. Bei jedem Umdrehen werde ich wach. Hätten wir noch irgendwo ein freies Bett gehabt, wäre ich umgezogen. Mit geschlossenen Augen notiere ich erneut auf einem unsichtbaren Stück Papier, dass das Haus zu klein ist. Arbeitszimmer, zweiter Schlafraum. Zu klein. Alles zu klein. Das Risotto quillt fröhlich blubbernd vor sich hin. Fertigbeton. Transportbeton. Beton. Wackersteine. Irgendwann schlafe ich ein und gleite in einen schweren Traum.

Am nächsten Morgen suche ich mir einen Platz vor der sonnigen Hauswand. Den Korbsessel drehe ich so, dass mir die kräftige Märzsonne den Nacken und den Rücken wärmt. Der Wind hat sich gelegt, zeigt sich jetzt nur noch als laues Lüftchen und mit seinem Abdrehen werde ich schließlich ruhiger. Endlich. Endlich wird es stiller. Innen wie außen.

Die Männer schlafen noch und ich erinnere mich an einen der ersten Sätze, die mir Tom auf Korfu zuflüsterte, als wir uns gerade kennengelernt hatten. Wie eine geheime Botschaft, etwas, das er gewiss nur mir, seiner Auserwählten, sagen würde: Ein Haus braucht Westsonne!

Damals habe ich mich gewundert, wieso er mir irgendwas von Westsonne erzählt. Wieso das so wichtig sein soll und was das mit uns zu tun hat. Inzwischen habe ich so viel über die Lage und Ausrichtung von Häusern gelernt, dass ich niemals ein Haus ohne Westsonne mieten oder kaufen würde. Unser neues Haus ist, was die Sonne angeht, bestens ausgerichtet. Und alles um die Themen Häuser, ihre Lage und unsere gemeinsame Vision von einem behaglichen Auszeit-Ort in Südeuropa hat so viel mit uns zu tun wie *Pranzo* und *Siesta* mit Italien. Nämlich alles!

Jan wird als Erster wach, kocht eine neue Ladung Kaffee und kurze Zeit später kommt auch Tom auf die Terrasse geschlurft.

»Will jemand frühstücken?«, frage ich in die Runde.

Tom schüttelt energisch den Kopf. »Ich bin immer noch pappsatt.« Seine Hände wandern Richtung Magen.

»Ich auch«, sagt Jan und streicht sich ebenfalls über seine Körpermitte.

Ich erst, denke ich und muss den Bauch gar nicht berühren. Risotto hält einfach ewig.

Tom dreht eine Runde mit den Katzen, sie folgen ihm hüpfend wie zwei kleine Hunde. Inzwischen gehen sie mit uns auf die Terrasse und erkunden Schritt für Schritt ihr neues Revier, werden täglich mutiger und erweitern ihr Terrain. Es gibt so viel Neues zu riechen und zu entdecken. Manchmal gehen wir allein zurück und sie bleiben noch ein bisschen im Feld, unterhalb des Hauses. Irgendwann, oft nur wenige Minuten nach uns, kommen sie mit aufgerissenen Augen und großen Sprüngen ins schützende Haus zurückgerannt, als wäre der grässlichste Katzenmörder Italiens hinter ihnen her. Da war die Neugier, auf dem Feld zu bleiben, wohl größer als die Angst vor der fremden Umgebung.

Auch mir ist nach Bewegung, ich erkunde das große Gelände. Werfe einen Blick auf den abgedeckten Pool und das imposante gelb gestrichene Gästehaus, und stelle mir vor, wie es wäre, hier ein Seminar anzubieten. Vielleicht nächstes Jahr, plane ich. Dieses Jahr kommen wir erst mal in Ruhe an, und wie ich von der Vermieterin erfahren habe, ist das Haus für dieses Jahr auch schon ausgebucht. Aus der Ferne höre ich ein Motorengeräusch. Da das Gelände so weitläufig ist und es zwei Auffahrten gibt, kann ich nicht zuordnen, ob jemand zu uns gekommen ist.

»Buongiorno, Signora«, unterbricht eine tiefe Männerstimme meine Jahresplanung. Erst glaube ich, dass Tom oder Jan mich ärgern wollen, mich mit verstellter Stimme erschrecken, so tun, als wären sie Italiener, aber es ist ein anderer Mann. Zuerst sehe ich einen großen Strohhut, darunter den schlanken, älteren Mann mit einer Leiter über den Schultern.

»Buongiorno«, antworte ich dem freundlichen Wesen.

Mit Händen und Füßen gibt er mir zu verstehen, dass er der Gärtner ist.

Oh, es gibt einen Gärtner! Wo sind wir hier gelandet?

»Capito?«, fragt er zum Schluss seiner ausführlichen Rede.

»Si, si. Capito!«, antworte ich fröhlich, denn ich habe ihn verstanden. Er wird die Hecke schneiden. Nur den Tag habe ich nicht gut verstanden. Heute? Übermorgen? Eigentlich ist es auch egal, wann. Wir müssen dafür nicht zu Hause sein. Wir begegnen uns an diesem Tag noch öfter auf dem weitläufigen Gelände. Er werkelt mal hier und mal da, fährt pünktlich um eins zum Mittagessen, *Pranzo,* mit seinem dreirädrigen Gefährt nach Hause und kommt am späten Nachmittag zurück.

Luca, meine erste Klientin in der Toskana reist an und ich bin aufgeregt wie vor einem ersten Date mit dem Angebeteten. Neuer Ort, neue Energien. Arbeiten wir im Haus oder draußen im Garten? Hoffentlich hält das Wetter. Hoffentlich kommen wir gut ins Arbeiten und hoffentlich kann ich meine imaginären To-do-Listen beiseitelegen. Wir kennen uns bereits aus Berlin, sind vertraut miteinander und sie weiß, dass wir gerade eingezogen sind und nicht alles perfekt sein wird. Luca ist in ihren Dreißigern, hat sich eine Woche Urlaub genommen, in *Casciana Terme* eingemietet, ein Mietauto geordert und will sich Zeit nehmen, um in Ruhe ein paar Entscheidungen zu überdenken und ein ewig anklopfendes Thema aus ihrer Kindheit zu beleuchten.

Jan, ein Großmeister der akzeptierenden Annahme, muss jedes Mal, wenn Luca aus ihrer Unterkunft für eine Beratungseinheit zu mir kommt, das kleine Zimmer räumen. Die Matratze und seine Sachen müssen aus dem Blickfeld verschwinden. Es könnte ja sein, dass wir im Haus arbeiten, da es manchmal besser ist, die schützenden Wände um sich zu haben. Ich will auf alles vorbereitet sein.

Aber das tägliche Hin- und Herräumen hätten wir uns sparen können. Luca will draußen sein, nichts als draußen sein.

Für eine wichtige Imaginationsübung, in der ich sie in Kontakt mit ihrem jüngeren Ich bringe, suche ich uns eine ruhige, geschützte Stelle im Garten. Luca liegt entspannt auf einer Liege, die Hände auf dem Bauch, die Augen geschlossen. Zufrieden registriere ich, dass ihre Atmung ruhig und tief ist. Nur die Geräusche der Natur begleiten uns und ich integriere sie in meinen Text. Die leichte Brise, das Rascheln der Blätter an den Bäumen, die Vögel, das Summen und sonst nichts. Luca folgt meiner Stimme und wirkt so, als wäre sie ganz bei ihren inneren Bildern, ganz vertieft, ganz bei sich.

Erschrocken höre ich das Knattern vom dreirädrigen Kastenwagen des Gärtners. Nein, bitte nicht ausgerechnet jetzt die Hecke schneiden. Auch der Wind wird wieder stärker. Vielleicht hätten wir doch ins Haus gehen sollen. Leicht gestresst versuche ich, die Übung in Ruhe zu Ende zu bringen und mit geballter Aufmerksamkeit bei Luca zu bleiben. Doch an der Peripherie meiner Wachsamkeit beobachte ich das Näherkommen des Gärtners mit seiner großen Heckenschere. Bitte nicht die elektrische, noch nicht. Schnipp schnapp, das Fallen der Zweige und Blätter, das Verrücken der großen Leiter. Sein Summen. Sein klingelndes Handy, sein lautes »Pronto«, als er das Gespräch annimmt.

Mit ruhiger Stimme spreche ich weiter: »Und dann komm mit deiner Aufmerksamkeit langsam wieder zurück. Hierher. In die Toskana 2017, öffne die Augen, lass dir Zeit ...« Eine Winzigkeit gehetzter als üblich beende ich die Session und im selben Augenblick, als sich Luca streckt und ihre Augen öffnet, schmeißt der Gärtner seine elektrische Heckenschere an und auch der Wind dreht wieder auf. Das ging gerade noch gut und in Windeseile lerne ich die italienischen Wochentage, denn ich bin mir sicher, dass er den Tag, wann er die Hecke schneiden wird, genannt hat. *Lunedi, Martedi, Mercoledi, Giovedi, Venerdi.* Stimmt, er sagte was von *Mercoledi.*

Das Lernen der italienischen Sprache startet für uns erst im April. Bis dahin nutzen wir Online-Kurse und Apps. Das, was ich täglich brauche, schaue ich in der Regel sofort nach. Wir sind in einer Gegend gelandet, wo kaum jemand Englisch spricht. Ganz anders als auf Kreta, wo wir mit Englisch gut durch die Jahre gekommen sind. Hier müssen wir Italienisch lernen, da führt kein Weg dran vorbei. *Lunedi, Martedi, Mercoledi, Giovedi, Venerdi, Sabbato, Domenica. Il fine settimana.* Das Wochenende.

Poste Italiano

Nachdem ich erfahren habe, dass der Karfreitag in Italien nicht so ein Feiertag wie in Deutschland ist, schleppe ich mein schweres Paket zur Post in *Lorenzana,* die tatsächlich geöffnet hat. *Venerdi* – Freitag, übe ich die Vokabeln. Das Paket soll auf die lange Reise zu meiner Tochter nach Portland/Oregon gehen. Die Postfrau, mindestens einen Kopf kleiner als ich, schaut entsetzt und sagt als Erstes: »No!«

»No?«, ich versuche, ähnlich entsetzt wie sie, zurückzuschauen. Ist das hier nicht *Poste Italiano?,* frage ich mich im Stillen und schaue mich um. Da sie mich nicht wegschickt, zeige ich ihr meinen ausgefüllten Zettel, auf dem die Adresse von Portland/USA steht, und verstehe langsam, dass ihr energisches *No!* dem Formular galt.

»Ah, capito.« Lächeln. Mit der Hand an den Kopf tippen. Jetzt verstehen wir uns.

Ab diesem wunderbaren Moment des gegenseitigen Verstehens legen wir los und füllen die richtigen Formulare aus. Meine ganze Inbrunst gehört dem stillen Wunsch, dieses Paket auf den Weg zu bringen. Ich höre sie hektisch telefonieren und verstehe immer wieder einzelne Wörter, insbesondere das Wort *internazionale* und ihr »Si, si, capito.«

Nach jedem Telefonat wendet sie sich mir mit dem typischen *allora (okay, dann)* wieder zu und ich muss mindestens zwanzig Dokumente ausfüllen. Schreibe zwanzig Mal meine Berliner Adresse, zwanzig Mal Klaras Adresse, zwanzig Mal, was der Inhalt des Paketes ist. Natürlich aufgeschlüsselt in Gramm und

Kilogramm. Es muss haargenau mit dem Gesamtgewicht des Paketes übereinstimmen. Die Postfrau ist mit meinen schludrigen ungefähren Angaben überhaupt nicht zufrieden und zerreißt den letzten Zettel kopfschüttelnd. Auf ein Neues muss ich bis zu zwei Stellen hinter dem Komma rechnen. Mathematik mochte ich noch nie, und ich fühle meinen kleinen Trotz anklopfen. Ist doch egal, wie viel Gramm Schokolade da drin sind, oder?

Allora, endlich ist sie zufrieden. Wir lassen ein paar Bewohner aus dem Ort vor. Ich drehe mich immer mal um und sage: »Scusi, scusi.« Da ich so wenige Wörter Italienisch kann, sage ich sie besser doppelt. Alle lächeln mich an, sind milde gestimmt und winken ab. »N … problema«, verstehe ich.

Die nette Postfrau gibt nicht auf. Zwischendurch telefoniert sie eifrig, mit schmalen Lippen, einer steilen Falte zwischen den Augen und stimmt mit irgendjemand Wissendem am anderen Ende der Leitung die nächsten Schritte ab. Sie tippt Klaras Adresse in den Computer. Er findet Portland nicht. Alles, was sie tut, sagt sie laut, sodass jeder im Postamt nun weiß, ich, die Zugereiste, schicke ein Paket in die USA. An *mia figlia Klara* (meine Tochter Klara). Und die Anwesenden wissen nun auch, dass ich die Deutsche bin, die jetzt hier wohnt. Meine italienische Adresse musste ich nicht nennen, die wusste die Postfrau schon.

Seufzend fragt sie nach Einzelheiten. »Grande city o piccolo city?«

Ich sage, meine Worte mit einer großen Armbewegung unterstreichend: »Grande, grande city. Oregon. USA. Grande.«

Der Computer kennt Portland auch jetzt nicht. Ein junger Mann steht auf und hilft, erklärt ihr wortreich, wo Portland liegt. Endlich! Sie hat es gefunden. Auch erledigt. *Allora.*

Das 25. Formular wird ausgedruckt. Ich muss wieder die Adressen ergänzen und dieses Mal zusätzlich meinen Geburtstag angeben. Inzwischen bedient die Postfrau andere Wartende. Alle lächeln, keiner schimpft und ich schenke ihnen mein schönstes *Grazie mille. Grazie mille.*

Als wir wieder allein sind und sie scheinbar die horrenden Preise im Computer gesehen hat, fragt sie aufgeregt: »Grande money? Avanti, avanti?« Sie breitet ihre Arme wie ein Flugzeug aus, zeigt mir einen entgeisterten Gesichtsausdruck, sodass ich glaube, *grande money* werde ich nie im Leben bezahlen können. Niemals! »O piccolo money? Per Spedizione?« Ihr Gesicht wirkt deutlich glücklicher als bei *grande money* und ich bestätige sofort: »Piccolo money!«

Sie scheint mit meiner vernünftigen Antwort überaus zufrieden zu sein, schenkt mir sogar ein ehrliches Lächeln, das die Augen hinter ihrer großen Brille erreicht. Nun müssen wir sehr viele Papiere für den Spediteur ausfüllen. Kurz vor dem Ende, ich bin schon länger als zwei Stunden in dieser kleinen Postfiliale, fragt sie nach meiner Steuernummer. Glücklich, dass ich meine italienische Steuernummer sofort als Mail auf meinem Handy finde, trage ich sie in die Kästchen des Dokuments vom Spediteur ein. *Allora.* Fertig.

Seufzend und kopfschüttelnd, als würde sie schon die Last der ganzen Welt tragen und muss sich nun noch mit so einer begriffsstutzigen Ausländerin beschäftigen, schaut sie mich an.

Sofort überlege ich, was der Fehler sein könnte und kann es mir nur damit erklären, dass ich über den Rand des Kästchens geschrieben haben muss. Ich mag es überhaupt nicht, sie so traurig zu sehen. Waren wir doch fast befreundet.

Mit vielen italienischen Sätzen klärt sie mich auf. Sie braucht eine Kopie meiner Steuernummer-Chipkarte.

Hä? Eine Steuernummer, um ein Paket abzuschicken? »Per lo spedizioniere«, sagt sie entschuldigend und stempelt irgendwas, während ich versuche, mich zu beruhigen. Alles klar, für den Spediteur. Sicher. Die Chipkarte liegt ordentlich zu Hause im Ordner *Italien-Dokumente*. Ich muss wiederkommen. *Domani. Sabbato.* Morgen. Samstag. Wenigstens kann ich die Wochentage.

Als ich endlich wieder zu Hause bin, ist Tom komplett aufgewühlt. Er hat mir Kurznachrichten geschickt, ob alles okay sei. Er dachte, ich hätte unser Auto erneut versenkt und mich nicht getraut anzurufen.

»Aber nein, Tommy. Ich habe lediglich versucht, ein Paket aufzugeben. In *Lorenza* gibt es zum Glück keinen Fluss.«

Das Drama, weil ich auf Kreta unser Auto in den Fluss gesetzt habe, verfolgt uns wie ein Gespenst und sitzt mir bis heute tief in den Knochen. Am liebsten parke ich seitdem auf sehr geraden Straßen. Alles, was abschüssig ist, meide ich wie die Pest.

»Aber Lorenzana liegt weit oben«, antwortet er. »Das Auto könnte den ganzen Berg runterrollen, gegen Bäume donnern. Himmel nochmal, Lena. Ich hab dich mehr als zwei Stunden nicht erreicht. Da kommen schon mal blöde Gedanken auf«. Er sieht wirklich mitgenommen aus und es tut mir leid, ich hätte ihm zwischendurch ein Zeichen geben können. Der Gedanke hatte nur keine Chance, aufzutauchen, da ich permanent abgelenkt war und diverse Papiere ausfüllen musste.

»Sorry, Tom oder besser *scusa,* wir müssen ja jetzt Italienisch lernen. Eigentlich war ich nur mal eben auf der Post.«

»Ist jetzt alles erledigt?«, fragt er nach.

»Wo denkst du hin! Morgen geht's weiter. Sie brauchen meine Steuerkarte.«

Jetzt schaut er so ungläubig wie ich vor mehreren Stunden, als die Postfrau mich mit *No!* begrüßte. »Um ein Paket aufzugeben?«

Ich zucke mit den Schultern, als wäre es das Selbstverständlichste auf der Welt und amüsiere mich über seinen fragenden Blick. »Tja, Tommy. Hier ist nicht mehr Griechenland. Da reichte es, eine Ungefährangabe darüber zu machen, was im Paket ist, und der kleine Zettel, den ich ausfüllen musste, hätte aus einem winzigen Quittungsblock von einem Kinder-Kaufmannsladen sein können. Willkommen in Italien.«

Am Samstag, *Sabbato,* fahre ich gleich früh ins Postamt und wider Erwarten geht alles sehr flott. Die Postfrau kopiert meine Chipkarte und stempelt alle Dokumente so, wie ich mir Stempeln aus Berufung vorstelle. Mit dem rechten Arm holt sie angemessen Schwung und lässt den Stempel mit Wonne auf das Papier fallen, dass es nur so knallt. Nie habe ich sie glücklicher gesehen. Alle Anwesenden im Postamt erstarren vor Ehrfurcht. *Mamma mia,* so geht Stempeln!

Am Nachmittag schreibe ich meiner Tochter eine Kurznachricht, nachdem ich ihr die vollständige Geschichte am Telefon erzählt habe.

Meine liebe Klara, ich habe keine Ahnung, wann dieses Paket für piccolo money nun ankommt. Aber die drei Wörter Englisch der Postfrau und meine zehn Wörter Italienisch haben das Paket auf den Weg gebracht. Kuss, Deine Mama.

Schreiben

Im April, Mai und Juni geben sich so viele Klienten die Klinke in die Hand, dass ich kaum zum Schreiben komme. Zwischendurch fliege ich für meine Lehrtätigkeit immer mal wieder in das Berliner Institut, an dem angehende Familientherapeuten ausgebildet werden. Doch ich weiß, das ist *piccolo* Klagen auf *grande* Niveau, denn ich freue mich wie damals, nachdem ich den Führerschein bestanden hatte, dass mein auf Kreta geborenes Konzept *Urlaub plus Beratung* aufgeht. *Pisa* ist für mein Berliner Klientel schneller und günstiger zu erreichen als die Flughäfen *Heraklion* oder *Chania* auf *Kreta*. Manche kommen sogar nur für ein verlängertes Wochenende und nutzen die Möglichkeit, sich einmal ganz intensiv um sich kümmern zu können, inklusive der malerischen Schönheit der Toskana und natürlich inklusive der italienischen Küche.

Wie schon so oft in den letzten Jahren träume ich von einem vermietbaren Appartement für meine Gäste. Das zukünftige Szenario habe ich so klar vor Augen, dass es direkt greifbar ist, fast vorhanden, fast real: Jemand ruft an, fragt nach der Möglichkeit einer Auszeit, hat den dringenden Wunsch, einmal wegzumüssen, und ich sage tiefenentspannt wie Janni, dass das gar kein Problem sei, da wir ein freies Appartement auf dem Gelände haben. *Komm einfach!*, höre ich mich sagen und registriere das erleichterte Aufatmen am anderen Ende der Leitung. Die Freude darüber, dass alles so schön unkompliziert ist.

Nur zu gut erinnere ich mich daran, wie wohltuend es war, als ich in einer krisenhaften Zeit in meinen Vierzigern meine geschätzte Vertraute anrufen konnte. Sie lebte damals in München, ich in Berlin. Eine ältere kluge Frau mit dem Herz auf dem rechten Fleck und einer frechen Schnodderschnauze, die alles aussprach, was andere aus Höflichkeit für sich behalten würden. Jede jüngere Frau sollte eine ältere Frau an ihrer Seite haben, eine Schulter zum Anlehnen. Eine klare Stimme, die sagt: »Ja, ist jetzt schlimm für dich, aber deshalb wirst du nicht sterben. Komm, erzähl! Ich will alles wissen und dann machen wir einen Plan. Hier, trink und hör auf zu heulen!«

Damals weinte ich mir am Telefon die Seele aus dem Leib und sie sagte schlicht: »Himmelherrgottnochmal! Jetzt setz dich in den Zug und komm her, ich hab ein freies Bett für dich und dann erzähle mir alles von vorn. Bisher verstehe ich kein Wort.«

Ich musste unter Tränen lachen, genau das brauchte ich. »Aber ich muss arbeiten«, insistierte ich, vernünftig wie ich war. Nicht zur Arbeit zu gehen, war in jener Zeit nur vorstellbar, wenn etwas ganz Schlimmes passiert war. Ein Unfall, der Tod, die Krankheit und das Sterben von anderen. Aber nicht, wenn ich selber in den Seilen hing.

»Schätzchen, dann lass dir was einfallen oder soll ich dir eine Entschuldigung schreiben. Jetzt komm, ich setz Kaffee auf.«

Mit ihr zu reden, meine Themen von allen Seiten zu durchleuchten, mit ihr zu lachen und an einem fremden Ort zu sein, war hilfreicher als alles andere, was mir eingefallen wäre. Beschwingter und deutlich sortierter, mit einem neuen Plan in der Tasche fuhr ich damals zurück.

Mitte Juni. Die Tage werden heißer und wir beginnen, das Haus vor zu viel Sonne zu schützen. Wie alle Südeuropäer schließen wir tagsüber die Fensterläden, halten Siesta und gehen zur Abkühlung ins Meer oder in den großen Pool im Garten, der inzwischen in Betrieb ist. In den Sommermonaten wird das Gästehaus wochenweise vermietet und wir müssen uns erst daran gewöhnen, dass mehr Leben auf unserem Hügel ist.

Die Einsamkeitsgefühle vom Februar sind davongeflattert, wie es der schönste Schmetterling in meinem Garten nicht besser könnte. Um uns herum pulsiert das Leben und ich bin in hellster Vorfreude auf unseren Portland-Besuch. Bald kann ich Klara, Sam und die Kinder wiedersehen. Manchmal träume ich mich mit allen Sinnen in die Zukunft, rieche die verschwitzten Kinderköpfe nach dem Toben, höre ihr süßes Kinderenglisch und spüre ihre Arme um den Nacken, wenn ich sie hochhebe. Bald. Sehr bald.

Doch erst möchte ich wieder in meinen angefangenen Roman finden. Heute, nach fast drei Monaten Pause, richte ich mir einen Schreibplatz ein. Koche mir einen Kaffee, stelle das Handy leise und sage Tom, dass er in den nächsten Stunden auf keinen Fall mit mir reden soll.

»Auch nicht fragen, ob du noch einen Kaffee willst?«, fragt er und der Schalk blitzt vorwitzig aus seinen Augen.

»Nein! Na gut, doch. Aber nur das!«

Auf leisen Sohlen, den Zeigefinger auf den Mund gelegt, die Augen übertrieben aufgerissen, schleicht er von dannen.

Ich lese, was ich vor Wochen geschrieben habe und nach einem kurzen Zögern lösche ich alles. Fange ein zweites Mal an und wähle einen Anfang, in dem schon etwas passiert. Romy, eine der drei Frauen, um die es im Roman geht, hat sich getrennt und startet neu durch. Diese Trennung soll ein Befreiungsschlag sein, kein trauerndes Gejammere. Ja, so beginne ich. Die nächsten Stunden bin ich im Anfangsrausch und schreibe die ersten Kapitel, ohne abzusetzen.

Viele Autorenkollegen plotten sehr genau, wissen, was wann in welchem Kapitel vorkommen soll und halten sich an ihr Gerüst. Ich habe es versucht, da ich ebenfalls ein großer Fan von Struktur und Logik bin, aber es liegt mir nicht. Im Gegenteil, es minimiert meine Fantasie und Kreativität auf eine ungesunde Weise. Mir genügen ein Anfang, eine ungefähre Ahnung von den Konflikten im ersten und zweiten Drittel des Romans und eine Vorstellung davon, wie es enden soll. Der Rest passiert während des Schreibens. Da alles wie ein Film vor meinem inneren Auge abläuft, folge ich dem roten Faden, den ich sehe und fühle.

Ganz leise höre ich Tom in der Küche hantieren. Lausche, wie er den Wasserkocher auffüllt, ihn anstellt, den Kaffeedrücker ausspült, den Wasserhahn wieder abdreht. Dann ruckelt er ewig an der Schublade, die ständig klemmt, sucht klappernd und ausdauernd nach einem passenden kleinen Löffel. Ich sehe es vor mir, wie er das Besteck durchsucht, alles durcheinanderwirbelt. Noch mal. Dann findet er den richtigen Löffel, knallt die Schublade mit einem lauten Ruck zu und scheint zu stolpern. Wahrscheinlich über die Katzennäpfe.

Ich höre sein Fluchen: »Was ist das denn jetzt? Shit!«

Parallel kocht das Wasser, brodelt vor sich hin und irgendetwas fällt scheppernd zu Boden. Endlich stellt sich der Wasserkocher von allein aus.

Amüsiert klappe ich den Laptop zu, starre Löcher in die Luft und grinse vor mich hin.

Ganz leise öffnet er im Gegensatz dazu die Tür zum Arbeitszimmer, steckt seinen Kopf durch und flüstert »Kaffee?«

Ich nicke. Mit Verschwörermiene winke ich ihn zu mir, nehme sein Gesicht in meine Hände. »Weißt du was, Tommy?« Küsse ihn. »Ich liebe dich.«

Ganz kurz hält er inne. »Einfach so?«, fragt er, immer noch flüsternd.

»Ja, einfach so«, raune ich zurück.

Er bringt mir einen Pott Kaffee, genauso, wie ich ihn mag, kein Zucker, nur mit Milch, nicht zu viel, die Farbe des Getränks muss noch dunkelbraun sein. Ich weiß, wie viel Überwindung es kostet, den Kaffee für jemand anderen nicht genauso zu mischen wie den eigenen. Toms Kaffeefarbe ist eher weiß, mit einem Löffel Zucker. Grauenhaft.

»Du schreibst ja gar nicht.«

Höre ich da einen kleinen Vorwurf in seiner Stimme? Eine kleine Enttäuschung? »Nö, ich wollte nur mal für zwei Stunden meine Ruhe haben, Löcher in die Luft starren und mit Kaffee von dir verwöhnt werden.«

Als er spielerisch Anstalten macht, mir den Kaffee wieder wegzunehmen, boxe ich ihn in die Seite.

Natürlich kleckert er den Boden voll. Lacht. »Sag jetzt nicht, dass ich für diese Sauerei verantwortlich bin!«

»Okay, okay.« Ich habe ein Einsehen und erzähle ihm, was ich geschrieben habe und wie es weitergehen soll. Seine Anmerkungen, sein kritisches Hinterfragen helfen mir, in die Breite zu denken.

»Meinst du, ich sollte Flori sterben lassen?«, frage ich ihn schließlich, denn darüber mache ich mir schon die ganze Zeit Gedanken.

»Ist vielleicht bisschen zu krass«, meint er, obwohl er eigentlich auf krasse Sachen steht.

»Stimmt, und dann ist sie weg. So richtig weg, auch für den weiteren Verlauf der Geschichte.« Ich denke weiter darüber nach, wie ihr Weg aussehen könnte. Nicht zu abgefahren, eher nah an der Realität. Was würde ich an ihrer Stelle machen? Was würde meine Freundin Susann, deutlich mutiger und verrückter als ich, an Floris Stelle machen? Und so gehe ich im Geiste diverse Möglichkeiten durch, während ich an dem heißen Kaffee nippe.

»Kann sie nicht anders weg sein und trotzdem noch ein bisschen da?« Toms Fragen sind gut und plötzlich habe ich eine Idee, wie Flori weg sein kann und trotzdem noch ein bisschen da.

»Danke, Schatz! Jetzt muss ich aber weiterschreiben. Nicht anquatschen!«

Kopfschüttelnd verlässt er den Raum und stolpert noch einmal fluchend über die Katzennäpfe in der Küche.

Am Abend kommt jeder aus seiner Ecke gekrochen, wir essen ein einfaches Abendessen und planen den Sommer.

»Was wünschst du dir eigentlich zum Geburtstag?«, fragt er, und freudig beantworte ich die Frage wie aus der Pistole geschossen, hatte ich doch gehofft, dass er fragt.

»Ein Schreibprogramm für Autoren«, platzt es aus mir raus.

»Puh, davon habe ich keine Ahnung. So gar keine.« Tom kratzt sich an der Schläfe, lehnt sich zurück.

»Aber ich. Und zwar *Papyrus*. Es gibt noch andere Programme, aber ich habe recherchiert und alle auf Herz und Nieren geprüft!«

»Du und recherchieren!«, unterbricht er mich amüsiert. »Normalerweise kaufst du sofort, wenn dir was gefällt!«

»Ja, ich wollte es mir schon zulegen. Eigentlich bin ich kurz davor. Ich habe mir die Testversion bestellt und komme bestens damit klar. Tommy, das wäre mein größter Wunsch. Ich weiß, ist ein bisschen teuer. Aber es wäre etwas für immer.«

»Also eine gute Investition für immer?«

»Du stehst doch auf gut recherchierte Produkte mit Langzeitwert. *Allora*!«

Er lacht und ich weiß, dass ich ihn längst überzeugt habe. »Es wäre ein tolles Geschenk für die Geschichtenerzählerin in mir. Nicht für mich,« schiebe ich sicherheitshalber hinterher.

Wir albern noch eine Weile und ich strahle ihn an, als hätte ich das Programm schon auf dem Rechner. Dabei ist mein Geburtstag erst im August.

Tom, der meine Ungeduld kaum aushält und sich meiner Vorfreude ergibt, bestellt es noch am gleichen Abend. »Damit du den aktuellen Roman schon damit schreiben kannst. Ich hab ja deine unschlagbaren Argumente zur Genüge gehört: mitlaufendes Inhaltsverzeichnis, saugutes Rechtschreibprogramm, Klemmbrett für Notizen oder so ähnlich.«

Lachend nehme ich seinen Kopf in beide Hände und küsse ihn immer wieder. »Genau. Und ein Zeitstrahl, das Personenblatt und tausend Funktionen mehr. Danke, danke, danke, Tommy. Ein wunderbares Geschenk. Apropos Geschenke. Bist du denn mit den Fahrrädern schon weitergekommen?«

»Bin noch dabei.«

Ich lasse ihn damit in Ruhe. Seit mindestens zwei Monaten überlegen wir, was für Fahrräder wir uns zulegen wollen. Normale Fahrräder oder E-Bikes? Fahren wir in den Hügeln, wollen wir Touren machen oder brauchen wir sie nur, um in *Cecina, Livorno* oder *Pisa* zu fahren oder in den langgezogenen Pinienwäldern am Strand? Fragen über Fragen. Momentan ist es noch zu heiß, aber im Herbst wäre es wunderbar, Fahrräder zu haben. Und mehr Bewegung. Noch ist die Recherchephase.

Socken am Strand

Pisa-Frankfurt-Portland. Am Airport *Pisa* beobachte ich, wie sich ein kleiner Junge von seiner Großmutter verabschiedet.

»Ciao, Nonna«, sagt er immer wieder und sie küsst ihn so, wie nur Großmütter küssen, wenn sie wieder wegfahren müssen. Ciao, Nonna.

Ein letztes Mal streicht sie ihm über den dunklen Wuschelkopf, küsst ihn. »Ciao, mio piccolo Filippo.« Dann dreht sie sich um und verschwindet in der langen Schlange vor der Sicherheitskontrolle.

Ich stehe nur wenige Meter hinter ihr, weiß genau, wie sie kämpft, sich nicht immer wieder umzudrehen. Nicht vor allen Leuten zu heulen, weil nicht sicher ist, ob man sich während des Fluges, während des ganzen kommenden Abends überhaupt wieder beruhigen wird, weil man nur das Trennende vor Augen hat, die Distanz. Ich weiß es. Doch dann hält sie es nicht mehr aus, dreht sich ein letztes Mal um, kämpft mit den Tränen, doch ihr Enkel ist nicht mehr zu sehen. Ich drehe mich auch um, suche wie sie, doch es ist kein Filippo mehr da. Enttäuscht dreht sie sich wieder um, ihre Schultern zucken im Takt der kleinen lautlosen Schluchzer.

Falls sie nur von Pisa nach Berlin fliegen sollte, beneide ich sie. Berlin-Pisa ist kein Weg für Großmütter und Enkel. Doch vielleicht muss sie, wie ich, von Pisa nach Frankfurt und von Frankfurt in die weite Welt fliegen. Wer weiß. Komm schon, kleine traurige *Nonna* vor mir, im Herzen bist du mit deinem Enkel vom ersten Tag an dauerhaft verbunden, auf ewig.

Meine Aufregung setzt üblicherweise erst ein, wenn ich angeschnallt im mächtigen Airbus sitze und sich die Spitze des Cockpits vom Boden löst. Dann weiß ich, jetzt bin ich wieder mindestens zehn Stunden über den Wolken. Irgendwo in diesem Universum. Ich spüre Toms Hand, die nach meiner tastet, und bin so glücklich, dass wir dieses Mal zusammen nach Portland fliegen können. Freunde von uns füttern die Katzen, gießen den Garten und urlauben unter Italiens wolkenfreiem Himmel. Und wir sind bereit, den Portlandsommer zu testen, der vom Hörensagen sehr schön sein soll, heiße Tage und kühle Nächte, sodass man gut schlafen kann.

»Du musst dir überlegen, wie deine Enkel dich nennen sollen«, hat mir Klara noch aufgetragen. »Oma, Granny, dein Vorname?«

Ich überlege hin und her und weiß nur, dass ich nicht die deutsche Oma sein will. Das klingt komisch, streng, unpassend. Spontan entscheide ich mich für das italienische *Nonna.* Das zergeht auf der Zunge, summt am Gaumen und jedes Kind auf dieser Welt kann es aussprechen. *La Nonna.*

Wir besuchen Klara und Sam das erste Mal in ihrem neuen Haus in Portland und ich erinnere mich an unsere Telefonate im Winter, als der Himmel ihrer Beschreibung nach dauergrau war, der Regen nicht aufhören wollte und sie sich durch die Tage kämpften. Portland und Regen gehören zusammen wie der linke und der rechte Schuh. Das eine gibt es nicht ohne das andere. Klara war sehr viel arbeiten, ihre erste Stelle als Krankenschwester in den USA, die Kinder gewöhnten sich in der neuen Kita ein, Sam suchte nach einem Pilotenjob und alles war viel zu teuer. Die Miete, die Kitakosten, das Leben an sich.

Die Kinder sind inzwischen drei und anderthalb Jahre alt.

Zwei Kleinkinder, *toddler*, wie es so schön im Englischen heißt. Meine Eselsbrücke für das englische Wort ist die Vorstellung des Bildes, wie zwei kleine Kinder an der Hand der Eltern hinter ihnen hertrotteln. Trotteln-Toddeln.

Wir haben uns alle sehr lange nicht gesehen, mehr als neun Monate. Dazwischen lagen unsere beiden Umzüge, Jakobs Diagnose, Neustarts in Portland und Italien und ich schaue in das Gesicht einer sehr erschöpften Klara, nehme sie am Flughafen in meine Arme und hoffe, dass alles nicht so schlimm ist, wie sie gerade aussieht. Als hätte man ihr sonst so hell strahlendes Licht um einige Stufen runtergedimmt.

»Ja, ich bin fix und fertig«, sagt sie später. »Ich kann gerade nur von Tag zu Tag denken. Der Winter war hart, die Nachtdienste schlauchen mich und wir sind hier noch ohne Netzwerk, ohne Hilfe. Und über unsere horrenden Kosten haben wir ja schon gesprochen.« Müde winkt sie ab, bloß nicht darüber reden. »Sam versucht seit einiger Zeit, einen Job am Airport zu bekommen. Er könnte zwar sofort anfangen zu fliegen, aber dann wäre er immer zwei Wochen weg. Ich wüsste gerade nicht, wie ich das hier allein stemmen soll, wenn er zwei Wochen nicht zu Hause ist. Irgendwie stecken wir fest. Keine Kraft, keine brauchbaren Ideen, kein Geld.«

Am liebsten würde ich ihr alles abnehmen, damit sie sich ausruhen kann. Sie muss schlafen, das zuallererst.

Tom und ich versuchen, den ausgelaugten Eltern so oft wie möglich die Kinder abzunehmen. Spazieren mit dem Buggy, in dem beide gerne sitzen, durch die *Brooklyn Street,* die *Division* hoch und runter, zum *Foodmarket,* zum Spielplatz, und Lucy, die Familienhündin, nehmen wir auch mit. Wir erleben Jakobs Momente, in denen er einfach abhaut, auf nichts reagiert und

Matildas Wutanfälle, wenn sie sich auf den Boden schmeißt und stoisch schreit: »No! No! No!«

Hilflos müssen wir zuschauen, wie beide, Sam und Klara, mit den Kindern im Bett verschwinden und nicht mehr auftauchen, weil einfach nichts mehr geht.

Wenn ich meine kleine Enkelin in ihrem Weltschmerz beobachte, muss ich das Lachen unterdrücken und wenn ich Tom anschaue, verrät das Zucken um seinen Mund, dass es ihm ähnlich geht. Wenn sie im Drama ihres knapp zweijährigen Lebens feststeckt, geht nichts mehr. Ihre Gestik und Mimik sind bühnenreif, ich nehme ihr die unbändige Wut ab, die sie in dem Moment empfindet. Keine Frage. Aber in meinen Händen juckt es, am liebsten würde ich sie einfach nur auf den Arm nehmen und festhalten. Sagen, dass alles in Ordnung kommt, doch wehe man berührt sie. Todsünde!

Irgendwann reißt Sam eines Morgens der Geduldsfaden. Sie soll ein T-Shirt für den Kita-Tag anziehen. In aller Ruhe bleibt Sam am Ball, zeigt ihr das eine Shirt, dann ein anderes, denn sie muss sich irgendwann anziehen lassen. Sie müssen los. Auch ich probiere mein Glück. Locke, schmeichle.

Ihre Antwort ist ein intensives »No!« Sie weint, schreit sich in Hysterie und schmeißt sich, als sie nicht mehr weiterweiß, schluchzend auf den Boden. Schaut immer mal wieder hoch und schmettert erneut ein durchdringendes »No!« in die böse, böse Welt.

Sam reicht es. Genervt nimmt er ihr Shirt, schmeißt es in hohem Bogen über die Sofalehne, sodass es nicht mehr zu sehen ist, und sagt, jedes Wort betonend: »Okay, Okay! No shirt in school today!« Kein! Shirt! Im! Kindergarten! Heute!

Selbst ich erschrecke kurz, noch nie habe ich ihn so sauer erlebt und fürchte, dass er Matilda wirklich mit freiem Oberkörper im Kindergarten abgeben wird. Das Shirt in der Hand, achselzuckend zur Erzieherin sagen würde: Sie wollte heute nicht. Sorry. *So what!*

Ich beobachte, wie Matilda innehält, ihren Daddy hinter ihren Haarsträhnen, dem Rotz und den Tränen versteckt, beobachtet. Sam packt in aller Ruhe die Kinder-Rucksäcke zusammen, ruft nach Jakob, der, vertieft in seinen Film auf dem Tablet, nichts mitbekommen hat, verwundert hochschaut und macht, was er machen soll: Schuhe anziehen. Matilda, die ihren großen Bruder abgöttisch liebt, tut es ihm gleich. Freier Oberkörper, kurze Hose und Sandalen. Fertig! Plötzlich lenkt sie ein. »Okay, Daddy.« Schnieft, wischt sich den Rotz ab, der jetzt im ganzen Gesicht verteilt ist und zeigt auf eins der vielen Shirts, die verstreut herumliegen.

»This one?«, fragt Sam freundlich und kein bisschen ironisch. Sie nickt ergeben. Ja, das möchte sie anziehen. Dann huscht sie noch schnell auf seinen Schoß, er streicht ihr mit seinen großen Händen über den winzigen Rücken und alles ist wieder gut. Sie seufzt ein letztes Mal und los geht's.

Als Sam mit den Kindern schließlich im Auto sitzt, nicken wir uns kurz zu. Der Teil des Morgens wäre geschafft.

Gut, dass jüngere Leute Kinder bekommen! Keine Nacht durchschlafen und dann die täglichen kleinen oder großen Kämpfe mit den Kindern, meine Güte.

Das wäre nichts mehr für mich, ich brauche meinen Nachtschlaf, um überhaupt durch die Tage zu kommen. Das Ruhebedürfnis hat sich seit meinen Dreißigern verdoppelt. Mindestens verdoppelt.

Ein paar Tage später packen wir die Jacob, Matilda, Lucy und sehr viel Gepäck für zwei Kleinkinder in die Autos und fahren die zwei Stunden von Portland zum Meer, an den *Rockaway Beach*. Für die Kinder und den Hund ist es das erste Meererlebnis. So einen großen, weiten Strand habe ich lange nicht gesehen. Die Kinder ziehen sich sofort aus, es ist sonnig und warm genug. Jakob weigert sich zwar, die Socken auszuziehen, denn das mit dem Sand zwischen den Zehen kennt er nicht und es ist ihm nicht ganz geheuer. Ein fast nackter kleiner Junge am Strand, mit Socken an den Füßen. Was soll's? Behält er sie eben an. Lucy rennt wie besessen den Strand, der fast menschenleer ist, hoch und runter. Wälzt sich im Sand, ist blitzschnell wieder auf vier Pfoten und sprintet erneut los. Hundeglück vom Feinsten und eine Wonne, ihr zuzuschauen.

Alle tanken auf, der Wind am Strand pustet uns ordentlich durch und es entsteht neuer Freiraum, um über Wünsche und Ideen, wie man leben möchte, zu reden. Klara und Sam wirken gelöster als in den letzten Tagen und genießen unsere helfenden Hände. Jakob lernt, an der Hand zu gehen und nicht immer abzuhauen, was von Tag zu Tag besser klappt.

Klara erzählt mir von seinen Fortschritten. »Er bekommt gute Hilfestellungen und vor allem die Erzieherinnen werden geschult, eine Therapeutin kommt extra dafür in den Kindergarten. Das ist sehr hilfreich. Zum Beispiel, dass ich ihn wirklich anschaue, wenn ich mit ihm rede. Mich zu ihm hinhocke oder ihn am Arm berühre, bis ich seine Aufmerksamkeit habe. Ich sage ihm die passenden Worte zu meinen Gefühlen, sodass er versteht, wann ich ärgerlich bin und wie dann mein Gesicht aussieht.«

»Zeig mal!«, fordere ich sie scherzend auf und sie zeigt mir ihr *I'm-angry-face.*

»Er macht sich gut und nimmt jede Unterstützung an, als hätte er nur darauf gewartet.« Während wir eine Runde spazieren gehen, schwärmt sie ganz verliebt von ihrem Sohn Jakob, von seinen Fortschritten und seinem liebenswerten Charakter.

Einmal kommt das Gespräch auf die Mieten in Portland und ich kann Klaras Wunsch nach ihren eigenen vier Wänden verstehen. »In zwei Monaten endet unser Mietvertrag mit der Mietpreisbindung für diesen Zeitraum, danach können die Vermieter einfach erhöhen oder auch Eigenbedarf anmelden. Es fühlt sich alles so unsicher an. Es gibt keinen guten Mieterschutz hier, ganz anders als in Deutschland.«

Kurz bevor wir wieder abfliegen, bekommen sie die Förderung für ein kleines Haus, das sie kaufen können. Es bleibt finanziell eng, aber das Gefühl der Sicherheit setzt sich gegen alle Vernunftsargumente durch. Klara und Sam nehmen einen Kredit auf und kaufen nach vielen Diskussionen über die Vor- und Nachteile das Haus. Nach der Unterschrift, nach der Entscheidung macht sich in Klara eine neue Freude breit, die sich in ihrem Gesicht und in der ganzen Körperhaltung widerspiegelt.

Erleichtert atme ich auf, das Haus scheint ihr neue Energie zu geben. Gestikulierend geht sie durch die Räume, überlegt, wie sie es einrichten würde, was sie ausbauen könnten, wie sie den Garten machen möchte und dass sie als Erstes einen Zaun bräuchten, damit sich die Kinder frei bewegen können und sie nicht immer in Sorge wäre, ob eins auf die Straße rennt.

Der Stadtteil *Woodstock* in *Portland Southeast* erinnert mich ein wenig an den Prenzlauer Berg nach dem Mauerfall. Viel Charme, ein bisschen runtergekommen und wild, sehr viel Improvisation, doch gemütlich und gute Laune versprühend. Ich glaube, hier werden sie gut leben können.

La dolce far niente

Zurück in Italien steht die Luft, flimmert manchmal wie ein kaputter Fernseher und erst an den Abenden weht eine kleine Brise. Himmel, ist das eine brütende Hitze und das erste Mal wünsche ich mir Wolken, Regen und kühle, frische Nordluft. Tagsüber verbarrikadieren wir uns im Haus und versuchen, die Glut draußen zu lassen. Fahren ans Meer und suchen Schattenplätze auf. Wie schon auf Kreta ist auch in Italien der August unser deklarierter Urlaubsmonat. Langsam schlendern wir durch die Tage. Lesen, schreiben, baden, haben Besuch von unseren Freunden und genießen das süße Nichtstun. *La dolce far niente.*

Als in Rom wegen Wasserknappheit die Brunnen abgestellt werden, malen wir uns düstere Dystopien aus. Was wäre, wenn es immer weniger Wasser gäbe, immer größere Hitze? Alles würde austrocknen und in der Hitze wären unsere Gehirne weniger leistungsfähig, was wir ja gerade hautnah erleben. Unsere Gespräche und die Anzahl der benutzten Wörter minimieren sich von Tag zu Tag. Es gäbe keine neuen bahnbrechenden Ideen von klugen Köpfen mehr, es würde nur noch um das nackte Überleben gehen. Eine Rückwärtsentwicklung der Menschheit. Wir wären wieder wie Tiere. Friss oder stirb!

Wenn wir in dieser Hitze überhaupt miteinander reden, bremsen wir einander albern, noch bevor der andere überhaupt angefangen hat zu sprechen, mit erhobenem Zeigefinger und Gandhis Spruch: *Du sollst nur reden, wenn du die Stille verbessern kannst.*

Tatsächlich muss ich dann jedes Mal kurz überlegen, was ich eigentlich sagen möchte und ob es die Stille verbessern würde, winke ab und sage es dennoch: »Die Stille wird nicht besser. Aber trotzdem. Kannst du mal schauen, ob du die Lampe reparieren kannst?«

Tom schaut mich lange an, sagt nach einer halben Minute sehr langsam: »Mach ich, wenn es wieder kühler wird. Pst.«

Wir fühlen uns in der Hitze wie ausgeschaltet. Im Stand-by-Modus des Lebens. Kurzatmig.

In der Auguststille, die ich manchmal mit einer Lebensstille gleichsetze, da alles ruht, werden meine inneren Stimmen wieder lauter: Du wolltest doch mehr Sonne, einen stabilen Sommer und mehr Langsamkeit, quatscht mein innerer Kritiker ungefragt in die Ruhe. Das hast du jetzt alles, nun sei mal zufrieden. Er hat ja recht. Das war einer der Gründe, eigentlich der kleinste. Hauptsächlich dürstete ich nach mehr Abenteuer in meinem vollgestopften Leben, wollte noch einmal etwas Neues wagen, aus den vielen Jobs aussteigen. Nicht mehr so hetzen. In meiner Vorstellung antworte ich meiner kritischen Stimme besser nicht, kein Schlagabtausch heute. Ist viel zu heiß! Nur vom Nachdenken rinnt mir der Schweiß über den Körper. Wir starren uns lediglich misslich an. Ich stehe da, meine Arme vor der Brust verschränkt, ein bisschen breitbeinig. Der Kritiker, warum auch immer der männlich ist, steht mit rechthaberisch erhobenem Haupt vor mir, einen Fuß auf einem Stuhl, einen Arm in der Seite. Soll er doch, sage ich mir, während der Schweiß in verzweigten Rinnsalen Muster auf dem Körper hinterlässt. Genervt wende ich mich von meiner inneren Bühne ab, und versuche die brütende Hitze auszuhalten. Hatte ich schon die lästigen Mücken erwähnt?

Ende August werden die Nächte allmählich kühler und damit verschwinden auch die Mücken. Das Licht ändert sich, wird wieder durchlässiger, und morgens bettet der aufsteigende Nebel die umliegenden Hügel noch so lange unter sich, bis sich die Sonne durchsetzt. Wie auf ein stilles Kommando sind die Strände leerer, die ersten Kioske und *Bagnos* am Strand packen ein, verrammeln ihre Hütten und wir wundern uns, ist doch noch schönstes Sommerwetter. Wir sind die lange Kreta-Saison gewöhnt, die sich bis Ende Oktober zieht. Immer noch vergleiche ich alles, was mir begegnet, mit Kreta und zwinge mich, endlich damit aufzuhören. Man kann die beiden Landstriche, Kreta und Toskana und auch den Menschenschlag, die Griechen und die Italiener, nicht miteinander vergleichen. Letztendlich fallen mir mehr Unterschiede als Gemeinsamkeiten ein.

Oft werde ich gefragt, wo es mir besser gefällt und ob wir bereuen, weitergezogen zu sein. Nein, antworte ich dann ganz klar. Alles im Leben hat seine Zeit und mein Kreta wird immer mein Kreta bleiben. Ich möchte keinen Tag missen.

Die Toskana ist landschaftlich lieblicher, eine gemäßigtere Klimazone mit einem deutlicheren Wechsel der Jahreszeiten. In der Toskana zu leben, fühlt sich die meiste Zeit wie eine sanfte Umarmung an. Mein Kreta war wilder, das Wetter extremer, heißer, kälter, schroffer und fühlte sich immer wie ein kräftiger Händedruck mit anschließendem Schultergeklopfe an.

Nach dem Sommer pendeln wir uns in unserem Alltag ein. Im September habe ich die letzten Klienten in Italien, alle Besucher sind abgereist, erst im Oktober kommt Jan noch einmal zu uns. Doch Jan gehört irgendwie so selbstverständlich dazu, da müssen wir keinen großen Budenzauber mehr veranstalten. Er fügt sich dermaßen ungezwungen und natürlich in unser Leben ein, dass aus unserer gut funktionierenden Zweisamkeit ohne Ruckelei eine gut funktionierende Dreisamkeit entsteht.

Lebensphasen

Meinen neuen Roman »Die dreckigen Dreißiger« habe ich inzwischen zu Ende geschrieben. Nachdem er durch einige schleifende Hände gewandert ist, ist nun alles zum Veröffentlichen bereit.

Durch den Kontakt mit anderen Autoren bin ich auf eine Lektorin gestoßen, die gut zu mir und meiner Art zu schreiben passt, die meinen Humor teilt, die auch mal sagt, »nö, hier musst du noch mal ran. Das kannst du besser!«, und die ich auch als Autorin sehr verehre. Mit meinem Coverdesigner habe ich ebenfalls Glück, denn ich mag seine Arbeiten sehr. Nun habe ich mit den beiden also ein Mini-Team um mich herum und brauche nur noch ein paar zuverlässige Buchblogger und jemanden für ein letztes Korrektorat, doch ich bin zuversichtlich. Auch das wird sich finden.

Aufgeregt sitze ich neben Tom, das Hochladen der Dateien funktioniert auf seinem größeren Bildschirm besser und bereits das zweite Mal hangeln wir uns Schritt für Schritt durch die vorgegebene Maske. Datei hochladen, Cover hochladen, alles wird geprüft.

»Den letzten Schritt musst du allein machen.«

Er rückt zur Seite und ich drücke, ohne eine Sekunde des Zögerns, den Button *Veröffentlichen.* Feierlich schauen wir uns an.

»Geschafft«, sage ich. »Das war eine komplexe Geschichte. Es ist so ein saugutes Gefühl. Etwas zu Ende zu bringen, zu Ende erzählt zu haben und das Buch dann bald in den Händen zu halten. Wahnsinn. Ich hätte nie gedacht, dass das so befriedigend sein kann.«

Tom öffnet einen Prosecco und wir stoßen auf mein zweites Buch an. Mehrmals schaue ich noch nach, ob es endlich freigegeben wurde. Manchmal geht es schnell, manchmal dauert es zwei Tage, habe ich von anderen Autoren gehört. Doch es ist da! Es ist da! Und dann beginnt das Warten und Bangen auf die allererste Rückmeldung von den Lesern. Wird es gefallen? Die Geschichte, der Schreibstil? Das Cover? Der Klappentext?

Sobald ein Buch veröffentlicht ist, lasse ich es los und beschäftige mich schnurstracks mit der nächsten Idee. Wir haben einen Rundweg um unser Haus entdeckt, der ziemlich genau eine Stunde dauert, wenn wir gemütlich gehen. Und genau hier wird die nächste Idee geboren. Manchmal spinnen wir beim Gehen irgendeine Blödel-Geschichte. Einer fängt an zu erzählen und der andere ergänzt, an das Gehörte anknüpfend, den nächsten Abschnitt, immer so weiter, immer abwechselnd. So sind in unserem Geiste schon viele Geschichten und manches Mal auch heftige Diskussionen entstanden.

»Niemals würde der Mann so reagieren«, schimpft Tom.

»Doch, ich kenne einen, der hat genauso reagiert!«

Argument. Gegenargument. Fast alle unsere Plots drehen sich um enorme Veränderungen im Leben, vom Verschwinden, vom Aussteigen. Wenn die Diskussionen an der Grenze zum Streiten sind, lenkt einer von uns ein.

»Komm! Es ist doch nur eine Geschichte. Warte. Ich fang neu an«, starte ich dieses Mal und beginne mit irgendeinem ausgedachten halbgescheiten Beginn. »Also! Bereit? Doris, zweiundvierzig, bisexuell, hat in diesem Jahr schon mehr als fünf Männer und drei Frauen vergrault, und sie weiß nicht, wieso niemand bei ihr bleibt. Spätestens nach zwei Nächten ist sie wieder allein. Aber wieso?, fragt sie sich immer und immer und immer wieder.«

Tom, der grinsend neben mir hertrottet, spinnt die Geschichte weiter. »Ja, wieso eigentlich?« Er hakt sich bei mir ein und redet mit hoher Stimme. »Ich sehe doch viel besser aus als die meisten Frauen in meinem Alter, bin gelenkig, Yoga-Lehrerin, ernähre mich vegan, bin kulturinteressiert, lebe in einem angesagten Viertel in Köln ...« Er schaut mich an.

Oh, ich bin wieder dran, überlege.

»Na, weißt du nicht weiter?«, fragt er, als hätte er eine Wahnsinnsfortsetzung für die Geschichte geliefert.

»Warte! Sie fragt ihren besten Freund Ben«, fahre ich fort. Es braucht noch eine andere Person in der Geschichte. »Ben, du bist mein ältester Freund und kennst mich am allerbesten, immerhin waren wir auch mal zusammen. Wieso bleibt eigentlich niemand bei mir? Sei ehrlich. Mach ich was falsch? Alle hauen unter fadenscheinigen Ausreden wieder ab. Ich will nicht als Single sterben. Sag!« Provokant schaue ich Tom an. »Sag! Ben!«

»Doris-Schatz, egal, ob als Single oder als Paar, sterben müssen wir alle. Und zwar allein!«

Ich knuffe ihn in die Seite. Er soll jetzt nicht ins Philosophische abdriften. »Und was mache ich denn nun falsch?« Tom macht weiter. »Ehrlich, Doris-Schatz. Es fällt mir etwas schwer, es auszusprechen, aber ... du fragst ja. Du bist nett, aber leider sterbenslangweilig. Mit dir kann man keinen Blumentopf gewinnen.« Tom schaut mich an und spricht weiter. »Dann gibt Ben ihr einen aufmunternden Schubs. Vielleicht eine Spur zu stark. Sie schwankt, stolpert, fällt, landet mit dem Hinterkopf auf der Glasplatte von ihrem hochglanzpolierten Tisch und ist sofort tot.« Zufrieden schaut Tom mich an. »Das wäre mal eine andere Story, eine mit tödlichem Ende.«

»Wohl eher eine Kurzgeschichte.«

»Quasi ein Gedicht.«

Unser Rundweg neigt sich dem Ende zu und während die Füße den vertrauten Weg nach Hause finden, denke ich ernsthaft über die nächste Geschichte nach, die ich schreiben möchte.

»Weißt du, Tommy. Ich hatte doch mal angefangen, diese einzelnen Kapitel über einen müden, genervten Therapeuten zu schreiben. Genervt von seinen Klienten, aber auch von sich selbst. Da zieht es mich wieder hin, ich glaube, das wird meine nächste Geschichte.«

Wir reden uns in die neue Story um einen erschöpften Therapeuten, und ein gewisser Dr. David Tenner, 58, nimmt langsam Konturen an. Ein älterer Mann, der ein bisschen dem verstorbenen Robin Williams ähnelt, erscheint vor meinem geistigen Auge. Er ist ausgelaugt, müde, schnell genervt. Aber weil er nicht weiß, was er statt seiner Praxis machen soll, empfängt er immer weiter Klienten. So lange, bis er irgendwann durchdreht, abhaut und lange nicht weiß, was weiter geschehen soll.

»Aber jetzt muss irgendwas passieren. Er trifft jemanden oder hat einen Geistesblitz«, sinniere ich.

»Oder er bringt vor Wut jemanden um.« Tom feixt sich ins Fäustchen und ich frage mich, was eigentlich mit ihm los ist, ständig will er jemanden umbringen. Wir spinnen die Geschichte weiter und in gefühlt zehn Minuten sind wir um den ganzen Hügel gelaufen.

Immer, wenn Tom wieder jemanden sterben lassen will, bremse ich ihn. »Kein Krimi! Keine Toten! Kein Ermittlerduo! Aber warte!« Ich bleibe stehen, hänge mich an seinen Arm. »Ich weiß plötzlich, dass es nur einen Ort geben kann, an dem Dr.

David Tenner leben kann, nämlich in Portland, in Klaras und Sams Nachbarhaus, ich sehe alles ganz genau vor mir.« Bevor er fragt, wer David ist, erinnere ich ihn. » Neues Buch: Ein noch lebendiger alternder Therapeut.«

Euphorisch öffne ich eine neue Datei und mach mir erste Notizen zum Plot. In den Wintermonaten werde ich »Hör mir auf mit Glück« schreiben! Was freu ich mich auf den nächsten Winter.

Doch als der Herbst den Sommer ablöst, die glühenden Farben der Landschaft vergehen und es kälter wird, hält sich die Freude in Grenzen, denn wir machen uns Sorgen um unsere Töchter.

Beide sind in unterschiedlichen Lebensphasen, die eine kurz vor der Volljährigkeit und dem Abitur, die andere im Umbruch mit zwei Kleinkindern und dem Versuch, neben dem straff organisierten Alltag ihre Träume nicht zu vergessen. Die Mädchen stecken fest, manövrieren sich immer mal wieder in Sackgassen, werden dadurch gezwungen umzudrehen und neu zu überlegen, welche Wege sie einschlagen werden und welche besser nicht.

Wie zwei Leuchttürme sind wir für sie da, bereit, für sie zu leuchten, wenn sie es wollen, und alles andere rückt nach hinten. Backstage.

Tom reist in dieser Zeit oft nach Köln zu seiner Tochter Jule und ich beneide ihn ein bisschen, wie unkompliziert sie zusammen sein können, wenn sie es wollen. Wir geben uns in Italien die Klinke in die Hand und finden kaum Ruhe und Zeiten für uns. Einmal landet er mittags und ich fliege am gleichen Nachmittag nach Berlin. Ein schneller Cappuccino am Airport, zwei Küsschen, eine Umarmung, dann trennen sich unsere

Wege schon wieder. Dieses Mal gelingt es uns nicht, die Zeit auszudehnen.

Zwischendurch spüre ich Klaras Kampf über viele tausend Kilometer hinweg, kann abends kaum einschlafen, habe ständig ein flaues Gefühl in der Magengegend und weiß nicht, was ich machen soll. Ab und zu schreibe ich ihr eine Nachricht. Anders als ich es gewohnt bin, kommt keine Reaktion. Ich rede mir gut zu. Weiß, dass sie nachts sehr viel arbeitet und tagsüber versucht, den Nachtschlaf nachzuholen. Dass sie dauermüde ist und trotzdem, dass sie kaum oder gar nicht reagiert, ist so neu. So angstmachend.

»Entspann dich«, sagen Jan und Tom fast im Gleichklang. »Schau, was sie hinter sich hat. Der erneute Umzug, ihre Nachtschichten, die Kinder. Die Sorge, ob Sam einen passenden Job findet, Geldsorgen. Sie hat auch einfach wahnsinnig viel um die Ohren.«

Sie haben ja recht, also bleibe ich geduldig. Warte, dass sie sich meldet. Währenddessen laufe ich um unseren Hügel, beobachte, wie sich die Farben der Felder immer wieder verändern und sage mir: Vertrau ihr! Vertrau ihr! Was anderes kannst du nicht tun. Im April fliegst du wieder hin. Nicht mehr lange. Noch sechs Monate. Oh je, das fühlt sich endlos an. Vertrau ihr.

Sobald sie sich zurückgemeldet hat, bin ich wieder ruhiger und dann geht es Tom ähnlich wie mir. Ewig hört er kein Wort von seiner Tochter. Überlegt, ob er sie anruft oder lieber wartet, bis Jule sich meldet. Bloß nicht bedrängen! Bloß keinen Druck ausüben! Aber sie soll auch nicht denken, dass er sich nicht interessiert. Wie macht man das am klügsten mit den erwachsenen Kindern? Wir sagen uns fast die gleichen Tipps und tröstenden Worte.

»Gib ihr Zeit. Es war ein schwieriges Jahr. Und hey, Tommy: Vertrau ihr! Sie findet ihren Weg, ihren ganz eigenen.«

Jan, der alles, was wir denken und fühlen, hautnah mitbekommt, nickt heftig zustimmend, als hätte er selbst gerade eine Horde Kinder großgezogen, in die Welt entlassen und würde das Gefühl der Elternsorgen bis zum Erbrechen kennen. »Was?«, fragt er, völlig frei von Ironie, als wir ihn irritiert anschauen.

»Du siehst aus, als hättest du das auch alles bereits hinter dir. Das mit den Kindern, die erwachsen werden. Hab ich was verpasst?«, frage ich.

Er amüsiert sich. »Du meinst, weil ich keine Kinder habe?«

Ich nicke wie wild. Genau das meine ich.

»Aber ich war auch mal ein Kind und Jugendlicher. Ich hätte mir definitiv gewünscht, dass mir meine Eltern vertrauen und mich loslassen. Keinen Druck ausüben und interessiert sind. Genau das, was ihr hier probt. Na gut, bisschen mehr die Sache mit dem Vertrauen. Losgelassen hatten sie mich schon, aber ich glaube, in den Augen meines Vaters mit einem Kopfschütteln und der Grundidee, dass bei mir Hopfen und Malz verloren wären. Also, lasst mir gefälligst mein wissendes Nicken! Was machen eigentlich die Fahrräder?«, lenkt er ungeschickt ab.

»Tom recherchiert noch.« Zumindest versuche ich eine ironiefreie Antwort.

»Immer noch?«, wundert sich Jan und Tom bestätigt mürrisch, dass halt alles seine Zeit braucht. Er habe jetzt andere Sorgen.

Kreta again

Zwischendrin, mitten im Herbst, habe ich für mich eine Woche Kreta gebucht. Schon kurz nach dem Umzug habe ich gesehen, dass es Direktflüge von *Pisa* nach *Chania* gibt und beschlossen, noch einmal nach Kreta zu reisen. Allein.

Als ich in *Chania* aussteige, treibt es mir die Tränen in die Augen. Alles ist so verdammt vertraut, der Airport, der würzige Inselgeruch, der Weg zur Autovermietung und dann die einzigartige Strecke vom Airport nach *Souda,* Richtung *Almyrida.* Die Straße windet sich von weit oben nach unten, mit einem grandiosen Ausblick auf die *Souda*-Bucht. Parallel dazu verschwindet die Sonne hinter den Bergen und tunkt den Himmel in einen rot-orangenen Farbtopf und beschert mir und allen Menschen, die das gerade erleben dürfen, einen unglaublichen Moment der Vollkommenheit. Nur wenige Minuten später zerrinnt der Anblick vor unseren Augen. Das Sonnenlicht verschwindet, es wird unglaublich schnell dunkel und die künstlichen Lichter des Hafens und der Schiffe übernehmen.

Aufgeregt parke ich in *Almyrida,* schlendere die kleine Strandpromenade entlang und sehe Sonja und die Kinder, die schon auf mich warten. Schnurstracks liegen wir uns in den Armen. Froh, uns endlich wiederzusehen. Pedros erinnert sich an mich, die kleine Anna schaut noch skeptisch, wen Mama da so stürmisch umarmt. Kaum haben wir uns wieder, reden wir drauflos, als würden nicht neun Monate zwischen unserer letzten Begegnung und heute liegen.

»Danke übrigens noch mal persönlich für das fantastische Essenspaket, das ihr uns bei der Abfahrt in die Hand gedrückt habt.«

Sonja nickt und zeigt auf ihren Mann Kostas, der sich gerade zu uns gesellt. »Er hatte gekocht.«

Auch Kostas wird umarmt und geherzt. Voller Stolz zeigen mir beide die Taverne, die sie neu übernommen haben und die inzwischen, neben den Zimmern zur Vermietung, die Haupteinnahmequelle geworden ist. »Seitdem wir die Taverne haben, kommen wir finanziell besser über die Runden. Aber Kostas hat nun noch weniger Zeit. Er kocht, organisiert Konzerte und kleine Events. Mensch«, sie schlägt sich mit der flachen Hand an die Stirn, »hier hätten wir eine Lesung zu deinem Kretabuch organisieren können. Hast du paar Bücher mit? Vielleicht schaffen wir es noch?«

»Stimmt, eine Lesung am Originalschauplatz. Eine echt gute Idee!« Natürlich habe ich Marketinggenie keine Bücher dabei. Nicht mal ein einziges! Wir überlegen, ob wir es irgendwie hinbekommen könnten, Bücher nach Kreta zu ordern. Aber mein Aufenthalt ist zu kurz, die Versandzeit aus Deutschland zu lang und wir lassen die Idee los. Stöhnen immer mal wieder, weil es so gut gewesen wäre. Hätte eine von uns nur ein bisschen weitergedacht als bis zum nächsten Frappé.

Ich beziehe mein Zimmer, verbringe sonnige Tage in der wohlvertrauten alten Gegend und kurve mit dem Mietauto über die Insel. Besuche unsere Freunde Maja und Michael, die einen festen Platz in unserem Leben eingenommen haben, in *Aspra Nera.* Wir sind seit unserem Umzug regelmäßig in Kontakt geblieben und im Frühjahr waren sie bei uns in der Toskana. Leider war es eine kalte, regnerische Woche im Mai, die uns einiges an Nachsicht und Großmütigkeit abverlangt hat. Doch irgendwie haben wir die Woche zu viert im *Piccola Casa* gemeistert. Zur Belohnung waren wir am letzten Abend bei *Famiglia Busti* in *Acciaiolo* essen. Ich erinnere mich zu gern an das fantastische Essen, die ersten Bissen, die Geschmacksexplosion im Gaumen, und wer immer in dieser Gegend sein sollte, muss dort essen gehen.

Ich treffe mich auch mit Susse in ihrem hübschen Haus in *Armenoi* und mit Claudia am Strand von *Kalyves.* Fahre noch mal an die Stelle in *Georgiopoulis,* an der ich unser Auto in den Fluss gesetzt habe und erkenne amüsiert, dass sie die Böschung mit einem Betonsockel gesichert haben. Immerhin! Jetzt wird niemand mehr da reinrutschen.

Nur *Kambia* und die Gegend um unser altes Haus meide ich wie der Teufel das Weihwasser, ohne es mir erklären zu können. Irgendwann reicht es mir und ich denke: Stell dich nicht so an! Alle Widerstände missachtend, gebe ich Gas und fahre den Berg hoch. Als ich den Blinker setze, um in den Miniort abzubiegen, steige ich auf die Bremse. Bleibe kurz im Auto sitzen, horche auf das wild klopfende Herz und kann es mir nur so erklären, dass ich unser altes Haus so in Erinnerung behalten will, wie ich es verlassen habe. Nach der Vollbremsung fahre ich zurück zum Strand und *Kambia* ist Geschichte.

Entspannter kehre ich in meine alte Lieblingstaverne ein und finde es schön, dass mich der Besitzer wiedererkennt und mit einem freudigen »Jassu« begrüßt. Wir reden, auf Englisch, über dies und das und es ist immer wieder berührend, wie die Welt an den Orten, die man verlassen hat, stehenzubleiben scheint.

Abends sitze ich mit Sonja auf ihrem Balkon, schaue aufs Meer, folge mit dem Blick den Fähren, die ein- und ausfahren und dann zeigt sie mir das Handyfoto einer hell beleuchteten Fähre, die von Souda ablegt und die Insel verlässt.

»Das war eure Fähre, und es war kaum zum Aushalten, so traurig war ich, dass ihr weggeht.«

Die Köpfe noch über dem Foto zusammengesteckt, antworte ich ihr, dass es mir ähnlich ging. »Ich habe beim Ablegen die ganze Zeit nach deinem Balkon Ausschau gehalten. Ich wusste, dass du hier sitzt, und hab dir tausend Herzensgrüße geschickt.« Sehr berührt von unseren Worten der Zuneigung, verfallen wir in ein kleines Schweigen, schwelgen in den Bildern der Erinnerung und tauchen wieder auf.

Sonja holt Wein. »Ich hab dir noch gar nicht von meinem neuen Plan erzählt. Keine Ahnung, ob ich ihn umsetze, aber ich muss neue Entscheidungen treffen.« Sie nimmt einen Schluck, schaut in die Ferne und erzählt, dass sie vorhat, nach Deutschland zurückzukehren. Mit den Kindern. Ich erschrecke, sie klingt schon sehr entschieden.

»Wollt ihr euch trennen?«

»Nein, auf keinen Fall. Aber ich bin zu jung, um hier ewig Betten zu beziehen oder in der Küche zu helfen. Ich will mich weiterentwickeln, zurück in meinen alten Klinikjob, die Kinder sollen Deutsch lernen und in allen Ferien kommen wir dann hierher. Kostas versucht, besonders in den Wintermonaten, so oft es geht, zu uns nach Deutschland zu kommen.« Sie berichtet mir von der Idee in einem Rutsch, als dürfe sie auf keinen Fall abbrechen, damit die jungfräulich-neuen Gedanken nicht ins Wanken geraten. Nicht zusammenkrachen wie der wacklige Bau von Pedros Spielzeugeisenbahn. Bloß nicht für ewig auf der Insel bleiben.

Ich verstehe sie so gut und bewundere ihren Mut, zu ihren Bedürfnissen zu stehen, und ich bewundere auch Kostas, der trotz aller griechischen Vorgaben, wie Familie zu leben ist, zu seiner Sonja steht.

»Wann?«, frage ich, das Gehörte noch zerkleinernd und verdauend.

»Nächsten Sommer.« Sie seufzt, weil sie sich der gewaltigen Veränderung, die ihnen bevorsteht, durchaus bewusst ist. Doch ich weiß: Nie würde sie unbedacht etwas über den Zaun brechen.

»Hoffentlich schafft das eure Beziehung«, denke ich laut.

»Das hoffe ich auch. Kostas ist der Mann, mit dem ich zusammen sein will. Nach wie vor.«

Am nächsten Tag reise ich ab und weiß, dass ich so schnell nicht wiederkommen werde. Hier ist alles gelebt, alles gefühlt, alles gesagt. Ich habe mich noch einmal verabschiedet und mein geliebtes Kreta hat seinen festen Platz in meinem Herzen noch tiefer verankert.

Einsamkeit, die zweite

Als wir zurück in der Toskana sind, neigen sich die sonnigen, milden Tage dem Ende zu. Tage, an denen wir in der Sonne *Caffè* oder *Spritz* trinken, ans Meer nach *Cecina* fahren oder einfach auf unserer Terrasse sitzen und den Blick auf den Hügeln vor uns ruhen lassen. Zwischendrin gibt es auch wieder die anderen, die nebliggrauen, regnerischen, mittelkalten Tage, die uns ans Haus fesseln. Die uns mit voller Wucht auf uns selbst zurückwerfen. Es gibt kaum Ablenkung, selten Besuch und wir sehen uns immer wieder mit der Frage konfrontiert: Wer sind wir, wenn wir allein sind? Wenn keiner zuschaut? Halten wir uns aus? Genügen wir einander oder frisst sich das Nebliggraue, das Kühle, das Nasse auch in unsere Stimmung, unter die Haut? Manche Tage sind wie eine ungeliebte Wintergrippe, die man durchstehen muss und an solchen Tagen schlagen sie erbarmungslos zu: die Einsamkeit und ihre Freunde Genervtsein, Zweifel und Ungeduld. Eine miese Bande.

Plötzlich erkennen wir wieder, dass das Haus in den Hügeln viel zu klein und zu weit weg von allem ist, besonders vom Leben. Wir sehnen uns nach Nachbarn, würden gern menschliche Geräusche hören. Ganz egal, welche. Auch Autos und Motorräder könnten sich gern durch die Feldwege quälen, Motorgeräusche. Selbst ein Rasenmäher oder eine Motorsäge wären Musik in unseren Ohren. Wo ist eigentlich der Gärtner mit seiner Gerätschaft und dem hellblauen Vehikel?

Unsere Beziehung muss einiges aushalten, einer ist der Spiegel des anderen und schaut an solchen Tagen in ein mürrisches

Gesicht. »Scheiß Wetter.« Immerhin kennen wir die italienische Version dieses Satzes: »*Fa brutto tempo*!« Und sagen es uns ständig, was zwar die Laune nicht verbessert, aber immerhin unser Italienisch.

Der Umgang mit der Freiheit, der freigeschaufelten freien Zeit, der großen Leere, ist momentan die stärkste Herausforderung, der wir uns stellen müssen, obwohl genau das vor Jahren unsere maßgebende Sehnsucht war: Frei sein, weitestgehend unabhängig, kein Angestelltendasein mehr, nichts mehr müssen. Langsamer leben. Da haben wir den Salat. Den Tag zu strukturieren, sich selbst bei Laune zu halten, nicht den anderen oder die Gesellschaft verantwortlich zu machen, ist unser müßig Tagwerk. Freiheit und Leere können ungemein berauschend sein und ungemein beunruhigend.

Ich ertappe mich dabei, mich darauf zu freuen, mal wieder *etwas müssen* zu müssen, und ignoriere alle Zweifel, die wie die unsympathischen Streber in der Schule ihre Hände nach oben strecken. Schnipsen, um gehört zu werden. Ich weiß was, Herr Lehrer. Die beiden brauchen neue Aufgaben. Ein neues Projekt. Die können mit der vielen freien Zeit gar nichts anfangen. Ist es das? Brauchen wir etwas Neues? Neue Aufgaben? Sollten wir weiterziehen? Zurück in die Stadt gehen?

Jetzt dreh mal nicht gleich durch, antwortet mir mein toskanisches Steinhaus. Schön ruhig bleiben! Durchatmen und die Leere zulassen. Sink ein! Mach es dir darin gemütlich und renn nicht gleich weg.

Doch meine Königsdisziplin in der Einsamkeit ist das Alleinsein in der Einsamkeit. So, wie jetzt. Ganz auf mich zurückgeworfen wie ein Eremit habe ich zwei Wochen in den toskanischen neblig-verhangenen Hügeln vor mir. Wie damals, kurz nach unserem Einzug. Leichter Nieselregen komplettiert mein *Fa-brutto-tempo-Gefühl* und ähnlich wie im Februar schleicht sich die Einsamkeit an wie eine Katze, lange vor dem Sprung. Erst wartet sie in geduldiger Pose in sicherer Distanz, beobachtet mich unbeirrt, doch dann wird knallhart zugeschlagen.

Die ersten Tage genieße ich das Isoliertsein noch, halte mich wacker, freu mich, mit mir zu sein. Direkt nach dem Aufstehen schalte ich den italienischen Fernsehsender an, die deutschen Programme haben sich beim letzten Gewitter verabschiedet. So höre ich wenigstens Stimmen. Lerne ein paar Vokabeln. Raffe mich auf, mich in meiner neuen Geschichte um David nach Portland zurückzudenken. Fühle die Protagonisten und tauche für mehrere Stunden ab ins Schreiben. *Writerslife* poste ich vielleicht später auf Instagram, um mich mit der Welt verbundener zu fühlen. Da sind noch andere. Die Menschheit ist hier nicht zu Ende, auch wenn sich alles so anfühlt. Ritualisiert koche ich mir alle zwei Stunden einen neuen Tee und starre durch die Terrassentüren. Nichts zu sehen außer dichtem Nebel. Vielleicht ist die Welt hier doch zu Ende.

Nach einer Woche wird es still. Sehr still. Meinen deutschen Sprachschatz nutze ich nur in dem Roman, den ich gerade schreibe. Es gibt Tage, da rede ich kein Wort und habe das Gefühl, langsam einzupuppen wie eine Raupe und zwinge mich, einkaufen zu gehen. Frage die Verkäuferinnen im *Coop,* wo die Milch steht, der Kaffee, das Öl, nur um die Vokabeln zu festigen. »Scusi, dov`é il latte?« Dehne die kleinen Ausflüge aus, bis es lächerlich wird, nicht nach Hause zu wollen.

Als ich eines Morgens die Stille, die sich langsam in eine handfeste Lähmung verwandelt hat, nicht länger aushalte, stelle ich unser Leben und unsere Entscheidungen komplett in Frage.

Hadere damit, aus Kreta weggegangen zu sein. Dort hatten wir Freunde, Nachbarn und gutes Internet. Und sowieso waren die Strände schöner, die Olivenbäume wurden anders, viel besser beschnitten als in Italien, die Dörfer waren gemütlicher und ich vermisse die Tavernen am Strand.

Wieso sitze ich mutterseelenallein in diesem alten Steinhaus auf einem unbelebten Hügel in der Toskana? Das Internet funktioniert wieder nur stundenweise, sodass ich mich noch mehr von der Außenwelt abgeschnitten fühle als sowieso schon. Als Tom anruft, mein Highlight in diesen Tagen, gelingt es mir nicht, meinen desolaten Seelenzustand zu verbergen.

»Oh, oh,« sagt er, obwohl ich noch kein Wort gesprochen habe und warum auch immer, muss ich an unseren oft zitierten Gandhi-Spruch denken: *Rede nur, wenn es die Stille verbessert.*

»Tom, rede irgendwas. Scheiß auf die Verbesserung der Stille. Frag mich irgendwas.« Habe ich das laut gesagt mit dem Stille-Spruch? Die Grenzen des Gedachten und Gesagten verwischen immer mehr. Dann erzählen wir ein bisschen und nehmen uns vor, die Trennungen in Zukunft kürzer zu gestalten. Höchstens eine Woche, mehr ist dem anderen nicht zumutbar. Wirklich nicht!

»Lenchen. Ich weiß so genau, wie es sich für dich gerade anfühlt. Fahr ans Meer oder setz dich in ein Café in *Cecina*. Geh shoppen, dienstags ist doch der Markt, den du so liebst. Du musst rausgehen! Gib Geld aus!«

»Lustig. Du sagst, ich soll Geld ausgeben! Ich nehm dich beim Wort! Aber zuerst muss ich die Bude heizen.«

»Ich ruf dich später noch mal an, du klingst nicht gut, Leni.«

»Mach das.«

Nachdem ich aufgelegt habe, laufe ich im strömenden Regen hinters Haus. Um die Heizung am Laufen zu halten, muss ich mindestens zwei Pelletsäcke nachschütten. Der Heizungsraum ist so klein, dass ich mich zwischen Heizung und Wand quetschen muss, meine Klamotten verdrecke, Spinnweben wegwische und fluche, da mir der Regen über den Nacken den Rücken hinunterläuft. Die Säcke sind betonschwer, und nur, wenn ich sie über den Kopf hochhebe, treffe ich die Öffnung und lasse die gepressten Holzstücke in den Ofen rieseln. An schlechten Tagen hasse ich das umständliche Heizen, an guten Tagen romantisiere ich es. Diese Tage sind hundsmiserabel und das Heizen eine Last. Mindestens alle zehn Tage müssen Pelletsäcke nachgekauft werden. Es liegen nur mehr zwei ungeöffnet vor mir, also werde ich zum Baumarkt fahren müssen. Nicht auszudenken, wenn es auch noch kalt im Haus werden würde. Und feucht.

Am nächsten Morgen bin ich ausgeglichener und lausche dem neuen Frieden in mir. Ja, es ist einsam. Nimm es, wie es ist. Hol dir, was du brauchst. Was brauche ich? Ich rufe die einzige Freundin an, die ich erst seit Kurzem kenne und sie kommt! Natascha, meine Rettung. Parallel, wenn ich schon mal aktiv bin, bestelle ich den TV-Mechaniker, der meine deutschen Fernsehprogramme wieder einstellen soll. Vielleicht kommt er morgen oder übermorgen. Oh, heute schon. Auch gut.

Natascha setzt sich, ich koche Kaffee, köpfe eine Flasche Prosecco und zünde alle Kerzen an, die ich finden kann, und kaum, dass sie sitzt, weint sie und schüttet mir ihr Herz aus. Wie schwierig es gerade mit den Kindern ist, der Sohn, die Tochter. Ihr Job im Krankenhaus, Italien auf dem absteigenden Ast, viel arbeiten für wenig Geld.

Zwischendurch entschuldigt sie sich immer wieder. »*Scusa*, sonst bin ich nicht so. Setz mich nicht einfach hin und heule. Ich weiß auch nicht, was los ist.« Sie putzt sich die Nase, nimmt einen ordentlichen Schluck Prosecco und streicht sich ihre rote Mähne aus dem Gesicht.

»Prost und lass raus den Scheiß!«, ermuntere ich sie. Wissend, dass ich auch gleich alles erzählen werde, was mich bedrückt.

Endlich lacht sie, und weniger beschämt erzählt sie mir, wie schwer es ist, mit den italienischen Freundinnen über Probleme zu reden. Nichts, was mit der Familie zu tun hat, darf die eigenen vier Wände verlassen. »Man kann mit ihnen gut feiern und essen, aber nicht über persönliche oder familiäre Schwierigkeiten sprechen. Das macht man hier nicht. Todsünde.«

Als Familientherapeutin wäre ich hier arbeitslos, resümiere ich kurz für mich. Ich lebe von Menschen, die über ihre Schwierigkeiten sprechen.

»Schön, dass du da bist«, schnieft sie. »Jetzt ist es schon besser. Wahrscheinlich wollte ich es nur mal erzählen, in meiner Muttersprache. Komm, reden wir über dich oder euch. Wieso seid ihr jetzt in Italien? Kein Mensch wandert nach Italien aus.«

Wir erzählen uns gegenseitig unsere Geschichte und zwischendrin beichte ich ihr, dass wir gleich unterbrochen werden, da der Techniker kommen wird, um den Fernseher zu reparieren.

Sie schaut sich um. »Hast du manchmal Angst, so allein hier? Und dann noch ohne Fernseher, schwankendes Internet, kein funktionierendes Telefonnetz. Ich könnte hier nicht allein sein.«

»Ich eigentlich auch nicht.« Wir lachen die Angst weg.

Und dann erzähle ich ihr alles, was mich beschäftigt. Womit ich hadere und womit ich glücklich bin.

»Sobald es dunkel wird, verbarrikadiere ich mich, schließe die schweren Holztüren, die unteren Fenster sind mit Gittern gesichert, da kommt man nicht so leicht ins Haus. Außerdem liegt es so versteckt, das findet man nicht zufällig. Inzwischen kenne ich auch alle Geräusche um das Haus herum gut.«

»Nützt das was?« Ich überlege.

»Wahrscheinlich nicht, aber ich würde sofort merken, wenn was anders klingt als sonst. Tja, und dann? Verstecke ich mich wie die Katzen unter dem Bett«, gebe ich mir selbst die Antwort.

»Mit einem Messer«, ergänzt Natascha und mittlerweile brauche ich dringend einen Themenwechsel, sonst schlingern wir geradewegs in ein schauerliches Horrorszenario.

Wir trinken den Prosecco aus, danach den Kaffee, dann wieder Prosecco. Essen würzigen Käse, Oliven und ungesalzenes Brot.

»Aber eins noch zum Schluss, also zum Schluss zu diesem Thema. Insgesamt staune ich nämlich selbst über mich. Seit ich erwachsen bin, lebe ich in Stadtwohnungen, aber in diesem Haus, ganz allein in der Pampa, fühle ich mich ungewohnt sicher.«

Natascha prostet mir zu. »Auf die Sicherheit.«

Der Techniker kommt und bringt seine Frau Francesca mit, eine Schweizerin. Ohne große Berührungsängste sitzen wir Frauen inzwischen bei Tiramisu und einer weiteren Flasche Prosecco zusammen, während der Mann mit dem Fernseher kämpft. Die Stunden fliegen dahin. Wir reden und lachen uns durch den dunklen, stürmischen Nachmittag. Seit dem Morgen regnet es und als alle aufbrechen, regnet es immer noch.

Die Katzen giften sich an, weil sie schon den ganzen Tag im Haus hocken. Hoffnungsvoll probieren sie es an verschiedenen Türen und Fenstern, schauen sehnsüchtig hinaus, doch es bleibt immer dasselbe Wetter.

Immerhin funktioniert der Fernseher und ich fühle mich weniger allein als am Vormittag. Natürlich haben wir Frauen gleich Nägel mit Köpfen gemacht, denn jede von uns sehnt sich nach Freundinnen und jede von uns ist von praktischer Natur. Nächste Woche besuche ich Francesca aus der Schweiz und werde künftig das Olivenöl vom Hof ihrer Tochter kaufen. Frisches Olivenöl, wehmütig hole ich mir aus der Erinnerung den fruchtig-herben Geschmack des kretischen Öls in den Gaumen und hoffe auf eine ähnliche Geschmacksexplosion. Speichere Nataschas und Francescas Nummer in mein Handy und tröste mich mit dem Gedanken, wenn irgendwas wäre, könnte ich eine von beiden anrufen.

Ich muss nur daran denken, das Telefon mit unter das Bett zu nehmen. Das Telefon und ein Messer. *Wenn was wäre*. Ich grinse vergnügt und gehe schlafen.

Fix ausgemacht, werden wir kommendes Wochenende mit Natascha und Emiliano ausgehen. Tom weiß noch nichts von seinem Glück, er muss erst mal zurückkommen. Natascha warnt mich vor, nichts Besonderes zu erwarten. »Es wird einen langen Tisch voll schnatternder Italiener geben, es wird gegessen, es wird laut sein und dann fangen die ersten an zu tanzen. Achtziger Jahre Mucke.« Schon bei der Vorstellung grinst sie und ich denke nur: Ja, ich will! Genau das. Genau das fehlt mir gerade. Und eins weiß ich auch, in zwei Tagen wird die Sonne wieder scheinen und alles wird aussehen, als hätte man den Lichtschalter in die andere Richtung gedreht. Die Farben werden um die Wette brillieren, alles wird wie frisch gewaschen aussehen. Die nassen, nebligen Tage werden, genau wie letztes Mal, im Dunst meines Vergessens verschwinden. Sich zurückziehen, als wären sie nie da gewesen. Plopp. Weg.

Das Jahr neigt sich dem Ende zu und erst im Rückblick kann ich auch die lautlosen Wintergrippen-Tage schätzen. Tage, in denen oberflächlich gesehen nicht viel passiert ist. Jedes Mal haben sie mich gezwungen, mir nahe zu sein, mich auszuhalten, mich nicht zu verlassen, auch in absoluter Stille und ohne Publikum. Stillstand und Alleinsein, ein Zustand, vor dem ich als junge Frau die allergrößte Angst hatte.

Der Heilige Abend ist in Italien ein gewöhnlicher Arbeitstag, erst der 25.12. ist ein Feiertag - und so erleben wir beim Einkaufen das normale Gewusel von Menschen, die noch Dinge vor Weihnachten zu erledigen haben.

»Hast du einen Wunsch?«, fragt Tom. »Immerhin ist Weihnachten, der Tag noch lang.«

Hab ich einen Wunsch? Der Himmel ist blau, die Mittagssonne wärmt noch und spontan sage ich den Satz, den ich wohl in den letzten Jahren sehr oft gesagt habe: »Lass uns zum Meer fahren.«

Ein Lächeln huscht über sein Gesicht. »Ich bin dabei. *Pisa* oder *Cecina*?«

Wir schauen uns kurz an und sagen *Cecina* wie aus einem Munde, obwohl *Pisa Mare* viel näher wäre, zieht es uns immer wieder nach *Cecina;* eine offene, lebendige Stadt am Meer.

Auf der halbstündigen Fahrt hören wir meine gesammelten italienischen Songs und genießen es, Zeit miteinander zu haben. Nur wir beide. Meine Hand sucht seine, für einen Moment halten wir uns fest, singen mit und genießen die Vorfreude darauf, gleich die vertraute Anhöhe zu passieren und das Meer sehen zu können.

»Jetzt! Da hinten!« Jedem, mit dem ich die Strecke fahre, zeige ich, ohne zu ermüden, die blaue Stelle, an der das Meer durchblitzt. Es ähnelt dem Gefühl, auf einer Achterbahnfahrt ganz oben zu sein, bevor es in einem Affenzahn wieder abwärts geht. Die kleine Freiheit, an einem Wintertag in Italien einfach zum Meer zu fahren, schätzen wir sehr. Dort angekommen, suchen wir uns einen windgeschützten Platz und atmen durch.

»Was für ein Jahr«, fasst Tom zusammen. »Der Umzug im Februar, das vollgepackte Frühjahr, deine Klienten, unsere Freunde, der Sommer in Portland und im Herbst waren wir eigentlich ständig getrennt, immer woanders. Jetzt darf es echt mal ruhiger werden. *Due Spritz*?« Er zwinkert mir zu.

»Jetzt schon? Es ist erst mittags. Aber warum nicht, es ist auch Weihnachten. *Si, due Spritz, per favore*.«

Er ordert die orangefarbenen Getränke in den bauchigen Gläsern und wir stoßen auf ein paar ruhige Weihnachtstage an. Ich bin in melancholischer Stimmung und wäre am allerliebsten in Portland bei den Kindern, den großen und den kleinen. Doch Weihnachten in die USA zu fliegen ist eine sehr teure Angelegenheit und zudem erleben wir, wie unfrei wir durch die Katzen geworden sind. Jedes Mal, wenn wir zusammen verreisen wollen, müssen wir jemanden organisieren, der sie füttert. Inzwischen sind es wieder drei. Ein schwarz-weißer Wuschel, wir nennen sie Molly, lebt hier schon seit acht Jahren auf dem Gelände. Mutig hat sie sich ihren Platz neben den beiden Brüdern erkämpft. Fast stoisch saß sie immer wieder vor unserem Haus und wollte hineingelassen werden wie die anderen Katzen. Gleichbehandlung, *per favore*.

Inzwischen gehört sie selbstverständlich dazu, die Italienerin und die beiden Griechen verstehen sich bestens. Natürlich gibt es drei Katzennäpfe und drei Schlafplätze. Jetzt sind sie wieder zu dritt.

Und dann kommt Klaras Anruf.

Klara

»Ich glaube, ich bin depressiv«, sagt sie am Telefon.

Mein Fakten abklopfendes Therapeutenhirn springt zuerst an. »Was hast du für Symptome? Wieso denkst du das? Seit wann?« Meine nüchternen, schnellen Fragen überdecken das mitfühlende Mutterherz, das bis zur Schädeldecke pocht und am liebsten sofort zu ihr fliegen würde.

»Ich glaube, es hat schon letzten Sommer angefangen. Aber da war es nicht so schlimm wie jetzt. Ich bin dauermüde, schaffe es gerade so, zu duschen. Na ja, eigentlich nur, wenn ich muss. Mach die Post nicht mehr auf. Guck stundenlang Serien auf Netflix. Schlafe schlecht, trinke zu viel.«

Ich nehme an, sie meint Alkohol. Oh je, denke ich. Das klingt wirklich nicht gut. »Bist du krankgeschrieben?«, frage ich weiter.

»Nein, die Kinder versorgen und arbeiten gehen, schaffe ich irgendwie. Manchmal muss dann eben Trockenshampoo herhalten.«

In mir arbeitet es wie wild: Okay, sie versorgt die Kinder und sie geht arbeiten. Zählt das noch zu Depression? Sie macht doch viel zu viel, dafür, dass gerade nichts geht. Meine Gedanken schweifen zu Sam und wie ich ihn kenne, leidet er wie ein Hund, dessen Herrchen plötzlich gestorben ist, wenn es ihr nicht gutgeht.

Als würde sie meine Gedanken lesen können, redet sie weiter. »Mach dir keine Gedanken, Mama. Ich hab mir hier eine Therapeutin gesucht, sie heißt Summer, wenn das mal kein gutes

Zeichen ist, weiß ich auch nicht. Wenn ich in meinen Kalender schaue, steht da manchmal *elf Uhr fünfzehn Summer* und ich muss kurz überlegen, was ich mir da aufgeschrieben habe.« Leise lacht sie vor sich hin. Ihren Humor hat sie noch und etwas Abstand zur Situation auch, checke ich sie innerlich weiter durch. »Sie kennt auch meine Lebenssituation. Summer war auch viele Jahre im Ausland, mit kleinen Kindern. Es tut mir gut, mit ihr zu reden.«

Langsam entspanne ich mich, höre ihr weiter zu und könnte trotzdem gleich losheulen. Bevor sie mich anruft, hat sie sich schon Hilfe organisiert.

»Kann ich irgendwas tun?«, frage ich sie schließlich. Bereit, alles, was sie belastet, zu ordnen, in kleinere Päckchen zu packen und dann wegzusortieren. In den Keller, auf den Müll, ins Nirwana. Wie bei ihrem Umzug: Behalte ich. Kann weg.

Sie seufzt in den Hörer. »Nein, Mama. Da muss ich wohl allein durch. Du hast schon genug geholfen. Kannst ja mal recherchieren. Viele, die mehr als drei, vier Jahre konsequent im Ausland leben, kaum noch ihre Muttersprache sprechen, in einer anderen Kultur leben, keine Freunde und Familie im Umfeld haben, fallen anscheinend in dieses Loch.«

Als wir auflegen, spüre ich, wie das wabernde Dunkle ihrer Erschöpfung in mein Innerstes kriecht. Einmal verbunden, immer verbunden. Ist sie im Loch, bin ich auch im Loch.

Tom, dem ich sofort von unserem Telefonat erzähle, nimmt mich in den Arm, als ich immer weiter in alle möglichen Schreckensszenarien versinke. »Was ist, wenn sie in eine Klinik muss, sich nicht so schnell erholt, wie wir jetzt glauben? Was ist dann mit den Kindern? Klaras Verdienst ist momentan der Hauptverdienst der Familie. Sam … die Kinder … Klara … keine Hilfe …«

»Hör auf, Lena!«, unterbricht er mich. »Die beiden haben in den letzten Monaten eine Menge gewuppt. Klara darf jetzt einfach mal nicht mehr können. Sie braucht eine Pause, offenbar geht gerade nichts mehr. Sie erholt sich wieder. Wirst sehen. Du sagst doch immer, die Seele ist klug.«

Erstaunt schaue ich ihn an. »He! Eigentlich ist das mein Text.« Inzwischen sitzen wir uns gegenüber.

»Deswegen wundere ich mich ja, in was für finstere Gedankenketten du abtauchst. So kenne ich dich gar nicht.«

»Ich muss immer einmal schlimmstenfalls zu Ende denken. Aber hast recht, ich nenne Klaras Zustand ab jetzt einfach *Pause vom Leben*.« Doch ich kann es nicht ganz lassen. »So richtig Pause ist es ja nicht. Sie hat gar keine Pause, denn sie geht arbeiten, auch noch Nachtschichten, und versorgt nach wie vor die Kinder. Nur dazwischen macht sie kleine Verschnaufpausen. Das ist nicht viel Zeit.«

»Nicht wieder ins Schlechtestenfalls abdriften. Du bist schon an der Peripherie.«

»Peripherie? Schau an, es gibt doch noch neue Worte zwischen uns.«

Tom lacht, zufrieden, dass ich mich nicht weiter abwärts bewege. »Zumindest hörst du mir zu, wenn ich mal ein Wort einstreue, was ich nicht so oft benutze. Peripherie. Peripherie.« Er wedelt mit dem Wort, als würde er Staub wegwischen.

Am Abend suche ich nach entsprechenden Artikeln zum Thema Auswandern und lese, dass es sich mit den Phasen analog zu den Veränderungen in einer Paarbeziehung verhält. Nach der ersten Zeit der Verliebtheit, der Freude über das Neue und das Aufregende, tritt das Trennende, das, was man vermisst, in den Vordergrund. Spätestens dann treffen die meisten Menschen bewusst oder unbewusst eine erneute Entscheidung. Bleiben entweder mit einem neuen Ja auf einem anderem Level im neuen Land (oder in der Beziehung) oder trennen sich und gehen wieder nach Hause, in das Vertraute (so auch bei Paaren).

Alles, was ich lese, leuchtet mir ein und ich glaube daran, dass sich Klara neu sortieren und ihre Freude am Leben wiederfinden wird, die passenden Entscheidungen treffen wird. In Gedanken schicke ich ihr Kraft, Geduld und dicke, lange Herzensumarmungen.

Nur kurze Zeit später telefonieren wir erneut.

»Sam hat nun doch einen Pilotenjob annehmen müssen, sonst schaffen wir das finanziell nicht. Das heißt, er wird zwei Wochen im Monat zu Hause sein und zwei Wochen nicht. Für den Anfang brauche ich dringend Hilfe. Kannst du kommen?«, fragt sie.

Tom, der gerade den italienischen Immobilienmarkt durchsucht, blickt auf. Er hört nur meine Antworten.

»Warte, ich schaue nach, was im Februar ansteht. Mist, ich muss ein Seminar in Berlin durchführen. Vielleicht kann ich es tauschen. Ich melde mich gleich wieder, okay? Das wird schon gehen.«

»Und, Mama, wir haben eine Menge Flugmeilen gesammelt. Du musst das nicht bezahlen. Es wäre toll, wenn es klappt«, ergänzt sie leiser.

»Du musst da hin, sie braucht dich jetzt«, kommt es aus Toms Ecke, als er sieht, wie ich über dem Kalender brüte. »Gib das scheiß Seminar ab, auch wenn du kein Tauschseminar dafür bekommst.«

Aber ja, ich schreibe meinem Berliner Teamkollegen, was los

ist, und habe ratzfatz den Februar völlig freigeschaufelt. Meine innere Kontrolletti-Stimme, die lange still war, meldet sich: Kein Einkommen im Februar! Alarmstufe rot!

Ich beruhige ihn, dafür mehr Einkommen im März und Mai. Entspann dich!

Mein Kontrolletti denkt immer noch wie ein Angestellter, nicht wie ein Freiberufler. Wenn nicht jeden Monat die gleiche Summe eintrudelt, wird er unruhig. Und außerdem, ergänze ich im Stillen, kommt seit Monaten Geld von den Buchverkäufen. Ein passives Einkommen, was ich mir immer gewünscht habe. Auch, wenn es noch klein ist.

Das ist kein Einkommen, höre ich Kontrolletti wettern. Das ist Pipifax. Pillepalle. Kinkerlitzchen. Kannst du einstreichen, kannst du aber auch lassen.

Unverschämt!

Portland

Silvester verbringen wir zu zweit zuhause. Lassen dieses Jahr 2017 ausklingen, erinnern uns noch einmal an unsere Träume, unsere Liebe, unseren Anfang auf Korfu. Trinken *Vino rosso,* schauen die Livekonzerte auf Arte und tanzen beim Rammstein-Konzert ausgelassen und auch ein bisschen blöde in unserem Kaminzimmer. Haben ›leicht einen sitzen und keine Termine‹, wie Harald Juhnke immer so schön sagte. Tom feuert mich an und filmt mein wildes Rumgehopse. Mittlerweile steht er mit der Kamera auf einem Stuhl und schreit: »Jo! Böses Mädchen! Jo! Zeig's ihnen!« Wen immer er damit meint, egal, ich zeig's ihnen. Völlig außer Puste lachen wir uns dermaßen scheckig, wie wir schon lange nicht mehr gelacht haben. Tom kringelt sich, als ich ihn nachäffe und muss sich vor lauter Lachen den Bauch halten und sich hinsetzen.

Als ich den Fernseher lauter drehen will, schaltet er sich aus. Fassungslos starren wir auf den schwarzen Bildschirm. Das geht doch nicht, das ist wie *Coitus interruptus.* Stromausfall auf dem Höhepunkt der Party, Stillstand auf dem höchsten Punkt der Achterbahn. Nicht doch!

Verschwitzt zünden wir Kerzen an, schauen uns, immer noch gackernd, das aufgenommene Tanzvideo an. Aus unserer trunkenen Laune heraus schicken wir es nach Portland. Klara schreibt mir, dass sie genau das einnehmen möchte, was ich genommen habe, und erzählt mir später, dass Matilda das Video immer und immer wieder anschauen wollte. *Again, again. That's Nonna.* Noch mal, noch mal.

Die Tage düsen dahin, als wollten sie mir sagen, ich solle nicht so trödeln. Schneller als gedacht sitze ich wieder im Flugzeug. Pisa-Amsterdam-Portland. Die altbewährte und inzwischen vertraute Strecke, die mich jedes Mal, wenn wir über Grönland fliegen, die Luft anhalten lässt. Der große Airbus wackelt dermaßen, dass nicht nur das Zeichen für *Sicherheitsgurt anlegen* anspringt, sondern auch meine Angst. Mit den gewohnten Worten beruhige ich mich: Alles ist gut. Fliegen ist todsicher. Trink einen Wein. Und wenn du jetzt sterben solltest, dann soll es wohl so sein. Trink noch ein Glas Wein. Nein, kein Alkohol! Beruhige dich! Fliegen ist sicher.

Seit dem Abflug in Amsterdam vor vier Stunden habe ich ein Buch ausgelesen, zwei Filme geschaut, mit den anderen eine Mittagsmahlzeit eingenommen und mich vorbildlich hin und her bewegt. Zum Schlafen bin ich zu aufgekratzt. *I'm very excited.* Also beobachte ich den Bordmonitor, der mir die Flugroute anzeigt. Flughöhe 10763 m, Geschwindigkeit 861 km/h, Außentemperatur -63 Grad und 4635 km bis zum Zielort. Noch sechs Stunden. Das Starren auf den Bildschirm lässt die Zeit wie in Zeitlupe verstreichen. So wird das nichts.

Also schreibe ich weiter an meiner neuen Story, die ja in Portland spielt, und freu mich darauf, an die realen Schauplätze zu gehen. In meiner Fantasie wiege ich mich in der Vorstellung, eine berühmte Autorin zu sein, und natürlich werden die Reisekosten für eine gründliche Recherche von einem Verlag übernommen und ich darf in dem bequemen Bett der ersten Klasse fliegen. Träumen ist schön.

Hier oben, über dem Eis und den Wolken, fühle ich mich mehr als sonst zwischen all dem, was und wen ich liebe. Ein Dazwischen-Liebes-Zustand. Zwischen Europa und den USA. Zwischen dem Vertrauten in Europa und dem Neuen in den

USA. Mit jedem Kilometer mehr lasse ich das Vertraute hinter mir und begebe mich auf die andere Seite der Welt. Hin. Her. Hin. Her. Mein innigster Wunsch ist immer noch, alle Lieben zusammenzubringen. Doch diese Träume finden eher im Konjunktiv statt: Es wäre schön, wenn. Wir sollten näher zusammenleben. Wir hätten in die USA gehen sollen, allen Widerständen zum Trotz. Hätten. Sollten.

Das innere Seufzen verlässt meinen Körper nicht, auch darin bin ich geübter als noch vor einem Jahr. Es ist, wie es ist. Die Realität der getrennten Kontinente habe ich längst akzeptiert. Dennoch gibt es einen über die Jahre gewebten Faden der Liebe und Zugehörigkeit. Unsichtbar und stark.

Meine Sitznachbarin, mit einem Gesicht, in dem die Vorfreude wie ein vorwitziger Korken gleich auf meinen Schoß springen wird, sagt zufrieden: »I'm flying home.«

Wie schön das klingt und wie glücklich sie dabei aussieht.

»That sounds good«, erwidere ich, absolut gesprächsbereit. »I'm flying to my second home«, antworte ich freundlich und erzähle ihr, dass meine Tochter, ihr Mann und meine Enkel in Portland leben und hole irgendwo aus den hintersten Gehirnregionen mein Englisch wieder hervor. Ja, ich fliege in mein zweites Zuhause.

Völlig durcheinander bestelle ich beim Flugbegleiter, der vor uns steht, alles auf Italienisch und antworte mit *si, prego, grazie.* Er lächelt geduldig und sieht dabei ausgesprochen bezaubernd aus.

Die Frau neben mir scheint sich zu wundern, dass ich italienisch bestelle, eben habe ich doch noch von Deutschland und Portland erzählt. Als sie fragt, ob es Spanisch war, wundert mich nichts mehr. Mein Gehirn scheint nicht mehr so flexibel zu sein. *Vino rosso* für Rotwein klingt aber auch einfach am passendsten von allen Sprachen, die ich durcheinanderwirbele. Die rote Farbe sieht aus wie ein Mix aus Brombeere und Himbeere, wahnsinnig gesund.

Meine Sitznachbarin schaut mich an, zwinkert mir zu und bestellt: »The same, please.« Dasselbe.

Wir verstehen uns.

Alles ist durcheinander, die Lieben, die Sprachen, die Zeit. Wenn wir landen, wäre es für meinen Körper bald Schlafenszeit, aber in Portland ist es erst Mittag. Ich werde Klara, mein großes Mädchen, in die Arme schließen und ihren unvergleichlichen Klara-Duft einsaugen. Kind bleibt Kind, das wird sie auch erleben, wenn ihre beiden Kleinen groß sind. Sie riecht immer noch ein bisschen so, wie sie als Kind roch, ein bisschen nach verschwitztem Kinderkörper, was ich ihr natürlich nicht sage. Wer will schon so riechen. Doch für mich ist es unvergleichlich. Tapfer werde ich mich wachhalten, um am Nachmittag mit ihr die Kinder aus dem Kindergarten abzuholen. Wir haben uns schon wieder sieben Monate nicht gesehen. Vor lauter Vorfreude stolpert mein Herz. Endlich, der Sinkflug, die Landung. Endlich aussteigen, endlich das Gepäck in der Hand halten.

Bei der Einreise fragt mich der Zollbeamte, ob ich Früchte, Samen, Geld oder Tiere einführe. Ich verneine jeden seiner Punkte. Er schaut mich streng über die Brillengläser hinweg an.

»Really nothing?«, fragt er. Wirklich nichts?

Ich gehe in mich, will auf gar keinen Fall irgendeinen Ärger und anscheinend ist es ungewöhnlich, gar nichts mitzubringen. Völlig sorglos erzähle ich ihm, dass ich zwei Tiere für meine Enkelkinder dabei habe. »Oh, sure. I have two animals for my grandchildren in my baggage.« Saumüde nach dem langen Flug warte ich ab, ob er weitere Fragen hat. Doch er schaut mich erneut skeptisch prüfend über den Rand der Brille hinweg an. Dann höre ich meinen Satz wie bei einem Echo ein zweites Mal. Himmel, ist meine Schaltzentrale langsam und ich begreife, wie es für ihn klingen muss. Hoffentlich glaubt er jetzt nicht, dass ich ihn verarschen wollte.

»No, no!«, versuche ich eine Erklärung. »Not real animals.« Was ist noch mal das englische Wort für Plüschtiere? Mist, es fällt mir nicht ein.

Mit einer wegwerfenden Handbewegung klappt er meinen Pass zu und winkt mich durch. »Go, go.«

Vielleicht hätte ich sagen sollen, dass es sich um einen Dinosaurier und ein Einhorn handelt.

Dann schließe ich endlich mein Klara-Kind in die Arme, später Jakob, der seinen Erzieherinnen hüpfend entgegenschreit: »That's Nonna! That's Nonna!«

Und Matilda, die zunächst aus der Ferne zuschaut, ob mich ihr Bruder passabel findet, dann erst schenkt sie mir ein scheues Lächeln. Später beobachte ich wieder fasziniert, dass sich die Kinder immer hüpfend oder rennend fortbewegen. Was für ein Bewegungsdrang, was für eine Lebendigkeit.

Sam ist noch zwei Tage zu Hause, dann geht sein neuer Pilotenjob los und ich sehe den beiden an, wie schwer es ihnen fällt, sich zu trennen. Das war nie der Plan, nie ihr Traum. Sie wollten als Eltern gemeinsam bei den Kindern sein, solange sie klein sind. Abends, morgens, am Wochenende. Immer.

Klara und ich haben eine intensive gemeinsame Zeit und ich muss zugeben, dass ich sie noch nie so müde erlebt habe. Ein bisschen wie ferngesteuert, ein Teil in ihr erinnert sich daran, was zu tun ist, der Rest will nur schlafen.

Irgendwie schaffen wir es, die Kinder zu bändigen, die besonders abends zur Hochform aufdrehen. Die Stimmung ist angespannt. Klara und ich streiten, gehen uns auf die Nerven, muffeln uns an, heulen sogar und finden am Ende zum Glück wieder zusammen. Die Abendsituationen sind momentan am schwierigsten und verlangen eine immense Geduld von uns ab. Jakob, der noch nicht am Gesicht ablesen kann, wie sauer seine Mutter schon ist, lacht, rennt durch die Wohnung, kippt das Spielzeug aus und Matilda macht ihm alles nach.

»Es ist nur eine Phase«, trösten wir uns. »Nur eine Phase.« Irgendwann im Leben gehen sie gern ins Bett, legen sich hin und schlafen von ganz allein ein. Irgendwann.

Heute koche ich innerlich und würde die beiden Zwerge am liebsten ins Zimmer stecken und abschließen. Wieso kapieren sie nicht, wie sauer wir beiden Erwachsenen sind? Gleichzeitig denke ich, wieso bekommen wir Großen die kleinen Scheißer nicht zur Ruhe? Anscheinend haben wir den Punkt verpasst, an dem noch irgendwas zu regeln und zu besprechen ging. Die Kinder sind völlig aufgedreht, jagen sich, fangen sich, hopsen lachend auf den Betten.

Frustriert setzen wir uns ins Wohnzimmer, dimmen das Licht und lassen sie toben. Klara weint vor Erschöpfung, und wenn sie weint, weine ich auch. Einmal verbunden, immer verbunden.

Wir reden leise, lassen los, wollen nichts mehr. Sollen sie doch wach bleiben, bis sie von allein umfallen.

Irgendwann schauen die Kinder um die Ecke, ganz vorsichtig. Leise. Mein Gott, sie sind leise und wollen wieder eine Reaktion von uns. Kapieren, dass wir in einer anderen Stimmung sind als sie. Dann kommen sie an, wollen kuscheln und sind bereit, schlafen zu gehen. Hundemüde. Innerhalb kürzester

Zeit schlafen sie ein. Als Klara aus dem Kinderzimmer kommt, klatschen wir uns völlig erschossen ab.

»Wir sollten in Zukunft abends alles dunkel machen, aus dem Fenster schauen und bisschen zusammen weinen. Das scheint sie runterzukochen.« Klara lacht schlapp, holt uns Wein und Eiscreme und dann führt sie mich in die Welt der Serien auf Netflix ein.

Wir lachen über die urkomischen Situationen bei »Working Mom« und »Milcheinschuss«. Bei »Atypical« fiebere ich mit, wie es weitergeht. Süchtig klicke ich auf die nächste Folge und die nächste und kann mir gut vorstellen, wie man Stunde um Stunde weiterschauen will. Muss! Noch eine Folge, die letzte. In die fremden Leben eintaucht, das eigene vergisst.

»Die haben gut über Autismus recherchiert«, höre ich Klara, die neben mir auf dem Sofa liegt und mitschaut, noch verkünden, dann ist Ruhe.

Als ich nur einen Moment später erneut zu ihr luge, ist sie eingeschlafen. Fix und fertig.

Auch in den nächsten Tagen erlebe ich sie dauermüde. Wann immer sie sagt, ich setze mich nur kurz hin, ist sie innerhalb der nächsten Sekunden eingeschlafen. Eben hat sie noch mit Sam telefoniert, kurz danach schläft sie in der Telefonierposition. Die rechte Hand umschließt fest das Handy als könne sie ihren Mann dadurch herbeizaubern.

Leise decke ich sie zu, streiche ihr die Haare aus dem Gesicht und hinters Ohr, wie früher. Räume auf, wasche Wäsche, lege sie zusammen, sortiere die Kinderklamotten, koche, räume den Geschirrspüler ein und aus, wasche die Kinderflaschen aus, suche schon mal Kinderklamotten für den nächsten Morgen raus und bin froh, dass Matilda bisher alles angezogen hat, was ich ihr hingelegt habe. Kein hysterisches: »No!«

Bei meiner Abreise sage ich glücklich: »Bis in sechs Wochen!«, denn mein ursprünglicher Plan, sie im April zu besuchen, ist nicht gecancelt. Diese Reise war nur dazwischengeschoben.

»Bis gleich, Mama«, sagt auch Klara und ich bilde mir ein, dass sie einen Hauch energiegeladener klingt als bei meiner Ankunft.

Italienliebe

Die Landschaft der Toskana ist ein Traum. Immer wieder. Und ich kann mich nicht daran sattsehen. Die sanften Hügel, die Weite, das Licht, das Meer, das Essen, die Menschen, die wir bisher kennengelernt haben, und besonders die Sprache. Langgezogene Vokale, man braucht etwas Zeit, um die Wörter in ihrer klangvollen Schönheit voll auszusprechen, und wir üben. Hören uns gegenseitig bei den Vokabeln ab, bilden einfache Sätze und Fragen, versuchen erste Dialoge. Elena, unsere Italienischlehrerin, gibt nicht auf, auch wenn sie manchmal schmunzelt, weil wir wieder etwas falsch aussprechen. Apropos Sprache. Ich liebe es, wenn ich über den Markt laufe und höre: *Prego, Signora* oder *Buongiorno, cara* (Guten Tag, Liebe). Selbst alte Damen werden freundlich mit *Ciao, bella* begrüßt und oft bewundere ich ihren modischen Chic: bunte, fast mädchenhafte Sommerkleider, glitzernde Sandalen, gut frisiertes Haar.

Doch zurück zur Sprache. Ewig habe ich gebraucht, mir das Wort für Kiosk zu merken: *Edicola*. Erst die Eselsbrücke, dass da Cola im Wort steckt, hat meinem müden Hirn geholfen, es endlich zu behalten. Cola-Kiosk, logisch: *Edicola!*

Colazione wiederum heißt Frühstück und da ist ebenfalls das Wort Cola enthalten. Cola ohne – ohne Cola. Damit versuche ich es mir einzuprägen. Keine Cola zum Frühstück: *Colazione.* Noch schlimmer das Wort Ampel. Immer wieder habe ich es mir falsch gemerkt. S*emaforo.* Wie soll man sich das merken? Erst Jan brachte den Durchbruch: Sema (sieh mal) da <u>vo</u>rn <u>ro</u>t. *Semaforo. Allora*!

An jeder Kreuzung sage ich stolz, den Arm nach vorn gestreckt: »Semaforo!« Ich weiß nicht, ob das so bald wieder aufhört.

Tom sagt jedes Mal tapfer und für meinen Geschmack einen Hauch zu gelangweilt: »Ich weiß, da vorn ist eine Ampel.«

Manchmal sind wir am Verzweifeln. Alles, was an einem Tag sitzt, da wir es bis zum Umfallen wiederholt haben, ist am nächsten Tag wieder weg.

»Was heißt noch mal Reifen wechseln?« Wir denken nach, dass die Köpfe rauchen.

»Irgendwas mit Gomme, Gummi«, versuche ich, »und ›wechseln‹ war doch so ähnlich wie im Englischen.«

Tom zuckt die Achseln. »Wie kommst du denn jetzt darauf?«

»Wir müssen Reifen wechseln und ich weiß, dass wir den vollständigen Satz können. Das gibt's doch nicht!«, wühle ich die Vokabeln im Geiste durch. »Cambiare le gomme«, schreie ich ihn Minuten später erfreut an.

»What?«, fragt er völlig erschrocken, das Lenkrad fest im Griff.

»Reifen wechseln!«, erinnere ich ihn.

»Ja, wir müssen einen Termin machen.«

»Einen Appuntamento. Un appuntamento.«

Er sagt nichts mehr.

Ende Mai schließen wir uns einer neuen Freundin, Kristina, an, die nur wenige Minuten von uns entfernt im beschaulichen Dorf *Sant Ermo* lebt. Die Freude darüber, uns gefunden zu haben, ist riesig und ehe ich einmal Luft geholt habe, sitze ich auf ihrer kleinen Dachterrasse bei Kaffee und Kuchen, ein wunderbar deutscher Kaffeeklatsch, um uns gegenseitig zu beschnuppern. Nur der Blick in die Ferne über die weiten toskanischen

Hügel und Felder oder nach rechts zum Nachbarhaus in italienischem Baustil erinnert mich dran, dass ich in der Toskana bin.

Kristina ist eine Macherin, was sie sagt, meint sie so. Wovon sie träumt, packt sie an. Ihr italienischer Mann arbeitet absurderweise in Süddeutschland, weil es für ihn hier keine Arbeit gibt. Er pendelt zwischen Deutschland und Italien, die gemeinsamen Söhne leben mit Kristina. Mal ist ausreichend Geld und sogar Gespartes vorhanden, mal ist es knapp. Kristina ist für mich wie ein bunter Blumenstrauß, sie vermittelt Hochzeiten, Immobilien zum Leben oder für den Urlaub, begleitet Bauprozesse vor Ort in Italien, dolmetscht und hat immer wieder sprudelnde Ideen, wie ihre letzte: die alten Waschplätze in den umliegenden Dörfern freizulegen und als kleine Treffpunkte auszubauen. Ganz nebenbei hat sie auch schon ein Buch über das Leben in der Toskana veröffentlicht. Was für ein Powerpaket. Nur manchmal schimmert ein Zipfel ihrer Müdigkeit durch die Schichten des Aktivismus. Dann kommen wir ins Reden über unsere Sehnsüchte, die brachliegenden Träume und die Angst vor dem Älterwerden und Alleinsein. In solchen Momenten bin ich ihr nahe und fühle das Sanfte ihrer Seele. Das Tastende.

Doch heute brechen wir zu dem traditionellen Dorffest, dem Kirschenfest in *Lari* auf. Kristina mit ihrem Besuch und wir mit unseren Gästen im Schlepptau. Zusammen sind wir acht Personen und freuen uns auf einen lauschigen Abend in größerer Runde.

Um alles haargenau so wie die Einheimischen zu machen, treffen wir uns unterhalb des Dorfes in einem extra dafür aufgebauten Dorfzelt. Kristina, die in der Gegend um *Lari* bekannt ist wie ein bunter Hund und von allen Seiten gegrüßt wird, weist uns ein.

Natürlich müssen wir zuallererst, wie immer, bevor irgendetwas in Italien überhaupt losgeht, eine Nummer ziehen. Selbst auf dem Wochenmarkt gibt es die Nummern, auch in kleinen Läden, wo nur ein einzelner Mensch vor mir stand, wurde ich erst bedient, als ich diese blöde Nummer gezogen hatte. Die Italiener lieben ihr Nummernsystem. Kein Problem. Wir ziehen eine Nummer, stehen mit den anderen in kleinen Grüppchen zusammen und warten. Dann teilt eine Frau Zettel aus, für jede Gruppe einen, auf dem wir ankreuzen sollen, was wir essen und trinken möchten. Das dauert bei acht Leuten eine Weile, aber irgendwann ist es erledigt.

Nachdem unsere Nummer aufgerufen wurde, gehe ich mit dem Zettel, auf dem die Bestellung sorgfältig angekreuzt ist, zu einer Frau an einem kleinen Tisch.

Schwitzend und zum Wahnsinnigwerden langsam überträgt sie die Angaben in den Computer. Freundlich lächelnd warte ich, vielleicht gibt es ja noch Fragen. Irritiert, dass ich nicht weitergehe, zeigt sie auf den nächsten Tisch mit dem Pappschild *Cassa*. Ah, *capito*. Dort soll ich also bezahlen. Logisch, *Cassa* sagt es ja schon. Ich gehe zum nächsten Tisch, zur nächsten Schlange. Ein Blick nach draußen zeigt mir die Masse der geduldig wartenden Menschen, brav die gezogenen Nummern und ausgefüllten Zettel in den Händen. Umständlicher geht's kaum.

Die Frau am *Cassa*-Tisch druckt die Bestellung aus und ich bete, dass die Technik reibungslos funktioniert. Jetzt noch ein Papierstau, unvorstellbar. Doch der Drucker hält tadellos durch.

Bezahlt und mit dem grünen Ausdruck der Bestellung in der Hand schlendern wir zum aufgebauten Zelt. Auf dem Weg dahin fragt mich Jan leise, ob man nachbestellen könne, wenn man noch hungrig sei.

»Keine Ahnung«, flüstere ich zurück. »Ich glaube nicht. Das können die niemals buchen, bringt das ganze System durcheinander.«

Ernstes Nicken, betroffenes Gesicht. Janni hat immer Hunger.

Wir werden platziert wie in einem Fünf-Sterne-Restaurant und ich weiß inzwischen, dass es verpönt ist, sich einfach irgendwo hinzusetzen. Niemals! Auch nicht hier, in diesem Zelt. Nie.

Unter dem riesigen Zeltdach weht kein Lüftchen und wir schwitzen schon, seit wir die gezogenen Nummern in den Händen hielten. Ich schaue mich um. Lange Tafeln, Plastikgeschirr, sehr viele Menschen, krass laut. Ein Gespräch ist schier unmöglich. Nachbestellen, wie erwartet, nicht erwünscht, das würde das ganze System durcheinanderbringen. Nur im Notfall! Als nach einer Stunde die Neonlampen angehen, flüchten wir, als wäre der Leibhaftige hinter uns her. Weg. Nichts wie weg. Was finden die Italiener an dieser Art des Zusammensitzens? Der Charme des organisierten Zeltmenüs mit Vorbestellung bleibt uns verborgen.

Völlig erschöpft von dem ersten Teil des Abends können wir nicht fassen, wie schön das Dorf oberhalb des Dorfzeltes an diesem Abend aussieht. Ein buntes Markttreiben mit Kirschen, Kirschmarmelade, Likör und anderem Selbstgemachten aus Kirschen lockt uns an die geschmückten Stände. Nach einer Runde um die Burg bleiben wir vor einer Bühne stehen, genießen das angenehme Licht, die Musik. Überall frohlocken die schönsten Leckereien. Feinste italienische Speisen, und wir Idioten haben *Penne al pomodore* aus Plastikschüsseln gegessen. Geschwitzt und uns angeschrien.

Das nächste Dorffest in *Lari* beginnen wir gleich oben im Dorf, ohne die Massenabfertigung im Zelt. Und wirklich, ich liebe die Toskana, auch wenn ich ihr Nummernsystem nicht im Geringsten nachvollziehen kann.

Hör mir auf mit Glück

Mein neuer Roman ist mit drei Durchgängen zu Ende lektoriert und Elsa schreibt mir, dass sie immer an derselben Stelle weinen muss, obwohl sie die Geschichte nun in- und auswendig kennt.

Das nehme ich als ein gutes Omen und drücke, nun schon ein alter Hase, auf den Button *Veröffentlichen*. Ich hoffe, dass die Freigabe des Buches dieses Mal ganz schnell geht, denn heute wäre ein wunderbares Buchveröffentlichungsdatum: Klara hat Geburtstag und wird da drüben in Portland dreiunddreißig Jahre jung, eine dreiundzwanzigste Klientin landet nachmittags in Pisa und wenn dann noch mein dritter Roman veröffentlicht werden würde, wäre es eine Punktlandung mit einem Datum, das ich mir gut merken kann.

Ab und an liebe ich diese Zahlenspielerei, die ungesteuerten Zufälle, die am Ende doch nichts bedeuten, denn was sagen mir die Zahlen? Eigentlich nichts. Da kommen nur viele Dreien zusammen - oder bedeutet das doch etwas?

Zwischen dem Warten auf das Freischalten und der Ankunft meiner Klientin putze ich, ziehe die Betten ab, wasche alles und schaue immer wieder nach, ob das Buch schon bei Amazon hochgeladen wurde. Mein erhöhter Energielevel lässt mich zügellos werden. Auch der Garten kommt nicht ungeschoren davon. Alles, was mir zwischen die Finger kommt, wird beschnitten oder umgetopft. Die Katzen schwirren mir neugierig und absolut hinderlich um die Beine. Was macht sie? Was macht sie?, scheinen sie sich zu fragen.

Tom grinst und kratzt sich am Kopf, die Augenbrauen in Habachtstellung nach oben gezogen. Wenn ich mich in diesem Aufräummodus befinde, nennt er mich, durchaus liebevoll, seine Duracell. »Oh, oh, bist du wieder batteriebetrieben ohne einen Ausschalter und kannst nicht aufhören?«

Als ich ihn bittend anschaue, schüttelt er den Kopf. »Oh, no! Nicht mit mir heute. Tob dich aus, aber lass mich in Ruhe. Ich koche gleich was für uns. Also lass auch die Küche so, wie sie ist, denn dort bin ich jetzt! Schwirr ab!«

»Ist ja gut, ist ja gut. Aber später. Kannst du nachher mal …?«

»Kann ich nicht, egal was es ist«, unterbricht er mich augenblicklich.

Ich fürchte, dass er es ernst meint. Leider kann ich ihn heute nicht anstecken, manchmal gelingt es mir und im Nullkommanichts wird aus einer kleinen Idee ein großes Projekt.

»Ich kenne dich«, brabbelt er weiter. »Aus Nur-mal-schnell-eine-Schublade-aufräumen wird eine riesige Umräumaktion und das ganze Haus samt Garten sieht danach aus, als wären wir umgezogen.«

Ich schleiche mich von hinten an, umarme ihn und flüstere in sein Ohr. »Nur reden, wenn es die Stille verbessert«, und er erwidert frech: »Hab ich.«

Okay, heute also nur kleinere Aktionen. Es ist bisher nach jedem Buch so gewesen. Während des Schreibens vernachlässige ich alles: mich, Tom und unsere Beziehung, den Haushalt, Freunde. Sobald der Roman fertig ist, kommt das Gefühl, dass ich mein Leben mal wieder in Ordnung bringen müsste, mit solcher Heftigkeit, dass ich wie eine ferngesteuerte Furie durchs Haus, den Garten und den ganzen toskanischen Hügel fege. Erst wenn alles an seinem alten oder auch einem neuen Platz steht, bin ich zufrieden. Das nächste Projekt kann starten.

Doch schnell noch mal nachschauen: Punktlandung! Der Roman »Hör mir auf mit Glück« ist online, 06.06.2018 an Klaras Geburtstag.

Tom gratuliert mir, öffnet die Arme und sieht mir die Rührung an. »Komm her, fleißiges Bienchen. Kannst stolz auf dich sein. Ich liebe diese Geschichte wirklich sehr.«

Langsam wiege ich mich in seinen Armen. Seit er mal gelesen hat, dass tägliches Umarmen gut für das Immunsystem ist, liegen wir uns ständig in den Armen. Selbst schlechte Laune hält uns nicht ab.

»Komm schon, ist gesund«, sagt er dann, mich höchst unromantisch auffordernd und ich kann seinem Blödsinn einfach nicht widerstehen.

»Und? Klopft die nächste Schreibidee schon an?«

»Jetzt brauch ich erst mal Pause. Wirklich!«

Skeptisch hält er mich eine Armlänge weg. »Das sagst du immer.«

»Wirklich, wirklich! Jetzt kommt Amelie und dann sehen wir weiter.«

»Kennst du sie auch schon aus Berlin?«

»Ja, und ich mag sie sehr und sie will gern mit dir meditieren, nicht vergessen.«

Amelie und ich schwingen uns schnell aufeinander ein, und ich versuche, die Toskana mit ihren Augen zu sehen. In meinen akuten Schreibphasen bekomme ich nicht ganz so viel von der Schönheit dieses Landstriches mit. Jetzt bin ich wieder aufgetaucht und genauso berauscht von den quietschgrünen Hügeln wie sie. Alle Postkartenklischees, die es über die Toskana gibt, werden himmelweit übertroffen, denn in diesem Frühjahr hat es ungewöhnlich viel geregnet, die Natur ist satt. Sattgrün.

Farbsatt. Mit sehnsüchtigen Augen hängen wir an den vorbeiziehenden weißen Sommerwolken, die uns hoffentlich gutes Wetter für diese gemeinsame Woche bescheren. Genau wie sie höre ich auf die lärmende Geräuschkulisse der Insekten und Vögel und hoffe, dass ich niemals verlerne, auf all das zu achten.

Amelie kommt aus der Großstadt und verliebt sich augenblicklich in die Ruhe auf unserem Fleckchen Erde. Wie immer trinken wir erst einen Espresso, reden ein bisschen über dies und das, bevor wir loslegen und uns Zeit für ihre Themen nehmen. Eine der nicht mehr wegzudenkenden Annehmlichkeiten in meinem neuen Leben: Nicht hetzen.

»Heute hab ich was Verrücktes gemacht«, fängt sie an und ihre Augen leuchten. »Seitdem ich ein Kind habe, also selbst Mutter bin, war ich nicht mehr so allein, so frei wie jetzt. Ich bin hier in einem eigenen Appartement, in Italien, habe ein Auto nur für mich gemietet. Keine Dinge im Kopf, die ich erledigen muss. Ich bin nur für mich zuständig, kann mich treiben lassen. Machen, was ich will. Und heute ...«, gespannt warte ich ab, was sie Verrücktes gemacht hat. »Heute bin ich auf eine Anhöhe gefahren, habe einfach angehalten, weil mir danach war und mich dort hingesetzt und den Ausblick genossen. Einfach so.«

»Verrückt!«, entwischt es mir unbeabsichtigt komisch. Zum Glück haben wir den gleichen Humor und mein Kommentar bringt auch sie zum Lachen.

»Aber wirklich! Verrückt, was für mich verrückt ist.«

Wir nutzen die Woche intensiv, und ich mache das, was ich mindestens genauso liebe wie das Schreiben: Ich begleite Menschen, wenn es irgendwo hakt. Hinterfrage, öffne Räume, übersetze, baue Brücken und schaue mit ihnen gemeinsam da hin, wo sie hinleuchten möchten.

In die Vergangenheit, in die Zukunft oder in die Gegenwart.

Amelie bleibt in der Gegenwart, nur, wenn es nicht zu vermeiden ist, riskieren wir einen Blick in die Vergangenheit. »Ich hab schon so viel an mir gearbeitet, kenne die Zusammenhänge, weiß, wo etwas herkommt. Ich brauche Ideen für mein aktuelles Leben, meine jetzigen Beziehungen.«

Machen wir. Was für ein Geschenk, wenn jemand so klar ist.

»Und ich möchte einmal mit Tom zusammen meditieren. Bin gespannt, ob das was für mich ist. Das macht er doch noch, oder?« Das macht er sogar gern.

Und so vertieft sich Amelie an manchen Tagen mit mir und an anderen Tagen meditiert sie mit Tom am Ende des Grundstücks, auf einem kleinen Hügel zwischen den Zypressen. Wir arbeiten alle drei Hand in Hand, das eine bedingt das andere. Selten habe ich mich innerhalb einer kleinen Menschengruppe so nah und verbunden gefühlt.

Da Amelie wirklich noch nie meditiert hat, probiert sie es einfach. Tom gibt ihr nur wenige einführende Worte, er hat längst aufgehört, das Meditieren zu erklären. Zusammen gehen sie am zweiten Tag in der Dämmerung an seinen Lieblingsplatz, ich bleibe auf der Terrasse sitzen, schaue dem Dunkelwerden und den Glühwürmchen bei ihrem wilden Tanz vor den Büschen zu und hänge meinen Gedanken nach. Fahrräder, kommt es mir urplötzlich in den Sinn. Es ist schon wieder Frühjahr und wir haben immer noch keine Fahrräder gekauft. Mit einem dicken Stift schreibe ich mir eine Erinnerung auf den herumliegenden Einkaufszettel.

Inzwischen ist es stockfinster geworden. Unter den Büschen raschelt es und ich tippe auf Igel. Das Geräusch von nahenden Schritten und dem leisen Knacken von Zweigen lässt mich aufhorchen, das Landleben hat meine Sinne geschult, worauf ich ein bisschen stolz bin.

Schritte. Nur ein paar Füße. Menschenfüße. Tom. Er kommt allein zurück.

»Wo ist Amelie?«, frage ich ihn besorgt.

»Sie sitzt noch. Ganz vertieft«, antwortet Tommy, absolut relaxed.

»Aber so ganz allein? Da hinten in der Dunkelheit? Ich dachte, sie kann gar nicht meditieren.«

»Sie kann, und entspann dich, sie hat eine Taschenlampe und ist ein großes Mädchen.«

Stimmt auch wieder. Sie kommt ungefähr eine Viertelstunde später. Alles ist gut, und als ich ihr in die Augen schaue, sehe ich, dass die Seele manchmal rund ist.

Als Amelie sich nach der Woche verabschiedet, hat sie Tränen in den Augen und alles an ihr sieht weicher aus, durchlässiger. Das war für uns drei eine gute, intensive Woche und als sie abreist, fühlen wir uns seltsam verlassen. Tom und ich erinnern uns daran, wie sehr wir es lieben, unsere Energien zu verbinden und weiterzugeben.

Ich schaue nach, was »Hör mir auf mit Glück« inzwischen so treibt und bin sprachlos. Das Cover, der Titel oder der Klappentext, was auch immer, scheint den Nerv der Zeit zu treffen. Es wird gekauft, ausgeliehen und rezensiert. Danke, liebes Universum. Liebe Leserschaft. Danke.

Mezza Luna

»Nonna, Nonna«, höre ich und möchte rufen: Ja, hier. Hier bin ich. Verwirrt schaue ich mich an diesem toskanischen Strand nach Jakob und Matilda um. Kann das sein? Nein, ich bin nicht gemeint.

Wir sind am Meer in *La Mazzanta* und hier zu sein bedeutet, sich darauf einzustellen, dass es voll und laut ist, zumindest in den Monaten Juli und August. Ich bin wohl unter dem Sonnenschirm eingeschlafen, habe geträumt. Nun wate ich zum Wasser, brauche eine Abkühlung, um mich zu reorientieren, und schwimme hinaus. Danach geselle ich mich zu den italienischen *Nonnas,* die gemütlich breitbeinig im flachen Wasser stehen, unentwegt reden, wirklich heiße Bikinis tragen und ihren Enkelkindern beim Baden zuschauen. Von Natascha und Kristina weiß ich, dass die italienischen Familien im Sommer samt Großeltern, Verwandten, Angehörigen und Haustieren ans Meer ziehen. Sie mieten sich dort ganzjährig Stellplätze und leben den ganzen Sommer über im Wohnwagen oder kleinen Häusern. Die berufstätigen Eltern fahren vom Meer aus zur Arbeit und die Großeltern kümmern sich um die kleinen und großen Enkel. Irgendjemand in der Familie muss ein Einkommen haben, sonst könnten die Familien sich das nicht leisten. Immerhin sind hier drei Monate Sommerferien. Als wir Kristina in *Bibbona* besuchen, sehen wir ihre braungebrannten, gut gelaunten Söhne und das sympathische Chaos im Wohnwagen. Von der relaxten Stimmung sind wir sehr angetan. Was für ein Lifestyle.

Die Dörfer und Städte, die keine Touristen-Hotspots sind, sehen im Sommer aus wie Gemälde, die man nicht berühren darf. Wunderschön, leer und ein bisschen betrübt, dass sie so wenig beachtet werden.

Auch um unseren Hügel herum sieht es aus, als würden wir in einem Van-Gogh-Gemälde leben. Die Felder sind voller Sonnenblumen, deren Köpfe sich mit der Sonne drehen. Alles ist gelb und mittendrin steht unser Haus.

»Das ist an Liebreiz nicht zu überbieten«, murmle ich Tag für Tag, völlig überwältigt. Fotografiere, filme, teile es. Ein gelbes Meer, das stündlich den Kopf dreht. Das Leben ist schön, diese Erde ist schön.

Wir nutzen die Zeit, um mehr Orte in unserer Gegend kennenzulernen.

»Komm, lass uns mal nach *Tericciola* fahren«, lockt Tom. »Es soll schön da sein, das Dorf liegt auf einer Hügelkette und ist umgeben von Weinfeldern.«

Das klingt verlockend und so fahren wir statt ans Meer in diesen kleinen Ort, und ja, es ist schön da. *Terriciola* liegt hoch oben und brilliert mit einer gigantischen Aussicht bis zum Meer.

Mit der Weite öffnet sich auch wieder unser Horizont. Weiter Blick, weite Gedanken, weites Herz. Neben dem Schönen, Lebendigen, Pulsierenden, das Italien zu bieten hat, erleben wir auch das marode Italien, das Italien mit Atemnot, Herzschmerzen und Panikattacken. Das Italien mit der Patina des Verfalls.

Wir schauen auf die alten zerbröselnden Gebäude in *Terricciola* und wissen gerade nicht, ob die verfallenen Häuser ergreifend antik sind oder einfach nur verfallen und kaputt. Überall geschlossene Läden, entweder, weil wir wieder die mehrstündige Mittagszeit erwischt haben oder weil sie ganz geschlossen sind? Wer weiß es schon? Obwohl wir nun über ein Jahr in Italien leben, schaffen wir es wiederkehrend, erst kurz vor Mittag irgendwo anzukommen, um dann in aller Hektik noch eine Stunde zum Einkaufen zu haben, denn die Läden schließen Punkt dreizehn Uhr. Es scheint ein kollektives Ritual zu sein, ein kollektives Hochklappen der Bürgersteige, ein kollektives *Pranzo*. Mittagessen.

Morgens sind wir einfach zu lahm und brauchen eine Weile, ehe wir in die Gänge kommen. Kaffee, Frühstück, schnell noch eine Mail. Schnell noch dies und das. Ratzfatz ist es elf Uhr und es lohnt sich kaum noch loszufahren. Dann gibt es die lange Pause und ab dem späten Nachmittag öffnen die Geschäfte wieder. Leider erhöhen wir verwöhnten Großstädter nicht unser Tempo am Morgen, sondern unser Einkaufsverhalten, und fahren zunehmend öfter in die Einkaufszentren, die durchgehend geöffnet haben. Immerhin gekoppelt mit einem schlechten Gewissen, wollen wir doch eigentlich die regionalen kleinen Läden unterstützen.

In *Terriciola,* wie in vielen anderen Dörfern, sehen wir auf den Straßen und an den Fenstern betagte Menschen, die anderen alten Menschen beim Sitzen auf der Bank vor ihren Häusern zusehen. Die Jungen sind gezwungen wegzugehen, in größere Städte oder andere Länder, um Geld zu verdienen.

Elena, unsere junge Italienischlehrerin, die Geschichte studiert hat, würde so gern in *Fauglia,* ihrem Heimatort, bleiben. So nimmt sie alle möglichen Jobs an, um über die Runden zu kommen und ihren Eltern nicht auf der Tasche zu liegen. Hilft in Schulen als Erzieherin aus, gibt Italienischunterricht, jobbt auf einem Weingut.

Italien geht es schlecht, das kann man sich nicht mehr schönreden. Öfter denke ich an Kristina, die seit mehr als zwanzig Jahren in der Toskana lebt und es sich mit unerschütterlicher Hingabe zur Aufgabe gemacht hat, den kleinen Dörfern wieder Leben einzuhauchen. In *Lari,* wo der Familienbetrieb der *Martellis* ist, die seit Generationen ihre schmackhaften Nudeln herstellen, ist ihr das eindrucksvoll gelungen. Jeden Dienstag leitet sie eine Führung für Besucher in der Nudelfabrik, geht mit ihnen zum Metzger im Ort und auf ein Weingut in der Nähe. *Lari* geht es besser als anderen Dörfern und die Menschen ziehen nicht mehr weg, was der gesunde Mix aus Jung und Alt vor Ort beweist.

Wir entscheiden uns, doch noch zum Meer zu fahren und durchqueren den Ort *Orciano Pisano.* Seit einigen Monaten verfolge ich den Bau einer kleinen Pizzeria mit dem schönen Namen *Mezza Luna,* Halbmond. Die Idee ist gut. Sie bauen direkt neben dem Fußballplatz, Sportler sind nach dem Fußball hungrig und die Italiener lieben ihre Pizza. Ich bin sehr gespannt, ob sie jemals fertig werden. Denn genau wie der Halbmond geht alles nur mit halber Kraft voran, ist halbfertig und bleibt erst mal so.

Doch heute hängen am fast fertigen Gebäude bunte Lichterketten und Blumengirlanden, fasziniert lese ich das handgeschriebene Schild mit der Eröffnungseinladung. Party!

»Guck dir das an, alles bisschen windschief, noch keine Fenster und Türen, aber passt schon! Einweihung. Partytime!«

Tom kann nicht wirklich schauen, denn gleich kommt eine sehr enge Stelle, an der wir abbiegen müssen. Macht nichts, ich brabble noch ein bisschen vor mich hin und bewundere das südeuropäische Improvisieren, das ich über die Jahre schätzen gelernt habe. Irgendwie funktioniert es am Ende und es wird sicher eine feuchtfröhliche Party geben.

»Wollen wir uns gleich ein Haus anschauen?«, fragt Tom nach der Kurve. »Es liegt auf dem Weg, hat mir heute Morgen ein Makler geschickt.«

Tom hat mit allen Maklern den Deal, dass wir die Häuser erst mal von außen anschauen. Man weckt so viele Hoffnungen, wenn man gleich mit den Hausbesitzern Termine macht und eigentlich schon beim Aussteigen aus dem Auto weiß: Das ist es nicht. Zu einsam, zu nah an der Straße, zu verfallen. Zu viele kläffende Hunde in der Nachbarschaft, die sich kaum beruhigen, wenn ein Auto vorfährt. Keine Westsonne. Das wird nichts.

»Klar, lass uns alles angucken, was unseren Weg kreuzt.«

Wir müssen irgendwann umziehen, obwohl unser kleines Häuschen an Romantik nicht zu überbieten ist, doch kommen wir an den harten Fakten, dass es zu klein ist und zu einsam liegt, nicht vorbei. Momentan suchen wir in der Gegend um *Cecina,* denn da wir sowieso ständig da hinfahren, können wir auch gleich dort wohnen, und der Weg zum Meer wäre um einige Kilometer kürzer. Der Preis wäre der Verzicht auf den Ausblick in die toskanischen Hügel. Aber irgendwas ist immer, und wenn wir schon die Wahl haben, wiegt die Nähe zum Meer zirka zweihundert Gramm mehr in der Waagschale als der Ausblick in die Hügel. Tom, der nie aufgibt, nach einem besonderen Ort zu suchen, durchforstet die Gegend und das Internet trotzdem nach der idealen Kombination: Hügel, Meer und Flughafennähe, denn *Pisa* soll weiterhin gut für uns erreichbar sein.

Als wir aussteigen, umrunden wir neugierig das Haus, was durchaus gut gelegen ist, fast idyllisch, großes Grundstück, kleine Nebengebäude. Eine Katze faucht uns an, als wir uns nähern und verschwindet dann. Leider ist es so verfallen, dass wir mit dem Geld, was wir da hineinstecken müssten, ein zweites Haus kaufen könnten. Enttäuscht steigen wir wieder ins Auto und ich spüre ein bisschen *Mezza Luna,* halbe Kraft, halbes Leuchten, nicht nur bei mir, sage jedoch nichts.

Seit wir uns begegnet sind, vor fünf Jahren auf Korfu, begleitet uns das Thema Häusersuche und wir haben über die Zeit gelernt, es uns schön zu machen, da, wo wir gerade sind. Tom hadert mehr als ich mit der aktuellen Wohnsituation. Er wäre sofort bereit, umzuziehen. Ich könnte noch ein bisschen bleiben. Da uns diese Unterschiedlichkeit klar ist, müssen wir es nicht jedes Mal diskutieren, einer der Vorteile, wenn man sich länger kennt. Einfach mal still sein.

Auf dem Rückweg fahren wir wieder durch *Orciano Pisano.* An der engen Kreuzung steht ein altes Haus ohne Vorgarten oder andere Zeichen von Leben. Wer die Haustür öffnet und einen Schritt nach vorn macht, steht direkt auf der Straße und jedes Mal lästern wir ein bisschen, dass diejenigen, die hier mal gelebt haben, bestimmt alle direkt nach dem Haustüröffnen umgefahren wurden. Ein gruseliges Haus. Verfallen, grau, an einer Straßenecke mit der engen Kurve, und trotzdem müssen wir jedes Mal hinschauen, da der Verkehr hier meistens stockt.

Auch heute sind wir gezwungen zu warten, weil uns ein großer Jeep entgegenkommt. Wieder starren wir auf das Haus. Plötzlich öffnet sich das Fenster, und ein sehr, sehr alter Mann mit schlohweißem, schütterem Haar lehnt sich gefährlich weit über den Fenstersims. Gleichzeitig öffnet sich unten die Haustür und eine weißhaarige, ebenfalls sehr, sehr alte Frau bleibt im Türrahmen stehen und schaut auf die Straße. Die Bewegungen der Bewohner geschehen wie in Zeitlupe und die beiden sehen sich verdammt ähnlich.

»Heiliger Bimbam, da wohnt noch jemand«, sagt Tom.

»Zwei«, erwidere ich leise und halte zur Untermauerung der Zahl zwei Finger in die Luft. Fasziniert und ein bisschen abgeschreckt starren wir auf die beiden Alten, obwohl wir gar nicht länger hinschauen wollen.

»Addams Family«, flüstert Tom und fährt hektisch weiter, denn hinter uns hupt es schon anhaltend. Bisschen zu viel Gas, bisschen zu viel Wegfahrpower für unseren alten Diesel. Von wegen halbe Kraft. Da geht noch was. Luna Grande. Vollmond.

Pizza, Nudeln und Co

Seit unserem Aufbruch nach Südeuropa leben wir, genauso wie die Menschen in diesen Ländern, nach dem groben Rhythmus der Saison und dem etwas feineren Rhythmus der vier Jahreszeiten. Die Saisonaufteilung für mich bedeutet schlicht: Von April bis Ende Oktober kommen Klienten nach Italien, in den Wintermonaten nicht. Wie auf Kreta übernehmen wir die Vor- und Nach-der-Saison-Zeiteinteilung der Menschen hier: Dies und jenes machen wir besser noch vor der Saison oder: Lass uns lieber nach der Saison treffen, ab Ende September sind alle wieder weg.

Während der Saison trifft man sich kaum, da hat jeder sein Päckchen zu tragen. Besucher kommen, Touristen reisen an, die eigenen Wohnungen und Häuser werden vermietet und die italienische Familie zieht auf den Campingplatz am Meer. *Campeggio.* Insgesamt geht es ein bisschen drunter und drüber.

Im Frühjahr kümmern wir uns um den Garten, schauen, welche Pflanzen überlebt haben, mähen den Rasen und pflanzen neu an. In den Sommermonaten versuchen wir zu verreisen, unsere Familien zu besuchen und überlassen, wie die Italiener, das Haus unseren Freunden, die sich um Katzen und Garten kümmern. Bereits im September fangen wir an, uns um den Winter zu kümmern und bei Ausflügen Holz für den Kamin zu sammeln. Wenn ich an meine Stadtjahre zurückdenke, gab es keinen saisonalen Unterschied. Klienten kamen immer, zu jeder Jahreszeit, und um es warm zu haben, musste man nichts tun, außer die Wunschtemperatur einzustellen.

Hier gilt es, die Monate Januar bis März einfach nur zu überstehen. Heizen, sich bewegen, heizen, Pellets kaufen und den Ofen nachfüllen, schreiben und immer wieder heizen.

Noch ist Sommer und inzwischen habe ich mehrere Frauen um mich herum kennengelernt, und zudem eine italienische Familie in *Laura*, die uns nach der Saison unbedingt zum Essen einladen möchte. Wir wissen, die hiesigen Regeln sagen, dass wir danach auch die Familie zu uns zum Essen einladen müssen. Ein bisschen meiden wir die privaten Esseneinladungen und treffen uns lieber in Restaurants, denn eins ist klar: Niemals werden wir mit unseren einfachen, um nicht zu sagen einfallslosen Kochkünsten mithalten können. Als die *Nonna* der Familie das erste Mal auf unserem Grundstück ist, zeigt sie mir die Fülle der essbaren Sachen auf der Wiese, direkt vor uns. Hochmotiviert, alles zu nutzen, was die Erde uns schenkt, pflücke ich die Blätter, die sie mir gezeigt hat, für den nächsten Salat.

Tom schaut skeptisch in die große Schüssel und beherzt übergieße ich den Salatmix mit dem wirklich guten Olivenöl.

»Meinst du, du hast alles richtig verstanden?« Er zögert. »Immerhin hat sie nur italienisch gesprochen.«

»Todsicher, ich habe alles verstanden«, ich nicke ihm aufmunternd zu. »Außerdem hat sie ihre Ausführungen mit eindeutigen Handbewegungen untermauert.« Ich zeige es ihm und wiederhole ihre Gesten: von der Wiese pflücken, in den Mund stecken, kauen, schlucken. Basta!

»Vielleicht meinte sie aber auch, wir sollen das auf gar keinen Fall pflücken, essen und schlucken.« Tom bleibt nervös und furchtlos stopfe ich mir vor seinen Augen eine Gabel des wilden Salats in den Mund.

Er schmeckt köstlich, und falls ich jetzt sterben sollte, hatte ich ein letztes, wirklich sehr leckeres Essen.

»Okay, dann lass uns zusammen sterben«, sagt er und überwindet sich, das ominöse Grünzeug zu essen.

Den ganzen Tag beobachten wir unsere Bäuche, den Darm und den Magen. Doch alles bleibt ruhig.

»Zu ruhig, oder?«, fragt er, immer noch verunsichert und skeptisch hoch zwanzig. »Weißt du noch, als im Frühjahr alle Einheimischen den wilden Spargel an den Wegrändern gefunden haben?«

»Oh ja«, erinnere ich mich. »Randvolle Körbe, ich war begeistert und wollte auch.«

»Doch dann: *Niente*. Nicht einen einzigen dünnen Spargel haben wir erkannt.«

Wir lachen, als wir an unseren Ehrgeiz und später an unsere enttäuschten Gesichter zurückdenken.

»Und das, obwohl du vorher intensive Internetrecherche betrieben hast. Wir wussten genau, wie der wilde Spargel auszusehen hat und wie auf keinen Fall. Wie besessen haben wir uns das Foto eingeprägt. Ich hatte es sogar auf dem Handy gespeichert. Zur Sicherheit.« Ich blättere in meinem Fotoalbum und zeige es ihm noch einmal. »Nächstes Frühjahr, so schnell gebe ich nicht auf.«

»Ich mag auch den Gekauften von *Conad*«, beugt Tom schon mal der erneuten Enttäuschung vor. Wir werden wohl weiterhin Basilikum, Petersilie, Oregano und Minze in Töpfen kaufen und schön beschriftet ins Beet pflanzen. Sicher ist sicher.

Dann ist es so weit, die Familie aus *Laura* lässt nicht locker und lädt uns zum Essen ein. Zum *Pranzo*, dem heiligen Mittagessen, und ich habe es geahnt und gefürchtet. Ein riesiges Tier wird langsam an einem Drehspieß gegrillt. Es gibt natürlich alle Gänge: *Aperitivo, Primi, Secondi, Dolce e Caffè*. Bevor wir nicht von allem gegessen haben, gibt's kein Entkommen und ich schwöre, alles ist *buoooono,* sehr lecker. Da die Freundin, die uns immer mal beim Übersetzen geholfen hat, dieses Mal nicht dabei sein kann, sind wir allein mit unserem Italienisch und ich staune nicht schlecht, wie gut die Verständigung klappt. Mit jedem Glas *Vino* erweitert sich der Wortschatz und verdutzt verfolgen wir, was unsere Sprachzentren auswerfen.

Pappsatt steigen wir viele Stunden später ins Auto und rollen mehr oder weniger nach Hause. *Mamma mia,* eine Ode an die Verfressenheit!

»Haben wir einen Grill?«, frage ich Tom, kaum angeschnallt und schon mit der Gegeneinladung beschäftigt. Er kämpft mit der schlechten Sicht, hat sich weit über das Lenkrad gebeugt und wischt an den beschlagenen Scheiben herum. Wenn man nur diese Szene nehmen würde, zwei völlig überfressene Menschen, leicht angeschickert, steigen bei strömendem Regen ins Auto, könnte man meinen, man wäre in Irland. Die Wiesen sind genauso sattgrün, der Himmel reißt nicht auf und es ist erst später Nachmittag. Tom wischt und wischt.

»Ich kann noch nicht denken, ich muss erst verdauen und uns irgendwie nach Hause bringen.« Er grinst leicht diabolisch. »Und das kann dauern! Ich sehe nichts.«

Ich suche unser Geschirrtuch und wische nun auch an den Scheiben, die Scheibenwischer schaffen es kaum, hinterherzukommen.

»Leni, mach dir nicht so einen Stress, bei uns wird es einfache deutsche Küche geben. Sie werden sich wundern.« Deutsche Küche, deutsche Küche rattert mein Kopf.

»Aber was können wir denn schon?«

»Gulasch, Schnitzel, Kartoffeln, Tiefkühlerbsen, Rotkohl, deine Rote-Beete-Suppe. Brauchst gar nicht die Augen verdrehen, ich sehe das!« Er schubst mich an und fährt schon wieder so weit nach vorn gebeugt, dass er aussieht wie ein kurzsichtiger unsicherer Fahrschüler. Er sollte seine Brille aufsetzen. Kein Kommentar, ermahne ich mich, ich klinge wie eine Mutter, die ihrem Kind ständig vorflötet, was es mal wieder vergessen hat. Doch Tom ist ganz woanders.

»Und wenn sie kein deutsches Essen mögen, machen wir es wie immer: Nudeln mit irgendeiner Soße. Tata. Italienisch!«

»Sehr witzig! Ich glaube, es ist besser, wenn du dich weiter deiner Verdauung widmest. Und wieso setzt du deine Brille nicht auf? Die liegt bestimmt wieder irgendwo zu Hause rum, oder?« Die flötende Mutter hat nun doch gesprochen!

»Ich brauche keine Brille«, antwortet er erwartungsgemäß genervt. »Außerdem: meine Augen, meine Brille. Ich sehe genug! Nur der Regen ist plötzlich so stark geworden.«

»Zum Glück kennen wir nur diese eine Familie«, lenke ich wohldurchdacht vom Brillenthema ab. »Stell dir vor, wir würden drei davon kennen und es sind ja auch immer gleich so viele Leute in einer Familie. Nicht auszudenken, was wir da ständig kochen müssten.«

Zu Hause angekommen, rufe ich gleich meine Freundin Maria an, die ein Restaurant in *Guardistallo* führt, und erkläre ihr die Situation.

Sie lacht sich schlapp und beruhigt mich. »Sag Bescheid, wenn es so weit ist, dann bereiten wir zusammen ein paar Sachen vor.«

Okay, wir bereiten dann ein paar Sachen vor. Was immer das

sein wird. Aber mit Maria an meiner Seite kann das nur gut werden. Sie liebt es, zu kochen.

Als ich auf mein Handy schaue, lese ich eine Nachricht von Natascha. *Pizza oder Aperitivo, morgen Abend?*

Mit Natascha und Emiliano sind wir gern zusammen, und zum Glück lieben sie es genau wie wir, immer mal auswärts zu essen. Sie zeigen uns ihre Lieblingsorte, versteckte Pizzerien, kleine Perlen in der Gegend und überzeugen uns von der Aperitivo-Mentalität der Italiener. Gegen sechs Uhr abends trifft man sich auf einen Aperol-Spritz und die meisten Lokale bieten dazu eine wunderbare Palette an kleinen Häppchen an, die inklusive sind. Danach sind wir oft ausreichend gesättigt und statt üppig essen zu gehen, wählen wir oft diese kleinere Variante des Ausgehens.

Und so futtern wir uns durch Italien, nehmen zu, sind unzufrieden mit unserem Gewicht und sagen öfter als sonst, dass wir heute nur Salat essen werden! Wirklich! Oder besser gar nichts, na gut, ein Salat geht schon. Sind auch unzufrieden, weil wir uns so wenig bewegen und schimpfen auf die Hügel, denn Fahrradfahren klappt auch nicht. Zu hügelig und außerdem haben wir immer noch keine Räder.

Eines Morgens steht Tom anders auf als sonst. Irgendwie zielgerichteter. Knackiger. Zieht sich seine Jogginghosen an, legt die Hanteln parat und verkündet, dass er ab heute Sport machen wird, er könne sich selbst nicht mehr ausstehen. Verstärkend legt er die Hände um seinen Bauch und schüttelt den Kopf, als würde er diesen Körper nicht kennen.

»Mach ruhig,« ermuntere ich ihn. Auf keinen Fall werde ich mit ihm zusammen joggen, falls er sich das erhofft hat.

Später fragt er mich wie nebenbei, wo sein Handy und seine Geldbörse sind.

»Im Auto?«, rate ich ins Blaue, denn alles, was er sucht, liegt meistens im Auto. Als er mit beidem zurückkommt und die Geldkarte zückt, frage ich, was er eigentlich vorhat.

»Es gibt speziell für Fahrräder ein Testheft von Stiftung Warentest, das muss man kaufen. Das mach ich jetzt!« Stolz, endlich mit dem Fahrradkauf in die Gänge zu kommen, erzählt er von seinem Plan.

»Nicht dein Ernst. Du veräppelst mich, oder?«

Irritiert hält er inne und schaut, als hätte ich ihn beim Klauen erwischt. »Wieso?« Er versteht es wirklich nicht.

»Tommy, seit Monaten wollen wir zwei Fahrräder kaufen. Du recherchierst, vergleichst, verwirfst und jetzt kaufst du ein Testheft? Wofür soll das denn gut sein?«

Wie von einem bösen Fluch erlöst, steckt er Kreditkarte und Handy wieder weg. »Vielleicht dreh ich langsam durch. Verloren im Wahn des Recherchierens und Vergleichens. Aber he-he, immerhin habe ich den Fahrradträger für das Auto schon gekauft und der ist top! Es geht voran!«

»Komm, lass uns in *Navaccio* schauen, was es hier überhaupt für Fahrräder gibt. Nur mal so.« Kurzerhand befreie ich Tom aus dem Recherchewahn und kaufe ohne Zaudern bei *Decathlon* zwei schlichte Fahrräder für uns.

Klara

Wir packen die Räder auf den neuen Fahrradträger am Auto und raffen uns gleich am nächsten Tag zu einer ersten Radtour auf. Parken das Auto in der Nähe von *Vada* und radeln endlos durch die duftenden Pinienwälder, immer am Meer entlang, soweit die Hintern mitmachen. Oder von *Cecina* nach *Bibbona*. Oder durch *Livorno*. Wir genießen, dass wir uns per Rad fortbewegen und hören erst auf, als wir heftigen Muskelkater an den unmöglichsten Körperstellen bekommen haben.

Zwischendrin skype ich immer mal wieder mit Klara und den Kindern. Klara klingt wieder viel lebendiger.

»Ich glaube, die schlimmste Zeit liegt hinter mir«, sagt sie froh. »Das war dann ziemlich genau ein Jahr, dass ich so ausgeschaltet war. Bleibt es dabei, dass ihr Weihnachten kommt?«

»Aber ja, ich freu mich schon so. Endlich mal ein Weihnachten mit den Kindern! Was hat dir eigentlich am meisten geholfen, wieder zu Kräften zu kommen? Darf ich das fragen?« Das wollte ich längst mal erfahren, aber immer hatten wir anderes zu besprechen.

»Ja«, antwortet Klara und überlegt. »Einmal die Gespräche mit Summer«, sagt sie dann, »das viele Reden mit meinen Berliner Freundinnen, aber auch das Wühlen im Garten, das Beobachten der Vögel. Und vor allem musste ich üben, Geduld zu haben. Keine meiner leichtesten Übungen, wie du weißt.« Sie überlegt weiter. »Außerdem wusste ich immer, von Anfang an, dass es wieder vorbeigehen würde.«

Und ich ergänze: »Ich erinnere mich, als du mir den Vorschlag deiner Therapeutin erzählt hast, der mir gut gefallen hat: Du sollst weiterhin auf dem Sofa liegen, stundenlang, als hättest du zwei gebrochene Beine. Sollst dich zu nichts zwingen. Sollst dir den Laptop nehmen und nur mal schauen, wenn du wieder laufen könntest, also nur wenn, und nur so tun, als ob … was du dann machen würdest. Was dich interessieren würde.«

Klara erinnert sich ebenfalls. »Ja, das tat auch gut. So eine Erlaubnis zu haben. Nichts zu müssen.«

Im Hintergrund höre ich Matilda, sie will mir unbedingt ihre neuen goldenen Schuhe und Kleider zeigen und schleppt alles vor die Kamera. Sie hat viel zu erzählen und plappert mit Leichtigkeit drauflos.

»Gib mir auch mal Jakob oder zeig ihn mir wenigstens. Er ist ja nicht so der große Redner.«

Klara schwenkt die Kamera zu ihm. Jakob spielt gerade mit seinen Dinosauriern, hat einen riesigen Park aufgebaut. Als er mich sieht, sagt er bezaubernd lächelnd: »Hi, Nonna« und winkt mir kurz zu, seine Aufmerksamkeit bleibt allerdings bei den Dinos. Ich frage ihn ein bisschen was, er antwortet und entscheidet schließlich. »All done.« Fertig.

Klara hebt lachend die Schultern. »Tja, so ist er.«

»Immerhin geht er nicht einfach weg. Er sagt höflich und knapp, dass er fertig ist. Nichts mehr zu sagen hat. Ich freu mich schon auf die Gespräche, wenn er vierzehn ist.«

Wir amüsieren uns über das unterschiedliche Mitteilungsbedürfnis der Kinder, und am Ende darf Matilda mir noch mal ganz viel erzählen. Inzwischen hat sie die Schubfächer ausgeräumt und ihre Klamotten im Raum verteilt, damit ich auch wirklich alles sehe. Klara ist restlos begeistert.

Autorenleben

Meine neue Passion, Geschichten aufzuschreiben und zu veröffentlichen, nimmt immer mehr Raum ein. Ohne viel Zutun, ohne Mühe fließt meine Energie konsequent in die eine Richtung. Ich will schreiben. Nicht, ich möchte schreiben, ich darf schreiben, ich kann schreiben. Nein! Ich will und manchmal sogar: Ich muss schreiben. Wenn ich längere Zeit nicht schreiben konnte, werde ich miesepetrig, schlecht gelaunt und einsilbig. Dann ist sonnenklar, dass es Zeit wird, Schreibzeit freizuschaufeln und jegliche Ablenkung auszuschalten. Auf der Leipziger Buchmesse wurde ich in einem kleinen Interview gefragt, warum ich schreibe. Eine einfache Frage und ich habe schon oft gelesen, dass Autoren und Autorinnen geantwortet haben, dass sie schon immer gerne ausgedachte Geschichten geschrieben haben, schon als Kind. Wenn ich an mich als Kind denke, habe ich gelesen. Nichts als gelesen, aber auf keinen Fall gerne geschrieben. Das ist nicht meine Antwort. Ich möchte ganz schlicht Menschen unterhalten, bestenfalls mit den Worten oder der Story berühren und allerbestenfalls bleibt ein Satz, eine Idee der Protagonisten hängen, die für das eigene Leben eine Bedeutung bekommen. Das alles gemixt mit Tiefe und Humor. Genau das, was ich auch gern lese: gut geschriebene Geschichten von Menschen, die weitreichende Entscheidungen treffen müssen, die einerseits tief fallen und wieder neuen Schwung holen müssen, um weiterzumachen.

Mittlerweile, im Herbst 2018, sind drei Bücher von mir auf dem Markt, die englische Version von »Erst mal für immer

(Kreta)« soll kurz vor Weihnachten erscheinen. Das wäre dann ein viertes Buch.

Doch meine Gedanken konzentrieren sich bereits auf eine nächste Geschichte, die sich noch formen muss. Seit Monaten habe ich ein Cover von einem jungen, sehr hübschen Mädchen im Kopf, das für mich etwas Zartes, Gebrochenes und gleichzeitig etwas Starkes verkörpert. Kurzerhand lasse ich mir das Cover reservieren und hoffe, dass mir eine passende Geschichte dazu einfallen wird. Monatelang gehe ich mit dem Cover schwanger und dann glaube ich, die Geschichte gefunden zu haben. Doch jedes Mal, wenn ich nach ihr greife, sie festzurren will, entschlüpft sie mir wieder wie ein nasser Fisch aus den rutschigen Händen des Anglers. Es ist zum Verzweifeln.

Autorenworkshop in Wien lese ich eine Ankündigung auf der Facebookseite meiner Lektorin Elsa Rieger und sofort blättere ich nervös durch meinen Kalender. Ich könnte ein bisschen Input gebrauchen, der Zeitpunkt wäre ideal und yeah! Zum angegebenen Termin habe ich kein Seminar in Berlin und keine Klienten in der Toskana. Ich bin frei. Ich könnte.

»Fahr hin, wenn es dich lockt.« Tom redet mir zu und ich buche ohne weitere Überlegungen den Workshop.

Schon, dass Elsa sich so über mein Kommen freut, bestärkt meine Entscheidung, dass das jetzt sein muss.

Es werden noch sechs andere Autorinnen dort sein, ich war noch nie in Wien und meine Assoziationskette springt zu Freud, Psychotherapie, Kaffeehäuser, erster Bezirk, alte prunkvolle Häuser und ich gebe mich vollständig der Vorfreude hin.

Bei der Recherche, wie ich am besten von Italien nach Wien komme, entdecke ich, dass es einen Nachtzug ab *Livorno* gibt, mit Umsteigen in *Florenz*. Wunderbar! Wenn ich die Wahl zwischen Zugfahren und Fliegen habe, nehme ich doch lieber die Bahn. Um sicherzugehen, dass es den Zug wirklich gibt, fahren wir persönlich zum Bahnhof in *Livorno*, der, ganz nebenbei erwähnt, eine architektonische Schönheit ist, und buchen eine Einzelkabine, *Cabina singola* für mich. Wir brauchen kein Wörterbuch und können uns vollständig auf Italienisch verständigen.

Als ich die Fahrkarte in der Hand halte, strahle ich die Ticket-Verkäuferin an, als hätten wir beide es geschafft, eine Wagenladung frischer Zitronen erfolgreich von Italien nach Norddeutschland zu verschiffen. Wenn die Scheibe nicht zwischen uns wäre, würden wir uns vor Freude abklatschen.

Alles ist organisiert und um nicht mit leeren Händen nach Wien zu kommen, schreiben alle Teilnehmerinnen vorab ein Exposé und schicken es zu Elsa und Victoria, den beiden Leiterinnen des Workshops.

Um es kurz zu machen, ich quäle mich damit und schaffe es nicht, in wenigen Sätzen zu erklären, was ich schreiben will. Schlecht, ganz schlecht. Ich weiß, aber ich kenne das schon von den anderen Büchern, und doch sind alle Geschichten, wie ein Wunder in einem Märchen, am Ende rund geworden. Also fahre ich mit nur wenigen Anfangskapiteln im Gepäck nach Wien und lasse mich auf das neue Abenteuer *Autorenworkshop* ein. Vertraue mir und meiner inneren Geschichtenerzählerin, dass sich das alles noch fügen wird. In Elsas großräumiger Wiener Wohnung tauchen wir in wunderbare Übungen ein und wieder auf, nehmen alle Plots auseinander und setzen sie wieder neu zusammen. Ich schlüpfe in die Rolle einer Figur, die mir in meiner neuen Geschichte noch nicht ganz vertraut ist, und entscheide mich für Frieda, die Mutter. Mir werden Fragen gestellt und plötzlich fühle ich Frieda und erkenne, sie will nur eins: Frieden mit ihrem Mann Jupp. Er soll an ihrer Seite sein. Und aus dieser Motivation heraus agiert sie.

Völlig erleichtert und mit einem neuen Handwerkskoffer in der Hand kann ich die Geschichte weiterschreiben. Eine Szene, die wir nach dem Losverfahren für eine andere Autorin schreiben sollten, entpuppt sich als wahres Geschenk. Meine Autorenfreundin Ingrid hatte meinen Namen gezogen und schrieb mir eine herzzerreißende Szene für Isabella, die Protagonistin. Beim Vorlesen hatte ich Gänsehaut und fragte sie, ob ich den Ausschnitt abgeändert, meinem Sprachduktus angepasst, verwenden darf. Sie nickte, ebenfalls berührt, dass es mir so gefällt.

In den Wochen nach dem Workshop lasse ich mich in die Geschichte hineinfallen. Ich schreibe und schreibe und schreibe. Versinke in die Welt von Jupp, Frieda, Lotti und Bella. Die Wände in meinem Arbeitsraum hängen voller Zeichnungen, dem Familienstammbaum, dem ausgedruckten Foto vom Cover und parallel schreibe ich ein Heftchen voll mit Ideen für den Titel. Jede neue Idee wandert zuerst zu Tom.

»Ich hab es«, sage ich dann voller Hoffnung und schaue ihn gespannt wie ein Flitzebogen an. Nenne die neunundneunzigste Idee und er sagt nur mager: »Nö, Lenchen. Lockt kein Schwein aus dem Stall.« Dann diskutieren wir eine Weile über seinen blöden Vergleich und darüber, dass ich auch nicht vorhabe, Schweine aus dem Stall zu locken, und zuletzt streiche ich die Idee wieder. Wütend auf Tom.

Casa grande

Das gellende Geschrei von Kindern erinnert uns daran, dass Wochenende ist, denn nur an den Wochenenden in den Wintermonaten rücken die Familien aus *Livorno* an.

Vier oder fünf befreundete Paare samt Kindern haben sich zusammengeschlossen und das Gästehaus, das *Casa grande,* an den Wochenenden wie einen Landsitz gemietet. Wenn sie anrücken, kommt Leben auf den Hügel und der Boden scheint zu beben. Sie feiern hier alles, was es zu feiern gibt. Geburtstage, gesetzliche Feiertage, Wochenenden. Sie lieben es, zu grillen, gemeinsam zu kochen und zu essen, und die Männer spielen lautstark Fußball. Wenn ich um die Ecke linse, sehe ich, dass die Kinder auch mitspielen dürfen. Ich war mir dessen nicht so sicher. Alles, was sie tun, alles, was sie kommentieren, ist laut.

Ab und zu werden wir eingeladen, mitzufeiern, und manchmal ist das Mitmachen die einzige Chance, die Lautstärke auszuhalten. Ansonsten suchen hauptsächlich die Kinder den Kontakt zu uns. Sie werden von den Müttern geschickt, um Rosmarin für den Kochtopf abzuschneiden oder sie borgen sich Flaschenöffner, wollen zu Halloween Süßes oder Saures und versorgen uns mit selbstgepflückten Blümchen von der Wiese.

»Per te«, sagen sie schüchtern. »Für dich«, und schauen, was weiter passiert. Am liebsten würden sie die Katzen streicheln, aber die sind sofort auf der Flucht, wenn sie Kinderstimmen hören. Jeder der kleinen Sträuße bekommt eine Vase und landet auf einem der vielen Tischen, die ich habe. Wir üben gemeinsam ein paar Worte Italienisch und Englisch, denn einige

Kinder lernen Englisch in der Schule und sind stolz darauf, wenn wir ihr *What's your name*? verstehen und freudig antworten.

Heute Nachmittag planen wir die nächsten gemeinsamen Seminare auf dem Hügel und erinnern uns ganz beschwingt daran, wie gut wir zusammenarbeiten können. Endlich wollen wir das vollenden und auf den Weg bringen, was wir auf Kreta begonnen haben. Das, wovon wir von Anfang an geträumt haben. Wir rechnen alles durch, überlegen, wie die Zimmeraufteilung sein könnte, was es pro Kopf kosten würde, und es bleibt durchaus für die Teilnehmer bezahlbar, auch wenn es nicht mehr so günstig wie in Griechenland ist.

Doch spätestens, als wir die Hälfte vom Preis anzahlen und den Vertrag unterschreiben sollen, spüre ich mein Zögern und einen nicht zu verachtenden Widerstand. Was ist los? Zunächst kann ich mein Zögern nicht einordnen, wäre doch hier endlich mal alles perfekt beieinander. *Perfetto*! Doch wenn ich innehalte, in mich gehe und ganz ehrlich zu mir bin, weiß ich, dass mir die Berlin-Seminare reichen. Dort lasse ich so viel meiner Energie, dass ich es in der Toskana vorziehe, weiterhin ganz individuell, ganz maßgeschneidert und klein-klein zu arbeiten.

Ich weiß, wie sehr sich Tom auf das Miteinander freut, auch darauf, wieder seine Aufgabe zu finden. Alles zu organisieren, zu meditieren, sein Wissen weiterzugeben. Doch ich kann nicht. Ich muss es ihm sagen. Später.

Heute ist es uns viel zu laut und wir entscheiden, einen Ausflug zu machen. Die bunten Luftballons und der auf Pappe gemalte Wegweiser entlang der Zypressenallee deuten auf einen Kindergeburtstag hin, der seinen Höhepunkt noch nicht erreicht hat. Nichts wie weg.

Unsere Entdeckungsreisen dehnen sich mittlerweile immer mehr aus, die Kreise werden größer. Heute zieht es uns nach *Pietrasanta* in der Provinz *Lucca*. Ein wirkungsreiches Zentrum der künstlerischen Marmorverarbeitung, das viele Künstler aus aller Welt anzieht, malerisch gelegen vor den imposanten Bergen, den Apuanischen Alpen. Und ja, die Stadt ist eine Stadt der Künstler. Überall wird gewerkelt, ein Hauseingang ist mit bunten Legosteinen verziert. Dahinter hängen große Puppen aus Stoff von der Decke und überall im Stadtbild stehen moderne Skulpturen. Neugierig werfen wir einen Blick in die Werkstätten der Bildhauer, und ich habe das Gefühl, dass sich Arbeit und Kunst hier einzigartig vermischen. Die ganze Stadt ist eine Ausstellung. Im historischen Zentrum gibt es gemütliche Cafés und an jedem Wochenende werden Marktstände aufgebaut, immer zu einem anderen Motto. Diese Stadt lebt und pulsiert, stellen wir zufrieden fest und lassen uns mit den anderen Besuchern treiben.

Da wir neuerdings immer die Räder dabei haben, stellen wir das Auto nach der Stadtbesichtigung ab und fahren die Strandpromenade um *Marina di Pietrasanta* und *Viareggio* ab, lassen uns den frischen Wind um die Nase wehen und genießen den regenfreien, kühlen Tag.

»Meinst du, wir können schon zurück?«, fragt Tom mit einem abschätzenden Blick in den Himmel, als würde er von nun an die Zeit immer vom Sonnenstand ablesen.

»Später Nachmittag.« Sicherheitshalber schaue ich auf die Uhr im Handy. »Das passt. Ich denke, dass die meisten Gäste wieder abgefahren sind. Wagen wir es!« Langsam wird uns kalt und wir lenken unsere Fahrräder schnurgerade in Richtung Parkplatz. Liefern uns noch ein kleines Wettrennen, ich verliere zwar, aber mir ist wieder wärmer.

Am Abend halte ich es nicht mehr aus und schmettere meine Entscheidung in den Raum. »Es tut mir leid, Tommy. Ich will keine Seminare mehr im Ausland anbieten.«

Irritiert schaut er mich an. Sagt eine Weile kein Wort und ich sehe, wie er die Neuigkeit verarbeitet. Zerkleinert. Verdaut. »Aber das wollten wir doch immer. Das war der Plan, unser Traum, die Grundidee.«

»Ich weiß, es tut mir auch leid. Aber du weißt ja, manche Dinge ändern sich.«

»Okay.« Er schluckt und ich lasse ihm alle Zeit der Welt, denn gerade stirbt ein gemeinsamer Traum. Still beobachten wir den Todeskampf.

Richtungslos

Im Winter 2018 beginnt eine Zeit, in der wir seltsam richtungslos vor uns hintreiben. Da braut sich was zusammen, würde ich sagen, wenn ich das Wetter meinte. Doch ich meine Tom. Er ist stiller, zurückgezogener als üblich. Das Begraben des alten Traumes und seine Idee von einem neuen Online-Business rauben ihm sämtliche Energie. Momentan stagniert alles. »Mein Online-Pissness«, sagt er oft scherzhaft, da es nicht vorangeht. Doch selbst seine Scherze klingen nach *Mezza Luna*. Halbmond. Saftlos. Den Sport, der ihm wirklich gutgetan hat, hat er längst wieder aufgegeben. Und ja, alles, was er macht, hat eher mit Qual als mit Freude zu tun. Tom hat sich festgebissen und ich würde ihn am liebsten anschreien, dass er mit dem blöden Pissness aufhören soll. Eigentlich müsste er nicht mehr für seinen Lebensunterhalt arbeiten, denn seine finanzielle Freiheit hat er sich in den letzten Jahren erarbeitet. Ähnlich wie ich muss er alle paar Monate nach Deutschland, um sich um seine Geschäfte zu kümmern. Doch Geld zu verdienen, um sich ein gutes Leben leisten zu können ist das eine, eine neue sinnvolle Aufgabe zu finden, das andere.

Wie meine Tochter im letzten Winter wirkt Tom müde, dünnhäutig und von schwerer Grundstimmung. Ich vermisse unsere Witzchen, unser Geplänkel und kann nur hilflos zuschauen, wie er sich müht, durch die endlosen Tage zu kommen.

Eines Morgens sagt er es frei heraus und schont weder sich noch mich. »Leni, ich bin so unendlich müde, ich könnte nur noch schlafen. Alles strengt mich an. Jede Mail, jeder Tag, jede Stunde.« Für einen Moment bleibt unsere kleine Welt stehen. Nichts geht mehr. Den Tom, den ich als einen zupackenden Mann kennengelernt habe, einen, der mich mitreißt, einen, der Ideen hat, einen, der meistens zuversichtlich ist, gibt es gerade nicht mehr. Dieser müde, mürrische Tom, der gerade vor mir steht, ist mir fremd.

Doch intuitiv schwenke ich blitzschnell um und registriere sogar ein wenig Erleichterung. Endlich stimmen seine Worte mit dem überein, was ich schon seit einer ganzen Weile fühle. Endlich übertüncht er die Erschöpfung nicht mehr mit seinem Aktivismus und seinem unerschöpflichen Quell an neuen Ideen.

»Endlich, endlich«, entschlüpft es mir fast ungewollt. »Sei müde! Sei auch mal müde. Muss ja nicht für immer sein.« Ruhig schauen wir uns an, mehr gibt es momentan nicht zu sagen. Ich ziehe ihn in unsere tägliche Umarmung, halte ihn lange und hoffe, dass er es kann: müde sein.

Darüber hätte ich mir keine Gedanken machen müssen, denn er kann! So, als hätte er seine und meine Erlaubnis gebraucht, erlebe ich meinen sonst so aktiven Partner in den nächsten Wochen hauptsächlich schlafend. Sich ausruhend. Eine Siesta haltend. Er schläft morgens länger, legt sich mittags hin und geht auch abends früher ins Bett.

Ich übernehme vorläufig die Versorgung, kaufe ein, koche, verwöhne ihn wie ein krankes Kind und bin verwundert, wie gut ich ihn in seiner Melancholie ertragen kann. Er ist wie ein gutmütiger Brummbär in dieser seltsamen Zeit, redet wenig und ist mit allem zufrieden, was so passiert. Will nichts, braucht nichts. Meistens gesellen sich die Katzen zu ihm und das Haus wirkt um einige Dezibel stiller als üblich. Pst, denke ich mir, alles schläft. Wenn noch Schneeflocken dazukämen, würde ich meinen, er hält Winterschlaf.

»Tommy, in zwei Tagen muss ich nach Berlin. Kann ich dich hier allein lassen?«

Er winkt lässig ab. »Klar doch. Ich kann gut alleine sein, weißt du doch.«

Weiß ich, aber er ist so außergewöhnlich still. Heimlich informiere ich Natascha, erkläre ihr, dass ich wegmuss und dass es Tom momentan nicht so gut geht. Ob sie ihn im Auge behalten könnte?

»Si, claro«, sagt sie sofort.

Erleichtert atme ich auf, stehle mich in die obere Etage, wo er mich nicht hören kann, und bespreche mit ihr, wie sie es geschickt anstellen könnte, Kontakt mit ihm zu halten.

»Und komm nicht auf die Idee, deine Freundinnen auf mich anzusetzen. Ich komme schon klar!«, höre ich Tom, der mir einen ersten vollständigen Satz nach seiner langen Ruhezeit hinterherruft. Er ahnt, was ich denke, wir kennen uns einfach zu gut. »Hörst du?«

»Ja! Und: Nein! Mach ich nicht«, brülle ich von oben zurück. Er weiß genau, dass ich es nicht ausstehen kann, wenn wir so durch das ganze Haus schreien.

Das erste Mal, seit wir uns kennen, reise ich mit einem mulmigen Gefühl im Gepäck ab. Tom ist so anders, nach innen gewandter, und wenn ich ihn nicht kennen würde, würde ich meinen, ausgeglichener. Doch wenn das so wäre, woher kommt dann mein ungutes Gefühl? Ausgeglichen zu sein ist doch was Gutes.

In Berlin halte ich das geplante Seminar, in den Pausen schaue ich, ob ich eine Nachricht von Tom erhalten habe. Irgendwas Witziges, Verbindendes, so wie immer. *Mach sie fertig!* Damit meint er meistens die Seminarteilnehmer oder: *Wann ist heute deine Mittagspause? Muss dich hören!* Irgendetwas, was mich beruhigen würde. Doch dieses Mal höre ich wenig von ihm und mache mir prompt Sorgen. Natascha schreibt, dass sie ihn auf eine Pizza eingeladen haben, aber er wollte nicht. Himmel, wird er mich verfluchen, wenn er wüsste, was ich hier treibe.

Als ich zurückkomme, hat sich seine Stimmung geändert und Tom flucht. Wirkt wieder lebendiger. Wütender. Kein Winterschlaf mehr, registriere ich und finde es auch ein bisschen schade.

»Lena. Ich hatte viel Zeit zum Nachdenken und ich bin nicht mehr glücklich!«, fängt er an und redet sich in Rage. Sieht mich kaum an. Sein Gesicht verändert sich ständig, wie große Wellen auf dem Meer. »Irgendwie stecke ich fest oder dreh mich im Kreis. Weiß gar nicht, was besser passt. Unser Geld wird weniger, mit meiner Online-Idee komme ich nicht weiter, und ich weiß nicht, wie wir hier Fuß fassen wollen. Alles läuft für mich in die falsche Richtung.« Er setzt sich hin, steht wieder auf. »Manchmal beneide ich dich. Du hast deine Passionen gefunden, gleich zwei davon. Ich finde meine einfach nicht und weiß nicht, wie es weitergehen kann. Ich bin nicht mehr glücklich.«

Zweimal, dass er nicht mehr glücklich ist. Will er sich trennen? Lässt er mich hier allein? Mit den Katzen, wie soll ich dann nach Berlin kommen?

In einem Affenzahn spiele ich in alter Gewohnheit, dass irgendwann sowieso alle Männer weggehen, meine Möglichkeiten ohne ihn durch. Erstarre, atme kaum. Wird schon irgendwie gehen. Alles riecht nach Veränderung.

»Okay«, sage ich wie eine Schlafwandlerin, nicht ganz da, nicht ganz weg. Bemerke, dass seine Hand in meine schlüpft.

»Leni. Schau mich an. Mein Unglücklichsein hat nichts, gar nichts, mit uns beiden zu tun. Hast du gehört? Ich gehe doch nicht einfach weg.«

Keine Trennung? Ich atme erleichtert auf. Keine Trennung! Wie dicht die alten Verletzungen doch immer wieder unter der Haut sitzen und wie sehr ich es gewohnt bin, dass aus heiterem Himmel alles anders sein kann. Der Körper erinnert sich. Die Seele erinnert sich.

»Tom«, versuche ich einen ersten Satz nach dem Schock. »Du darfst solche Gespräche nicht einfach so anfangen. Du musst mich vorwarnen. Ich habe nur gehört, dass du unglücklich bist und natürlich denke ich sofort, dass du mit mir unglücklich bist.« Endlich löse ich mich aus der Erstarrung, bekomme wieder Luft und seufze erleichtert.

»Leni, das tut mir leid. Ich vergesse immer, dass du denkst, ich könnte einfach weggehen. Das würde ich nie tun. Schau mich an.« Er nimmt meinen Kopf in seine Hände, sodass ich ihm in die Augen schauen muss. »Nie! Auf so eine Idee komme ich gar nicht. Ich denke immer in *Wir*.« Sanft, wie bei einem kranken Welpen streicht er mir über den Kopf.

Gut, ist ja gut, beruhige ich mich. Alles ist gut. Wenn es nicht um Trennung geht, sind alle anderen Sorgen ein Klacks, bekommen wir irgendwie hin. Ich bin völlig durch den Wind. Es fühlt sich an, als wäre ich knapp einer Katastrophe entkommen. Steige aus einem völlig verbeulten Unfallauto und habe überlebt. Er sieht, was los ist, und zieht mich zu sich. Halt mich, das ist gut, denke ich. Einfach halten. Seine Liebe haut mich immer mal wieder um, sie ist so bedingungslos und sättigend, wie ich es als junge Frau ersehnt und nicht bekommen habe.

Leiser als vorher höre ich seine Stimme an meinem Ohr. »Es sagt sich immer so leicht, dieses: Finde heraus, was du liebst, wofür du brennst und mach es dann. Ich finde es gerade nicht.« Den ersten Teil des Satzes hat er mit verstellter Stimme gesprochen und ich muss ein bisschen kichern. Er klingt wie einer der Gurus, die spirituelle Weisheiten in die Welt schleudern, und denen man keine einzige Weisheit abnimmt, weil sie sie vor sich hertragen wie ein Schutzschild.

Wir setzen uns hin, um weiterzureden.

»Lass diese Online-Geschichte, die zermürbt dich«, sage ich, weil ich es ihm schon lange mal sagen wollte.

Energisch schüttelt er den Kopf. »Und dann? Dann habe ich gar nichts mehr. Inzwischen habe ich da so viel Zeit investiert, es schmerzt, das einfach wieder loszulassen. Ich denke, wir wissen es längst, nur bin ich schon wieder der, der es ausspricht: Wir müssen hier weg.«

Erschrocken schaue ich hoch. Zwar habe ich registriert, dass er kaum noch nach anderen Häusern schaut, aber weg?

»Was heißt weg?«

Wir müssen weg

Tom kommt mit absurden Ideen und ich bin ständig nur dagegen. Von Anfang an ist er der Flexiblere von uns beiden und ich bin die, die festhält, penetrant das Gute an dem herausfiltert, was wir haben.

Nordspanien, Südspanien, Portugal, Deutschland? Nichts von alledem, verdammt! Nicht so weit weg! Plötzlich befinden wir uns mitten in einer Grundsatzdiskussion, einer Bestandsaufnahme und diskutieren hitzig. Landen bei verletzenden Vorwürfen: Du willst immer nur weg! Du willst immer nur bleiben!

»Unser aktuelles Haus sollte doch nur ein Sprungbrett für Italien sein. Eine Zwischenlösung«, versucht Tom es ruhiger. »Jetzt wohnen wir hier schon fast zwei Jahre, kämpfen mit der Einsamkeit im Winter und der Enge im Sommer, wenn viel Besuch da ist. Wir müssen in Bewegung bleiben oder willst du jetzt für immer hierbleiben?«

»Erst mal für immer.« Meine leicht aufmüpfige Antwort, angelehnt an den ersten Buchtitel, schmilzt den gigantischen Eisblock, der in kurzer Zeit zwischen uns entstanden ist.

»Leni, *erst mal für immer* ist jetzt zu Ende, zwei Jahre sind doch *erst mal*. Oder?«

Kein Lächeln, ernste Gesichter, als wären wir für den ganzen Plastikmüll auf der Welt verantwortlich.

»Na gut«, spricht mein kleines Einsehen. »Eigentlich weiß ich ja auch, dass wir weiterziehen müssen. Längst weiß ich es. Doch alles in mir weigert sich. Ich bin überhaupt nicht geeignet für dieses Immer-Weiterziehen-Leben. Überall, wo ich hinkomme, will ich bleiben.«

Eine Hand fährt durch sein Gesicht, das sich wieder verdunkelt. Ich registriere seinen nachdenklichen Blick, seine innere Suche, wie er mich besser überzeugen kann. Muss er gar nicht mehr, doch er ist in Fahrt und bekommt es nur nicht mit, dass ich nicht mehr überzeugt werden muss.

»Es ist immer das Gleiche. Zuerst bist du mit all deiner Kraft dagegen, dann schläfst du eine Nacht drüber. Nimmst den Gedanken mit ins Bett, lässt ihn aufgehen wie einen frischen Keimling, und am nächsten Morgen hast du mich dann mit völlig neuen Ideen überholt. Und ich werde zu jemandem, der zögert.«

Schnell lege ich meine Hand auf seine, er soll mich endlich anschauen, denn ich brauche keinen weiteren Überzeugungstext mehr. Ich weiß es doch.

»Ist ja gut. Und ja, du hast die Situation passend zusammengefasst. Meistens bist du der Impulsgeber und lässt dich zum Glück von meinem Widerstand nicht abhalten. Wenn es dich nicht gäbe, würde ich hier uralt werden.«

»Meistens? Immer! Wenn es mich nicht gäbe, wärst du wahrscheinlich noch in deiner alten Wohnung in Berlin. Wärst du dort jemals ausgezogen?«

»Ich glaube nicht, warum auch? Ich brauche schon jemanden, der mich lockt, zieht oder irgendwo hinschiebt, wo es vermeintlich schöner ist. Mir ging es doch gut dort.«

Er stöhnt, schiebt die Hände in die Hosentaschen und schüttelt den Kopf, was mich gleich aufregt. Da sind wir erneut an unserem unterschiedlichsten Punkt. Da, wo wir das wenigste Verständnis füreinander haben. Erstaunlich, dass wir es überhaupt bis in die Toskana geschafft haben.

»Ehrlich, Leni. Ich glaube auch nicht, dass du ewig hierbleiben würdest. Das ist ein Sommerhaus.« Er breitet die Arme aus, um es mir zu zeigen. »Auch wenn es eine Heizung hat. Und mit der Einsamkeit hättest du hier ganz allein sicher auch zu kämpfen.«

»Ja. Wahrscheinlich. Ganz sicher sogar. Und umziehen, mit den beiden Katzen, ist auch nicht so einfach. Die beiden kann man in keine Wohnung stecken, sie sind Freiheit gewöhnt. Ja, aber wieso denkst du plötzlich an andere Länder? Ich bin völlig auf Italien fixiert.«

Er überlegt kurz, hat längst alles durchdacht und durchgerechnet. »Einfach nur, weil Italien immer noch so teuer ist, unser Geld weniger wird, und für das, was wir noch zur Verfügung haben, können wir woanders locker ein Haus kaufen und hier gerade noch so. Du hast gesehen, was das letzte Haus in der Nähe von *Cecina* kosten sollte.«

Woanders? Wo woanders? Verdammt! Und ja, Geld ist ein Thema, immer mal wieder, sehe ich ernüchtert ein. Bisher hatten wir unsere Unterkünfte gemietet, doch die Sehnsucht nach etwas Eigenem wird größer, einer stabilen *Homebase.* Einem sicheren Hafen. Ich erinnere mich an unser Versprechen, wenn es einem von uns nicht mehr gutgeht, müssen wir reden und neue Lösungen finden. Längst ist es nicht mehr so, dass wir nur euphorisch in der Fremde sind, bedeutet es doch auch das Vermissen von Zugehörigkeit und Nähe.

»Weißt du, was mir am meisten fehlt, wenn wir schon mal beim Aufzählen sind, was wir vermissen?«, mache ich weiter.

»Spuck's aus!«, sagt er erleichtert.

»So was wie eine Community von Gleichgesinnten. Ich weiß, das ist ziemlich konträr zu unserem ursprünglichen Wunsch, uns in ein typisches italienisches Dorf zu integrieren. Aber inzwischen glaube ich, dass wir hier immer Fremde bleiben werden und das hat nichts mit der Sprache zu tun. Oft komme ich mir mit unserem Lebensmodell total exotisch vor. Alle um uns herum schuften für ihr Geld, es reicht hinten und vorn nicht. *Lorenzana* ist ein Ort, der vor unseren Augen langsam zerfällt. Nur in den zwei Sommermonaten blüht er kurz auf, macht sich schick und lockt neue Menschen an. Ich könnte mir so gut vorstellen, wenn junge Menschen hier lebten, die Häuser herrichten würden, dass das kleine Café mit der tollen Aussicht ein wunderbarer Treffpunkt wäre.« Es sprudelt nur so aus mir heraus, was ich schon länger denke. »Natascha hat recht. Kein Mensch wandert wirklich nach Italien aus. In den Italien-Foren und Gruppen, die ich verfolge, herrscht zu neunzig Prozent schlechte Stimmung, weil viele Menschen unzufrieden sind und andere davon abhalten wollen, hierherzukommen. Nach Italien.«

»Oh ja, ich kann mich an deinen Abgang aus dieser einen Gruppe erinnern.«

Inzwischen sind wir auf die Terrasse umgezogen, da ist es heller als im Haus. Und endlich schauen wir uns wieder an, verbinden uns auf ein Neues. Und inzwischen bin ich diejenige, die sich in Rage geredet hat.

»Der permanente Frust in dieser Gruppe war mir zu deprimierend«, erinnere ich mich. »Aber, was ich sagen wollte: Mir fehlen Gleichgesinnte. Ich glaube, die sind alle in Portugal oder Spanien oder auf Kreta.«

»Oder sonst wo auf der Welt, aber nicht in *Lorenzana*«, ergänzt Tom, endlich wieder mit einem Lächeln im Gesicht.

Wir sitzen wieder im selben Boot, rudern nebeneinander, dennoch drehen wir uns im Kreis.

Einsamkeit, die dritte

Abwechselnd kämpfen wir immer mal wieder mit den mulmigen Gefühlen in uns. Der Ungewissheit, wie es weitergehen soll.

»Manchmal kommt es mir vor, als hätten wir uns in eine enge Sackgasse manövriert«, schimpft Tom vor sich hin und nur die Aussicht, dass wir Weihnachten dieses Jahr in Portland verbringen werden und damit eine Winterunterbrechung in den einsamen Hügeln gesichert ist, lässt uns zwischendurch darauf hoffen, auch für uns eine Lösung zu finden.

Bewegen, Horizont erweitern, nicht stehenbleiben, raus aus der Sackgasse, ist Toms Motto. Trotz der guten Vorsätze versinkt er von Zeit zu Zeit in etwas Dunkles, ist schnell gereizt oder gelangweilt. Dann zieht er sich entweder zurück oder flucht.

In solchen Momenten flüchte ich in die Welt meines nächsten Romans. Beame mich weg in ein ganz anderes Geschehen, denn über die Jahre habe ich kapiert, dass ich ihn in den Phasen der Umbrüche in Ruhe lassen muss. Wie bei einem Vulkan, der kurz vor dem nächsten Ausbruch steht, verkriecht sich sein Denken und Fühlen, verengt sich, holt Schwung, um dann mit voller Kraft nach oben zu schießen. Nach der Eruption sieht er alles mit neuer Klarheit. Mit Respekt und Neugierde verfolge ich die Verengung und auch die Entladung betrachte ich mit weniger Bedenken als früher, im Gegenteil, ich sehne sie herbei. Freue mich schon auf die damit verbundene Eindeutigkeit, zumal seine Ausbrüche eher freundlicher Natur sind.

Als ich mit Natascha darüber spreche, sagt sie, dass ihre Freundin ähnlich funktioniert. Sie muss sich ebenso wie Tom in das Schwierige, das Frustrierende reindrehen, bis sie auf Grund stößt. Dann kann sie schimpfen, den ganzen Schlamm nach oben schleudern. Gereinigt sieht sie danach mit neuer Deutlichkeit, wo es langgeht.

»Genau, genau!«, sage ich erleichtert. »Genau so ist es bei Tom. Das beruhigt mich ungemein, mir war sein Verhalten lange fremd, ich bin ja eher die, die über jeden Pups reden muss. Nichts hat eine Chance, so richtig Lava zu verspritzen, da ich alles gleich kommunizieren will, muss.«

Doch dieses Mal ist etwas anders, es kommt nicht zum glutheißen Überschäumen. Tom bleibt im Schlamm hängen, hat sich zu tief eingebuddelt und scheint nicht mehr rauszukommen.

Noch bin ich bei meinen Freunden in Berlin, die im Lauf der Zeit eine kleine Ersatzfamilie für mich geworden sind. Wenn ich von irgendwoher zu ihnen unterwegs bin, schreibe ich, ohne nachzudenken: *Bin auf dem Weg nach Hause.*

Eines Morgens wache ich mehr erschöpft als ausgeruht auf und erinnere mich an den furchtbaren Albtraum, den ich in dieser Nacht hatte: Tom hat sich umgebracht, aufgehängt, im Traum hing er an der Küchenlampe im toskanischen Steinhaus.

Hektisch packe ich meine Sachen für das Seminar zusammen, rufe ihn an. Nichts. Wahrscheinlich ist es noch zu früh und sein Handy liegt unten in der Küche oder wieder im Auto, wo er es liebend gern vergisst. Manche Tage schaut er erst mittags, wo sein Handy überhaupt abgeblieben ist.

In der U-Bahn schreibe ich ihm eine erste Nachricht, das Seminar fängt um neun Uhr an und ich muss ihn unbedingt noch vor Beginn erreichen. Das flaue Gefühl hat sich inzwischen überall in mir ausgebreitet. Was mache ich nur? Himmel, was mache ich nur? Fieberhaft denke ich nach, rufe an, schreibe noch eine Nachricht. Bei den Kontaktinformationen sehe ich, dass er gegen drei Uhr morgens online war, was meine Unruhe noch steigert. Wieso ist er nachts um drei wach?

Doch ich kann nichts tun, hier warten 22 Menschen, dass ich das Seminar starte. Nächste Pause, tröste ich mich und rede mich in einen, die inneren Wogen glättenden Zustand: In der nächsten Pause ist es immer noch vormittags und wenn er nachts wach war, schläft er bestimmt sehr lange. Wenn du ihn dann nicht erreichst, überlegst du weiter. Mach dich nicht verrückt.

Entschlossen schalte ich das Handy aus und finde auch den Knopf, um mich für das Seminar anzudrehen. Kurz überlege ich, der Gruppe zu sagen, dass ich einen dringenden Anruf erwarte. Familienangelegenheit, jemand ist schwer krank oder so. Doch ich verwerfe die Idee wieder, dann würde ich ständig abgelenkt sein, mit halbem Ohr am Handy hängen und wer weiß, wer dann tatsächlich anruft. Irgendein Kundenservice, eine Freundin, Klienten, um Termine zu vereinbaren. Nein, das Handy bleibt aus und Tom schläft nur, entscheide ich, meine inneren Zweifler übertönend.

Endlich! Der erste Teil ist geschafft und ich war in der Gruppe so präsent, wie ich konnte. In der Pause spurte ich zum Handy, schalte es wieder an und habe eine Nachricht:

Lena! Was machst du für einen Stress? Wieso soll ich mich melden? Ist was passiert?

Ha! Ist was passiert. Macht er Witze? Doch seine Worte beruhigen mich sofort. Nichts davon klingt tot.

Eine halbe Stunde Pause, ich kann jetzt nicht ewig tippen und rufe ihn an. »Gott sei Dank, du lebst! Ich hab geträumt, dass du dich umgebracht hast, an der Küchenlampe hängst«, überfalle ich ihn ohne irgendeine Begrüßung.

Die ganze Anspannung fällt von mir ab wie ein schwerer nasser Mantel. Nur mit Mühe kann ich es unterdrücken, sofort loszuheulen. Hier sind viele Menschen im Raum. Zusammenreißen!

Zunächst bleibt es auf der anderen Seite des Handys ungewöhnlich ruhig. »Lena! Was redest du da? Nie, nie, nie würde ich mich umbringen und unsere Küchenlampe würde mich auch keinen Augenblick aushalten, da würde eher die ganze Decke runterkommen.«

»Aber wieso träume ich dann so einen Scheiß?«

»Vielleicht, weil ich mal wieder mit dieser Alleinlage hier kämpfe. Ich hatte zwei schlimme Tage, wollte es dir aber nicht erzählen, du solltest dir keine Sorgen machen.«

»Ist dir bestens gelungen. Ich fühle es sowieso.«

»Als es ganz schlimm war, hab ich eine Menge zum Begriff Einsamkeit recherchiert, wie andere Menschen damit umgehen, hab Testbögen ausgefüllt, Forschungsergebnisse angesehen.« Nach einer kleinen Pause, in der ich ihn etwas trinken höre, sagt er mit beflügelter Stimme: »Leni, ich hab rausgefunden, dass ich eher der Typ bin, der Nachbarn hilft, wenn was gemacht werden muss. Nicht so der aktive Mensch wie du, der sich holt, was er braucht. Es muss sich natürlicher ergeben. Mehr organisch, verstehst du?«

Während ich seinen atemlosen Worten folge, kämpfe ich damit, nicht zu weinen. Nicht hier, nicht jetzt, die Pause ist gleich zu Ende. »Ja, das verstehe ich. Wie auf Kreta, da hattest du ständig den Kontakt zu unseren Nachbarn und wenn es nur ein *Jassu* war.«

»Wusstest du, dass es in manchen Ländern sogar Ministerien für Einsamkeit gibt?«

»Heißen die echt so?«

»Ja, oder so ähnlich. Ganz neu in Großbritannien zum Beispiel. In Finnland gibt es einen Einsamkeitsforscher, der Alarm schlägt, da Einsamkeit wie eine Volkskrankheit sei, gefährlicher als Rauchen. Und …«

»Das ist irgendwie traurig«, unterbreche ich ihn. »Erzähl mir später mehr davon. Ich muss hier in guter Stimmung bleiben.«

»Hast recht. Ich weiß auch nicht, was das Leben mir sagen will. Ich bin total gerne allein, das weißt du, aber das hier ist *too much*.«

»Geh raus, fahr ans Meer, das hilft dir doch immer.«

»Dieses Mal nicht, ich hab es probiert. Vielleicht hast du das gespürt.«

Die halbe Stunde Pause ist vorbei und sein Versprechen, dass er sich niemals umbringen würde, auch nicht im Affekt, wie er mir beteuerte, besänftigt mich. Vielleicht spüre ich wirklich seinen Kampf mit dem Thema und eins wird klarer, auch für mich: Wir müssen weg! Für zwei, drei Wochen Urlaub oder auch für ein Jahr Auszeit ist unser Fleckchen Erde sehr romantisch, sehr idyllisch - aber nicht für immer.

Deutlich leichter als am Morgen kann ich in den Seminarmodus umschalten und am Abend bin ich mit Peggy, einer meiner liebsten Berlin-Freundinnen, verabredet und während ich ihr meinen Horrortraum erzähle, hält sie meine unruhige Hand. Endlich kann ich weinen.

»Ich finde, Tom schlägt sich tapfer. Beobachtet sich quasi aus der Vogelperspektive, bleibt nicht in dem Einsamkeitsgefühl hängen. Ich könnte das nie, was ihr da macht. Zu zweit mag es ja gehen, aber einer von euch ist ja immer unterwegs. Und du, wie hältst du es aus, wenn er weg ist?«

»Ich schreibe mich in meine Geschichten, tauche ab, telefoniere, gucke Filme, lese, verabrede mich mit den wenigen Freundinnen, die ich vor Ort habe, immer alles abwechselnd. Bau mir ein Geländer für die Tage und manches Mal ist es gut zu wissen, dass ich eins habe, aber ich brauche es nicht immer.«

Peggy schüttelt energisch den Kopf, sie hängt noch an dem Gedanken davor. »Ehrlich gesagt könnte ich auch nicht zu zweit so leben wie ihr. Wir würden uns dermaßen auf die Nüsse gehen.« Entsetzt schüttelt sie sich bei der Vorstellung, mehrere Monate mit uns tauschen zu müssen.

»Schatzi, ihr habt beide keine Nüsse«, erinnere ich sie kichernd.

»Eierstöcke«, sie grinst auch, »wir würden uns auf die Eierstöcke gehen oder die Blase, die Nieren oder was auch immer.«

»Das Herz!«, fällt mir noch ein.

»Oh ja, wir würden uns aufs Herz gehen! Das nehm ich.« Lachend haut sie zu laut auf den Tisch. »Du, Schatz, du gehst mir einfach zu sehr aufs Herz.« Sie übt schon mal für den Ernstfall.

Als ich abends im Bett liege und den Tag Revue passieren lasse, überlege ich, irgendwann mal einen Roman über einsame Menschen zu schreiben, oder wenigsten über einen. Einer soll einsam sein, der wird der Einsamkeitsminister. Gründet das Ministerium für Einsamkeit. Sprechzeiten: immer. Das Thema berührt mich sehr und inzwischen weiß ich, dass ich nur über Themen schreiben kann, die mich berühren. Und wieso denke ich sofort an einen Mann? Kennen nicht alle die Einsamkeit in ihren immer unterschiedlichen Gewändern?

Kurz bevor ich das Licht lösche, leuchtet mein Handy noch einmal auf. Eine Nachricht von Tom.

Schlaf gut, Lenchen. Mach dir keine Sorgen, auch wenn ich nachts wachliege. Ist halt gerade so. Kennst ja diesen komischen Buchtitel: Ist nur eine Phase, Hase … oder so. Schlaf gut, wenigstens du.

Sicherungen

Als ich wieder in *Pisa* lande, strahlen mich ein blauer Himmel und eine wärmende Sonne an. Selbst im November blendet das Licht so stark, dass ich nach der Sonnenbrille fummle. Was für ein Empfang! Der entschädigt mich für alle dunklen Stunden der letzten Zeit. Vor dem Terminal steht Tommy, lässig an ein Schild gelehnt, die Beine überkreuzt, die Jacke über die rechte Schulter geworfen, die linke Hand in der Hosentasche. Noch hat er mich nicht gesehen. Ich forsche in seinem Gesicht nach sichtbaren Spuren der letzten düsteren Zeit, einer schwierigen Zeit, doch er sieht aus wie immer.

Jetzt. Er entdeckt mich und seine Mundwinkel wandern nach oben, schlendernd kommt er auf mich zu. Dreht albern die Jacke wie einen Kreisel in der Luft, ruft: »Hi Schatz, guck nicht so verdattert. Ich bin es, sehr lebendig, kein Gespenst!«

»Darüber witzelt man nicht.«

»Man nicht, wir schon. Komm her.«

Ich lasse das Gepäck los und falle in seine Umarmung, rieche ihn, fühle das pochende Herz, den kräftigen Druck seiner Arme, und Himmel, was hab ich da nur geträumt, alles ist wieder gut. Die Sonnenstrahlen legen sich wie eine elektrische Wärmedecke um unsere Schultern, lassen uns noch näher zusammenrücken und einen Moment innehalten.

Auf der halbstündigen Autofahrt nach Hause erleben wir das übliche Drängeln und selbstmörderische Überholen der Italiener. Sie können einerseits total relaxt sein, ganze Tage von früh bis abends liegend am Strand verbringen, geduldig warten, wo immer sie eine Nummer gezogen haben.

Im Supermarkt habe ich sogar einmal beobachtet, wie der junge braungebrannte Kassierer langsam aufstand, einer alten Frau den schweren Sack Katzenstreu in den Korb legte, sich wieder hinsetzte. *Grazie. Prego. Ciao.* Keiner in der Schlange murrte. Alle blieben nachsichtig und verständnisvoll. Dann kam die alte Frau zurück, zeigte dem Kassierer ihre Quittung, fragte nach einer Unstimmigkeit auf dem Kassenbon. In aller Seelenruhe drehte sich der junge Mann erneut zu ihr, hörte auf zu scannen und abzukassieren, erklärte der Frau den Bon. *Va bene. Grazie. Prego. Ciao.* Kein Murren weit und breit, geduldiges Warten.

Aber dann setzen sie sich wahrscheinlich voll genervt ins Auto und fahren, als hätte sie gerade ein Wespenschwarm in den Po gestochen. Immer schön das Gas durchgetreten.

»Idiot!«, schimpft Tom, als wieder einer vor der nächsten Kurve überholt und das entgegenkommende Fahrzeug ausweichen muss.

»Hab ich dir erzählt, dass ich mich letztens total erschreckt habe, weil einer hinter mir deutlich langsamer als ich gefahren und immer weiter zurückgefallen ist? Ich stieg sofort auf die Bremse, weil ich dachte, dass ich bestimmt viel zu schnell fahre.«

Er lacht. »So weit ist es schon gekommen, wir erschrecken, weil der italienische Fahrer hinter uns nicht überholt. Oder warst du zu schnell?« Skeptisch schaut er kurz zur Beifahrerseite.

»Nein, es war eine Siebziger-Strecke und ich war nicht schneller als vorgeschrieben. Guck nicht so! Ich habe echt vor Schreck gebremst.«

Kurz vor *Laura,* am Kreisverkehr, wo die *Bar Miami* ist, die für den kleinen Ort riesig wirkt, überholen wir den Gärtner in seinem dreirädrigen Gefährt. Er hält die Hand an die Mütze, nickt, lächelt. Auch der Mann, der den kleinen Laden mit den Weinfässern betreibt, unser Weinmann, wie wir ihn liebevoll nennen, erkennt uns und grüßt.

»Haben wir noch genug Wein? Janni kommt bald wieder zu Besuch.«.

»Ich denke, er trinkt nicht mehr.«

»Wenn er in Italien ist, schon!«

»Dann brauchen wir Nachschub, Leni, wir haben nur noch zwei Flaschen Rotwein. Wie lange bleibt er?«

»Zehn Tage. Ich freu mich auf ihn. Mal sehen, was es Neues gibt. Er will ja bald nach Myanmar ziehen, mit seiner neuen Liebe zusammen.«

»Stimmt, da bin ich auch ganz gespannt. Hab ich doch glatt verpennt, dass er kommt.« Tom schüttelt über seine Vergesslichkeit den Kopf und versichert sich lieber weiter. »Aber in ungefähr vier Wochen sitzen wir doch im Flieger nach Amerika, richtig?«

»Richtig! Ach ja, und noch eine Neuigkeit. Nach Jannis Besuch wird noch schnell Carina kommen, du erinnerst dich an Carina? Aus Kreta?«

Tom grübelt und eine Sekunde später sehe ich ihm an, dass es klick gemacht hat. »Die Carina, wow!«

»Ja, ihr geht's gerade nicht so gut und sie will ein bisschen ihre Themen sortieren.«

»Sie wohnt jetzt in der Schweiz, richtig?«

»Ja, und einen Tag bevor wir abfliegen«, hetze ich weiter durch unser Winterprogramm, »kommen dann unsere beiden Haushüter. Von wegen Einsamkeit. Hier ist die Hölle los.«

»Das ist mir zu viel Stress, das halt ich auch nicht aus!«, witzelt Tom und fährt sich affektiert wie eine Diva mit der Hand über die Stirn. Haare hat er ja nicht, durch die er fahren könnte.

»Nochmals zu Carina. Wie machen wir das? Eigentlich willst du doch im Winter keine Klienten, weil der kleine Raum nicht ausreichend warm wird.«

»Ich hab es ihr erklärt, wie es ist. Dass wir total improvisieren müssen, Matratzen hin- und herräumen, tagsüber in dem Raum arbeiten werden, in dem sie nachts schlafen wird. Sie macht alles mit, Hauptsache, sie kann kommen.«

Auf Toms Gesicht macht sich ein Lausbuben-Grinsen breit. »Ich mag sie ja, die weiß, was sie will. Erinnerst du dich, auf Kreta, als wir zu viert eine Paarberatung auf Englisch hingelegt haben? Carina, ihr damaliger kretischer Freund, wie hieß er gleich noch mal? Du und ich.«

Wir schwelgen in der Erinnerung. Auf der Insel waren wir ein gutes Viererteam. Carina, die als Reisebegleiterin mal hier, mal dort in der Welt unterwegs ist. Vor zwei Jahren verbrachte sie bereits den zweiten Sommer auf Kreta, hatte schon länger einen griechischen Freund, mit dem es mal besser, mal schlechter klappte, hatte mich über die Website ausfindig gemacht und Dimitrios mit zur Beratung geschleppt. Ich dachte noch, ein griechischer Mann in Beratung, der kommt bestimmt nicht freiwillig, Tom muss mit an den Tisch, ob er will oder nicht. Und es war auch gut so. Die beiden Männer konnten was miteinander anfangen und ich erinnere mich, wie sich Dimitrios langsam entspannte, seine Aufmerksamkeit mit wachen Sinnen auf Tom gerichtet.

Carina ist so jung, dass sie eine Tochter sein könnte und nur, weil wir uns so gut kennen, lasse ich mich auf den Winterdeal in der Toskana ein. »Wir haben es jetzt so verabredet«, erzähle ich weiter, »dass sie in die Toskana kommt, wenn Jan wieder abgereist ist und du zu deinen Eltern unterwegs bist. Dann bin ich mit ihr hier allein. Ich halte mich eher oben auf und sie kann den unteren Bereich haben. Das wird schon gehen.«

»Na, ich bin sehr gespannt. Ihr werdet das schon machen.«

Und plötzlich rast die Zeit. Seit Anfang November heizen wir und sammeln jeden zweiten Tag Holz für den Kamin, Tom sägt alles in handliche Stücke, alle Pflanzen, die keine Minusgrade vertragen, wandern auf ihren Winterplatz im Haus, der kleine Raum mit der Pelletheizung ist vollgestopft mit Pelletsäcken. *Ciao* Winter, wir sind vorbereitet!

Jan, der aus seiner tropischen Waschküche anreist, ist nur am Frieren, während Tom und ich noch kurzärmlig in den kühlen Räumen sitzen.

»Guck dir das an«, bemerke ich völlig begeistert und schaue auf unsere unbedeckten Körperteile. »Wir sind abgehärtet, haben nicht mal Gänsehaut, dabei sind hier morgens höchstens zehn Grad im Raum, vielleicht elf.«

Tom schaut auf seine Boxershorts, die nackten Beine, das T-Shirt. »Stimmt. Hab mich auch schon in Deutschland gewundert, mir ist es dort immer viel zu warm in den geheizten Räumen.«

»Oder Wechseljahre!«, ärgere ich ihn.

Während wir Kaffee kochen und über unsere neue Temperaturunempfindlichkeit reden, kommt Jan aus dem Nachbarzimmer geschlurft.

»Sorry, waren wir zu laut?«

Er trägt einen Rollkragenpullover, Mütze, eine Decke um die Hüften gewickelt, schaut uns an und schüttelt den Kopf. »Ihr habt doch nicht alle Tassen im Schrank!« Geht zum Wasserkocher und wir schreien beide synchron: »Nein!«

Erschrocken, als hätte er in heiße Glut gegriffen, hält Jan inne, setzt den Wasserkocher schließlich wieder ab. »Was?«

»Nicht die Herdplatte und den Wasserkocher gleichzeitig anstellen, sonst fliegt die Sicherung raus.« Tom wiederholt geduldig, was wir allen Besuchern sagen müssen.

Das Bild, das wir drei abgeben, ist absurd. Jan in seiner Wintermontur, Tom im weißen Schlafshirt, auf dem mit blauer Schrift *Feeling good* steht, und ich in einem langen Schlafshirt mit dicken Löwenhausschuhen aus Filz an den Füßen.

»Stimmt ja, hab ich ganz vergessen. Ihr mit eurer Campingküche. Ich dachte, nur den Geschirrspüler und den Wasserkocher darf man nicht zusammen anstellen.«

»Das geht auch nicht. Auch nicht Herd und Geschirrspüler zusammen.«

»Toaster und Wasserkocher?«, versucht es Jan hoffnungsvoll weiter.

Tom und ich schauen uns an, wir sind uns gerade nicht sicher. »Könnte klappen.«

Später versucht Jan die Toaster- und Wasserkochervariante und prompt fliegt die Sicherung raus.

Tom zieht sich nun doch wärmer an, läuft um das Gästehaus zum Sicherungskasten und drückt die Sicherung zurück.

»Komisch. Eigentlich hat das doch funktioniert. Ich habe schon öfter was getoastet und parallel einen Kaffee gekocht.« Er bringt einen neuen Schwung kalte Luft in die Küche und Jan fingert nach den Handschuhen.

»Sorry, ich hatte auch noch die Waschmaschine laufen«, fällt mir siedendheiß ein. Das geht natürlich auch nicht.

Mitten in unsere lebenswichtige Diskussion, welches elektrische Gerät mit welchem kompatibel ist, platzt der Anruf meiner Tochter mit der Frage, was ich mit der Wohnung in Berlin vorhabe.

»Sie ist vermietet. Eigentlich. Wieso?«, frage ich nach.

»Wir spielen mit der Idee, für ein Jahr nach Berlin zu gehen. Noch sind die Kinder nicht in der Schule und wenn sie Deutsch lernen sollen, wäre das ein guter Zeitpunkt. Und überhaupt, ihr, die Familie, ein Netzwerk, meine Freunde, alte Heimat. Es gibt tausend gute Gründe, das zu tun.«

Ich halte kurz die Luft an. »Wirklich?«, frage ich dann, völlig überfordert mit den neuen Informationen. Was heißt das für uns alle? Was machen wir jetzt?

»Ja, aber zuallererst brauchen wir eine Wohnung und ich weiß ja, wie der Berliner Wohnungsmarkt aussieht. Deshalb dachte ich, wer weiß? Vielleicht ist sie frei?«

Als wir das Telefonat beenden, verbiete ich mir, mich zu freuen. Zu sehr schmerzt die Erinnerung an unseren gemeinsamen und leider geplatzten Amerika-Traum. Nicht freuen! Das ist nur eine Idee, ein Gedankenfurz, *a brain fart*, wie wir ihn schon einmal hatten. Kann sich von jetzt auf gleich wieder auflösen, ein Furz eben. Manchmal mit viel Getöse, manchmal mit viel Gestank, aber am Ende bleibt nichts übrig. Nicht freuen!

Völlig leidenschaftslos erzähle ich den beiden Männern von der neuen Idee meiner Portland-Family.

»Das ist doch fantastisch! Eine gute Idee! Ach, ich freu mich!« Tom flippt völlig aus und haut mir auf den Rücken, als wäre ich sein guter alter Gaul. »Lenchen, nun freu dich! Spiel mit der Idee, genau wie die beiden. Nur spielen.«

»Das kann ich nicht, das mit dem Spielen. Ich steigere mich zu sehr in meine Freude und wenn sie nicht kommen, bin ich wieder am Boden zerstört. Lass mal. Ich hab es gehört und beobachte die neue Idee besser aus der Ferne, wie durch ein

Fernglas. Sie ist fast nicht da, ein kleiner Punkt in der Ferne. Zu gegebener Zeit darf er näher kommen.«

Doch Tom ist nicht zu bremsen. Und plötzlich entfaltet er völlig neue Ideen vor mir wie einen alten Stadtplan aus Papier, den man immer größer auseinanderfalten kann. Er spinnt sie, lässt sie wieder fallen, spinnt sie neu und geht ganz auf in seinem Lieblingselement: Visionen träumen. Groß denken. *Think big*!

Langsam, langsam mit den alten Pferden, mahne ich ihn und mich. Eher ihn, denn ich spinne ja gar keine Ideen. Manchmal haut mir mein Realitätssinn riesige Felsbrocken zwischen die Beine und ich muss stehenbleiben. Mich erst mal darauf setzen. Luft holen.

»Weißt du?«, sagt er nachdenklich. »Ich sehe mich schon ständig allein im Ausland sitzen, die Katzen hüten und du hockst dann bei deiner Familie und deinen Enkeln in Berlin. Vielleicht suchen wir uns doch eine Homebase in Deutschland?«

Als Tom es ausspricht, halte ich kurz die Luft an. Zurück nach Deutschland? Nein! Nein! Davon war nie die Rede.

Auch Jan atmet kaum noch, obwohl man den Atem im Raum bei den Temperaturen durchaus sehen kann. Mitten in der kollektiven Atempause fliegt erneut die Sicherung raus.

Amore

Tom könnte den Weg blind zum Sicherungskasten laufen, so oft ist er ihn schon gegangen. Betreten schauen wir drei uns an, heben ahnungslos die Schultern und sind uns sicher, uns an alle Regeln der toskanischen Küchengerätenutzung gehalten zu haben.

»Lasst uns auf den Markt nach *Cecina* fahren und dort einen Kaffee trinken«, schlage ich vor. »Janni, du bist ja schon angezogen!«, grinsend schaue ich auf seine Montur, streiche ihm lasziv über die mit der Wolldecke umwickelten Hüften. »Die italienischen Frauen werden Schlange stehen. Gib uns fünf Minuten.«

Milde lächelnd und gut verankert in seiner unaufgeregten Grundzufriedenheit schüttelt er den Kopf über so viel Frechheit. Doch sicherheitshalber nimmt er die Decke mit zum Auto. Wie sollen wir ihn nur durch die kalte Toskanawoche bringen?

Längst, schon im letzten Jahr, wollte ich mir auf dem Markt einen angerauten Schlafanzug kaufen, wie es viele italienische Frauen bereits vor mir taten. Der verbindende Gedanke, dass wir am Abend alle in ähnlich unprätentiöse Schlafgewänder schlüpfen und uns in eiskalte Betten legen, gefällt mir. Wir Frauen sorgen vor, denken weiter, denn die arschkalten Nächte kommen noch.

»Soll ich euch auch einen warmen Schlafanzug mitbringen?«, frage ich die Männer, die nach einem freien Platz im *Café Roma* suchen. Sie schauen mich an, als hätte ich gefragt, ob sie heute wieder Frauenunterwäsche tragen. »Sie sind hier nicht teuer.

Ich spendiere.« Ich wedle mit der Geldbörse und sehe nur noch ihr desinteressiertes Abwinken, dann stürze ich mich ins Marktgetümmel.

Am Stand, zwischen all den anderen zwitschernden *Donnas,* muss ich mich zwischen hellblau, taubenblau und grau entscheiden. Langes Nachthemd oder Hose und Shirt? Beides, entscheide ich blitzschnell. Ich muss ja Wechselwäsche haben, argumentiere ich mit mir. Die Preise auf dem Markt sind unschlagbar und während die Männer im Café warten, schlage ich erbarmungslos zu, nehme auch noch dicke Bettsocken mit und zwei flauschige Hüllen für die Wärmflaschen. Stehe unschlüssig vor zwei riesigen Felldecken, die heute, nur heute, runtergesetzt sind. Zögere einen Moment und entscheide mich dagegen. Vielleicht wird dieser Winter ja ein milder und dann hab ich das ganze Haus mit Decken vollgestopft. Nein, nein, nein. Nicht mit mir.

Gut gelaunt stoße ich zu den Männern, die mich einweihen wollen, worüber sie gerade reden.

»Sag du es ihr.« Tom nickt Janni aufmunternd zu, als müsse er mir etwas Schlimmes offenbaren.

»Bleibst du jetzt für immer bei uns?«, frage ich Jan, um die Stille zu durchbrechen.

Er nickt und sein Gesicht bleibt todernst. »Eigentlich wollten wir dich überraschen, das kleine Zimmer für mich schon mal fertig einräumen. Tom hilft mir, aber jetzt hast du uns überrascht.«

Entgeistert schaue ich die beiden an und dann hauen sie sich auf die Schenkel. Von der Lautstärke her könnten wir als Italiener durchgehen. »Nein. Brauchst du einen Schnaps, Lenchen? Das war ein Witz«, sagt Tom.

So wie sie mich anschauen, gibt es da noch was.

»Jan heiratet und zieht schon in drei Monaten nach Myanmar«, erlöst mich Tom.

»Umgekehrt«, ist Jans Kommentar. »Erst ziehe ich nach Myanmar und dann heirate ich dort.«

»Wow! Gratuliere, das ist ja mal 'ne Entscheidung!«

»Die Zeit ist reif«, entgegnet er bescheiden und grinst wie ein glücklicher Lausbub.

Noch vor Kurzem hat Janni erzählt, dass er auf der myanmarischen Botschaft in Berlin war. »Stell dir ein Hinterzimmer in einem Einfamilienhaus vor. Ein Mitarbeiter, stundenweise. Als ich dem Beamten mein Anliegen erzählte, dass ich eine myanmarische Frau heiraten und dort bleiben möchte, war er erst mal für lange Zeit im Keller verschwunden. Keine Ahnung, was er dort gemacht hat. Als er wieder nach oben kam, gestand er mir, dass sie so einen Fall noch nicht gehabt hätten, und nach einer erneuten Pause fragte er, ob ich mir das alles gut überlegt hätte.«

Wir lachen noch einmal bei der Erinnerung daran.

»Tja und jetzt bist du sowas wie ein Präzedenzfall.« Anerkennend hauen wir Jan auf die Schultern, bis es knackt und hoffen, seine zukünftige Frau bald mal kennenzulernen.

Jan weiß nun, wie es bei ihm weitergehen wird, und wir tappen noch im Dunkeln.

Uns bleiben nicht viele Gelegenheiten zum Finden der Ideen, was der nächste Schritt in unserem Leben sein könnte. Wann immer wir darüber reden, verhaken wir uns, sodass wir beschließen, eine Gesprächspause über die Zukunft einzulegen und uns auf Weihnachten in Portland zu konzentrieren. Immerhin gibt es in diesem Dezember noch einiges zu erledigen.

Jan reist ab, Tom reist ab, Carina kommt.

Sie ist eine Frau der Tat, liebt es, mit anzupacken, Holz zu sammeln, den Kamin anzufeuern und Pelletsäcke zu schleppen. Wir beide erleben gemeinsam eine gute Woche, beschäftigen uns mit ihren Themen und auch mit der Vergangenheit, lassen uns in Ruhe und kommen unangestrengt wieder zusammen.

Als sie abreist, sagt sie: »So möchte ich auch mal leben.«

Wir umarmen uns ein letztes Mal, ich unterdrücke meinen Aber-Kommentar, der immerzu auch die Schattenseite beleuchtet haben will, und überlasse sie der Romantik dessen, was sie erlebt hat.

Denn eins ist unbenommen: Es ist ein zauberhaftes Fleckchen Erde! Gar keine Frage.

Heiligabend sitzen Tom und ich endlich im Flugzeug nach Portland, ein befreundetes Paar hat das Haus samt Katzen übernommen und beruhigt fliegen wir ab, die beiden waren schon einmal bei uns und scheuen sich nicht vor der umständlich zu handhabenden Pelletheizung. Und ja, Weihnachten in die USA zu fliegen ist teurer als sonst, zudem müssen wir einmal mehr umsteigen als in anderen Monaten und dann auch noch zusätzlich eine Stunde mit dem Auto zum Flughafen Florenz fahren.

Dieses Mal ist die Route Pisa-Florenz-Frankfurt-Seattle-Portland. Ich würde auch zehn Mal umsteigen und noch mehr Geld bezahlen, wenn ich alle Weihnachten bei den vieren sein könnte.

Wie immer teile ich mir den Weg, den langen Flug und das Umsteigen in aushaltbare Etappen ein und weihe Tom in meinen ausgefuchsten Plan ein. Da er nicht so ein Filmjunkie ist wie ich, versucht er zu schlafen und ganz nebenbei genießen wir unser Wiedersehen. Berühren uns wie nebenbei, als ob wir immer noch nicht glauben können, dass wir jetzt eine Weile zusammen sein werden.

Wie in Italien ist erst der 25. Dezember der Tag, an dem die Geschenke verteilt werden. Die Kinder, inzwischen drei und viereinhalb Jahre, sind völlig aus dem Häuschen: Morgen soll es Geschenke geben, im mittleren Zimmer steht ein leuchtender Weihnachtsbaum und dann noch Besuch von *Nonna* und Tommy. Vorsichtig tummeln sich die beiden um den Baum und fragen immer wieder, ob da wirklich morgen Geschenke drunterliegen.

»Really?« Jakob steht vor dem Baum und versucht, es sich vorzustellen. Kneift die Augen zusammen, blinzelt, stemmt die Arme in die Hüften.

»Really?«, fragt Matilda und stellt sich neben ihren Bruder, um genau das zu sehen, was er womöglich sieht. Selbstverständlich mit der gleichen Körperhaltung.

»Yes, really!«, wiederholen die Erwachsenen abwechselnd. »Wirklich, wirklich. Morgen«, kommentieren wir und versuchen, die deutsche Sprache konsequent einzuflechten, auch wenn die Kinder uns irritiert anschauen und stets und ständig auf Englisch antworten. Meistens sagen wir alles, was es zu sagen gibt, in beiden Sprachen und wiederholen uns den ganzen Tag.

Jakob ignoriert unser Bemühen auf ganzer Linie und Matilda probiert es zumindest. »Donke«, sagt sie eines Tages, nachdem ich ihr ihre geliebte Schokomilch eingegossen habe, und strahlt mich an.

»Oh, bitteschön.« *Donke,* so muss es für sie klingen, unser Danke-Donke. Sie spricht es nach, wie sie es hört, na donkeschön. Ein Nonna-Kuss landet auf ihrem Scheitel.

»Sie hat danke gesagt«, erzähle ich stolz den anderen, als hätten Matilda und ich die Kampagne des Jahres geliefert. Weil wir uns so freuen, sagt sie es gleich noch mal, ein vergnügtes Glitzern in den Augen. »Donke.«

Nach der langen Reise bin ich hundemüde, ziehe mich zurück und wühle im Koffer nach meinem italienisch-flauschigen Nonna-Nachthemd. Wir schlafen eine Etage tiefer im Gästezimmer und ich weiß, dass auch hier die Nächte sehr kalt sein können.

Doch ich fühle mich voller Freude. Selig. Glücklich, denn meine liebsten Menschen befinden sich alle unter einem Dach. So sollte Weihnachten immer sein. Nur Toms Tochter fehlt noch, denke ich beim Wegdösen. Ich glaube, sie würde sich gut mit Klara, Sam und den Kindern verstehen. Irgendwann. Irgendwann werden sie sich kennenlernen. Noch bevor Tom hinterherkommt, bin ich eingeschlafen.

Am nächsten Morgen höre ich schon sehr früh die Schritte der Kinder. Da ich rein gar nichts verpassen will, werfe ich mir eine warme Strickjacke über, schlüpfe in die dicken Hausschuhe und flitze nach oben. Noch am Abend hatten wir alle Geschenke, schön eingepackt, unter den Baum gelegt. Leuchtende Kinderaugen, leuchtende Kerzen am Baum und müde Erwachsene mit einem Kaffeebecher in der Hand. Es ist noch sehr, sehr früh am Morgen. Tom schlurft ebenfalls nach oben und selbst Lucy ist noch hundemüde und trollt sich in ihre Box, beobachtet alles aus sicherer Entfernung. Und dann geht es los.

»Is that for me?«, fragen die Kinder abwechselnd, da sie die kleinen Namensschilder noch nicht gut lesen können.

»Ja, das ist für dich, Jakob. Nein, das ist für Matilda. Das für Daddy.«

So geht es eine Weile und dann hat Matilda eine kleine grüne Schachtel mit bunten Glitzersteinen in der Hand und fragt hoffnungsvoll: »Is that for me?«

Tom wird unruhig, Klara schaut zu Tom. Sam bringt neuen Kaffee. Was ist los?

»Oh no, sweety, that's for Nonna«, sagt Klara.

Ein bisschen enttäuscht bringt mir Matilda die Schachtel.

»Danke, Schatz.«

»Donke«, wiederholt sie und, Himmel, wir müssen an unserer Aussprache feilen, ein langes a sprechen, sonst lernt das Kind ein seltsames Deutsch.

Tom steht auf und bittet mich, kurz zu warten. Da er gern Schmuck verschenkt, denke ich, dass da bestimmt eine Kette oder hübsche Ohrringe, nett verpackt, drin sein werden. Vielleicht muss er noch was zurechtzupfen? Ein Kärtchen schreiben? Doch wieso ist er so unruhig?

Er zieht mich an einer Hand von meinem gemütlichen Sofaplatz hoch und wirkt plötzlich ganz aufgewühlt und … feierlich. Seine Augen glitzern wie die der Kinder. Er fummelt an seinem Hemd, zupft es nach unten. Eine vertraute Geste, die mir von seiner Nervosität erzählt. Eine Zehn auf der Skala.

Erst als wir uns gegenüberstehen, erkenne ich, dass er sich schick angezogen hat. Sein Lieblingshemd. Nach Worten suchend, nimmt er meine Hände, rührt mich in seiner Aufgeregtheit. »Lena. Vor mehr als fünf Jahren sind wir uns zufällig begegnet.« Er schluckt, ich schlucke. Warte ab.

Klara filmt uns und selbst die Kinder sind so still, dass ich ihr Atmen hören kann.

»Wir haben schon so viel zusammen erlebt … und … ich möchte weiterhin mit dir zusammen sein. Immer …« Er schaut mir fest in die Augen, räuspert sich.

Plötzlich wird mir mein Aufzug bewusst. Das Nachthemd, eine Strickjacke, dicke Hausschuhe, ungekämmte Haare.

Er geht auf die Knie, lässt meine Hände nicht los und erst da, mein Gott, erst in diesem Moment, begreife ich.

»Lena. Willst du meine Frau werden?«

Sanft ziehe ich ihn wieder nach oben, es ist kaum auszuhalten, wenn der Mann, den du liebst, vor dir kniet.

»Ja«, kommt es kratzend aus mir heraus und ich wiederhole sicherheitshalber noch mal ein klares »Ja.« Lauter. Deutlicher. Ich will! Die Spannung ist kaum zu ertragen.

Sobald ich *Ja* gesagt habe, applaudieren Sam und Klara, die Kinder hüpfen auf und ab, bewegen sich endlich wieder und klatschen ebenfalls wie wild, obwohl sie wahrscheinlich nur Bahnhof verstanden haben. Ja, ja, ja ist im Raum. Ganz viel Ja.

Wir fallen uns um den Hals, stehen eine Weile still, ein befreites Lächeln huscht über Toms Gesicht und ich frage mich ernsthaft, ob er auch mit einem Nein gerechnet haben könnte.

Klara hält erbarmungslos alles im Handy-Video fest. Tom, der sich schick gemacht hat und seine Zukünftige, im gemütlichen Großmutterlook.

Endlich darf ich in die grün-bunte Glitzerschachtel schauen und auch Matilda platzt gleich vor lauter Neugierde. Der Verlobungsring ist genau nach meinem Geschmack. Schlicht, in Weißgold, mit einem kleinen blinkenden Stein. Zauberhaft. Ich quetsche ihn auf meinen linken Ringfinger, doch leider passt er nicht, zu klein.

Tom guckt so enttäuscht, als hätte ich zu seinem Antrag tatsächlich nein gesagt. »Echt? Ist er zu klein?« Er haut mit der flachen Hand auf seinen Schenkel. »Das gibt es doch nicht! Ich hatte extra einen Ring von dir stibitzt und mit nach Köln genommen. Der Goldschmied schüttelte noch den Kopf und meinte, der wäre viel zu groß. Ich solle ihm vertrauen, so eine große Ringgröße hätten Frauen normalerweise nicht. Das hätte er noch nie in seiner Laufbahn als Goldschmied gesehen und er würde seit mehr als zwanzig Jahren Ringe herstellen.« Tom äfft ihn in seiner Großspurigkeit nach. »Also hab ich ihm vertraut, obwohl ich es besser wusste.« Er schaut auf meine Hände und ich strecke sie ihm offenherzig hin. Vielleicht hat er nun doch ein bisschen Angst, wen er da heiraten wird.

»Guck ruhig, ich habe keine zarten Elfenfinger.« Ich zeige ihm meinen Fingerspeck und bin erbost, dass der Goldschmied einfach macht, was er will.

»Sieht aus wie Babyspeck«, prustet er los. »Solche Kinderpatschehände. Kein Wunder, dass er das noch nie gesehen hat, die sind einzigartig!«

Am Ende lachen wir alle über Toms Zukünftige, die nicht nur aussieht wie eine Oma, sondern auch eine Ringgröße hat, die Frauen *normalerweise* niemals haben. Als wir uns später das Video anschauen, frage ich ihn, ob er es sich lieber nochmals überlegen will. Ich sehe zum Fürchten aus.

Zu vorgerückter Stunde, als wir für uns sind, erzählt mir Tom, dass er noch gestern Abend Klara und Sam eingeweiht und ewig gewartet hat, bis ich endlich ins Bett gegangen bin. »Ich wollte den Segen deiner Tochter haben und wenn ich dir schon einen Antrag unter ihrem Dach mache, sollten die beiden Bescheid wissen.«

»War sie einverstanden?«

»Sie war ganz berührt und ja, sie war einverstanden oder hast du was anderes erwartet?«

»Sie hätte ja auch sagen können: ›Hm, warte mal. Nö, das passt nicht so. Lass mal‹.«

Ein amüsiertes Lächeln macht sich bei ihm breit. »Sicher.«

Wir kuscheln uns aneinander wie unsere Katzen, wenn sie Angst haben. Doch wir haben keine Angst, wir sind an einer Stelle im Leben angelangt, wo etwas vollendet wird. Zusammenfließt.

Schmunzelnd denke ich daran, wie oft ich Tom damit genervt habe, dass andere Freundinnen von mir heiraten, obwohl sie erst kurze Zeit mit jemandem zusammen sind.

»Wie schön für die beiden«, war dann Toms komprimierter Kommentar, aus dem ich herausfilterte, dass er nicht viel von einer neuerlichen Heirat hielt.

Kein einziges Korn meiner breit gestreuten Saat ist aufgegangen, dachte ich resigniert über all die Monate. Anders als Tom war ich dermaßen bereit, mich wieder auf das Abenteuer Ehe einzulassen, sodass sich seine vagen Antworten immer wie ein kurzer schmerzhafter Nadelstich in der Haut anfühlten. Irgendwann mied ich das Thema, manchmal beleidigt und grummelnd, manchmal genervt, und manchmal vergaß ich das Heiraten völlig.

»Ich hatte es übrigens schon im Juni geplant und hab mich köstlich amüsiert, wenn du mir in den Monaten danach wieder mit deiner Holzhammermethode und deinen bald heiratenden Freundinnen gekommen bist.«

Bevor wir einschlafen, knuffe ich ihn kraftvoll in die Seite, bis er »aua« schreit. »Nie im Leben könnte ich ein halbes Jahr so etwas Bedeutsames für mich behalten. Respekt! Aber wieso im Juni? War da was Besonderes?«, will ich es nun doch noch genauer wissen.

»Da gab es den einen Tag, wo du mal was Vernünftiges gekocht hast und dann auch noch freiwillig die Küche aufgeräumt hast.« Er lacht sich scheckig und ich erfahre in dieser

Nacht leider nicht, wieso er ausgerechnet im Juni 2018 auf die Idee kam, mich heiraten zu wollen.

Ich wusste immer, dass er das Heiraten für etwas Größeres hält als ich. Auch viel bedeutsamer, als ich es je von anderen Männern vernommen habe, mit denen ich zusammen war. Ich erinnere mich an den Abend, als er es mir erklärte.

»Ich bin so gestrickt, dass ich neben dem romantischen Ja zueinander auch die volle Verantwortung für dich übernehmen würde. Für alles, was kommt. Alles-alles!«

Danke liebes Leben, dass du mir zugehört hast, denn ich sehne mich schon länger danach, sein Alles-alles zu sein.

Am nächsten Tag posaune ich die Neuigkeit fröhlich in die Welt: Ich bin verlobt! Auch wenn dem Zustand des Verlobtseins etwas Altbackenes anhaftet, macht nichts. Ich schreibe meinen Freunden und Freundinnen, meinen Eltern voller Freude, dass ich *engaged* bin, wie es im Englischen so schön heißt und im Amerikanischen wie *ngäschd* klingt. *I'm engaged.* Jan blödelt prompt zurück, wer denn der Ingenieur (nschenör) ist und ob ich etwa noch vor ihm heiraten werde? *Keine Ahnung*, texte ich zurück. *Wann heiratest du?*

Ganz kurz, im Feuer des Berauschtseins, überlegen wir, nach Las Vegas zu fliegen und gleich zu heiraten. Sofort. Direkt. Lassen es aber schnell wieder fallen, haben wir doch Zeit und wollen am liebsten unsere beiden Töchter dabei haben. Toms Tochter Jule reist für ein halbes Jahr durch Asien, warten wir ab. Nächstes Jahr, so lange bleibe ich *engaged*. Verlobt. *Im März,* schreibt Jan. Unsere Textnachrichten sind selten länger als fünf Worte.

Ab und zu höre ich in meinem Glück das kleine Aber. Obwohl

es deutlich stiller ist als in meinen jungen Jahren, quakt es ganz deutlich aus dem Off: Jede dritte Ehe wird geschieden. Wer weiß, ob er dich überhaupt heiratet. Nichts ist sicher. Freu dich nicht zu früh! Vielleicht bleibst du auch ewig eine Verlobte. In meiner Vorstellung wohnt die Stimme in einer dünnen mies gelaunten Frau mit schmalen Lippen, die alles pessimistisch sieht. Kurzerhand stopfe ich ihr das Maul. Mache es wie im Film, zwänge ihr eine Socke in den Mund und binde Klebeband mehrmals rund um den Kopf. Fertig! Endlich Ruhe!

Portland-Seattle-Frankfurt-Pisa.

Geflasht von der intensiven gemeinsamen Zeit sitzen wir wieder angeschnallt auf unseren Plätzen, denn es geht heimwärts. Wie immer bin ich aufgeregt, wenn die Räder der großen Maschine den Kontakt zur Erde verlieren und kralle mich an den Sitzlehnen fest, als ob das was bringen würde.

Nach vielen Stunden in der Luft frage ich Tom noch einmal, warum er sich vor einem halben Jahr, im Juni, entschieden hat, mich zu heiraten. Ich kann es nicht lassen, muss es genauer wissen und ich weiß, dass da irgendwas gewesen sein muss.

»Also, du lässt ja eh nicht locker. Ich habe damals einen sehr berührenden Dokumentarfilm über eine Frau gesehen, die nur noch ein halbes Jahr zu leben hat. Sie sagte in etwa, dass man sich viel mehr trauen sollte, Liebe zuzulassen. Einfach zulassen, ohne das übliche Zweifeln. Wenn-dann. Vielleicht passiert noch was anderes, was Besseres. Und damals dachte ich, mir ist doch schon das Beste passiert. Nun trau dich!« Er hält einen Moment inne. »Und danach habe ich mich köstlich amüsiert, wenn du wieder aus mir herauslocken wolltest, wie ich zu dir stehe. Weißt du noch? Im August, in *Cecina* am Meer?« Belustigt haut er auf die Flugzeuglehne. »Ich konnte dir so wunderbar zuschauen, wie du dich selbst in die Ablehnungsschiene gedreht hast und dann richtig sauer geworden bist.«

Gibt's das? Er kringelt sich vor Lachen. »Du kleines mieses … *Asshole*«, zische ich, bevor ich die Kopfhörer aufsetze und einen Film schaue, in dem jemand stirbt.

Weiter im Leben

Anfang Januar landen wir wieder in Italien. Unsere Freunde erzählen, dass sie allerbestes sonniges Winterwetter hatten, viel ans Meer gefahren sind, *Florenz* und umliegende Städte wie *San Gimignano, Volterra* und *Lucca* besucht haben. Zum Glück hatte ich mich auf dem Markt gegen die riesigen Felldecken entschieden, die hätten mir ja im Sommer die Schränke verstopft! Es scheint, laut Wettervorhersage, weiterhin ein milder Winter zu bleiben.

Wir packen die Koffer aus, zehren noch ein bisschen von den Geschichten, die wir in Portland erlebt haben, und Janni fragt am Telefon, ob wir wieder gut auf unserer Insel angekommen sind.

Stimmt, fällt es mir plötzlich auf: Eigentlich sind wir von einer großen Insel, Kreta, auf einen kleinen Inselhügel in der Toskana gezogen. Definitiv wieder ein Inselleben, dabei wollten wir doch keine Insel mehr. Sehr witzig, liebes Leben, gut reingelegt. Was willst du uns damit sagen?

»Was hältst du von Limburg an der Lahn?«, fragt Tom ziemlich unvermittelt, schaut mich nur kurz an, dann verschwindet er wieder hinter seinem Laptop. Wir hatten verabredet, erst im neuen Jahr weiter zu überlegen, wohin unser nächster Schritt uns führen könnte. Mit der Berlin-Idee meiner Portland-Family hat sich der Gedanke so richtig breitgemacht, zurück nach Deutschland zu gehen. Ganz langsam, als würde man bei der Badewanne den Stöpsel ziehen und der Abfluss ist noch ein bisschen verstopft, lasse ich erste Gedanken an eine Rückkehr nach Deutschland zu. Zu langsam für Tom. Bereit zur Abwehr frage ich ihn, was denn in Limburg an der Lahn sein soll.

»Eine gute Ecke zum Wohnen in Deutschland, entlang der Lahn im Lahntal. Schau mal.«

»Auf keinen Fall! Was wollen wir denn dort? Da kenne ich niemanden, warum nicht dahin, wo wir wenigstens ein paar Leute kennen?«

Und so wandern wir gedanklich und mit dem Finger auf der Deutschlandkarte die Orte ab, die in Frage kommen könnten. Es soll keine Großstadt mehr sein, auch keine Alleinlage. Zwischen diesen beiden Extremen muss es doch ein Plätzchen für uns geben. Die Fragen: Was ist Heimat? Wo ist unsere Heimat? sind das Herzstück unserer Diskussionen.

»Ich bin meine Heimat und du bist auch meine Heimat«, sage ich zu Tom. »Wenn es dich nicht mehr in meinem Leben gäbe, würde ich versuchen, in Portland bei Klara, Sam und den Kindern zu leben oder wieder in Berlin. Dann aber am Rand der Stadt, mit einem Garten, in einer kleinen Wohngemeinschaft. Und du?«

Er überlegt, lange. »Schwere Frage für mich und irgendwie traurig. Wenn es dich nicht mehr gäbe. Mag ich gar nicht zu Ende denken.«

Ich warte und er weiß, dass ich es wissen will.

»Ich hänge ein bisschen mehr an schönen Landschaften als du. Am liebsten hätte ich wieder sanfte Hügel und Wasser, Seen oder einen Fluss.«

»Wo würdest du hingehen, wenn es mich nicht mehr in deinem Leben gäbe?« Ich lass nicht locker und bin wirklich interessiert an der Antwort.

»Ans Meer, vielleicht. Oder zurück nach Köln, nein, eigentlich will ich nicht dahin zurück. Ich mag kein Zurück. Oder ich würde mir eine Wohnung in einer Stadt wie Flensburg oder Lüneburg mieten. Kleinere, schöne Städte mit Wasser in der Nähe.«

»Und die Katzen?« Wenn er Haare hätte, würde er sie sich spätestens jetzt raufen.

»Die hast du mitgenommen.«

»Und wenn ich tot wäre und nichts mitnehmen kann?«

»Du machst mich fertig. Dann wird mir schon was einfallen. Ach, komm! Themenwechsel.«

»Gleich. Ich hätte gedacht, du würdest durch die Welt reisen. Unterwegs sein wollen. Die Katzen vielleicht zu deinen Eltern oder anderen Freunden mit Garten bringen.«

»Nach Reisen ist mir gerade gar nicht. Im Gegenteil, ich brauche einen Hafen.«

Es gibt oft nur die Wahl zwischen Fernweh und Heimweh, Fernweh haben wir gerade beide nicht, uns zieht es nach Hause, obwohl wir noch nicht wissen, wo das sein könnte.

Wir starten mit der Haussuche nördlich von Berlin und sind erschlagen von den Preisen. Kaufen können wir vergessen. Ich schaue mir ein Haus zur Miete in einem der nördlichen Berliner Bezirke an und stelle resigniert fest, dass wir für Vermieter, die viele Sicherheiten brauchen, komische Vögel sind. Ein Paar in den Fünfzigern, beide selbstständig, ohne regelmäßiges Einkommen, die seit mehr als fünf Jahren im Ausland leben und *nüscht machen.* Nein, danke.

Auch das Geld, das bereits auf Toms Konto liegt und mit dem wir die Miete für mehrere Jahre im Voraus bezahlen könnten, hilft nicht, den Angstgedanken der Vermieter zu besänftigen. Sie schreiben uns immer wieder an, ob wir nicht noch andere Sicherheiten bieten könnten. Hallo? Miete im Voraus? Für ein ganzes Jahr? Irgendwann schreibe ich eine nette und sehr klare Mail und sage das Haus im Grünen ab.

Puh, das fühlt sich gut an. Die Angst der Vermieter hat sich bereits auf mich übertragen.

»Komm Tommy-Schatz!« Beherzt nehme ich seine Hand. »Du Loser. Hast nix, bist nix. Dein Haus in Köln, dein Gespartes auf dem Konto. Kannst du alles vergessen, das reicht nicht hinten und nicht vorn. Haben wir denn noch Geld für einen *Spritz* am Strand? Lass uns nach *Cecina Mare* fahren, ich muss diese fremde Angst abschütteln, sie dem Wind und dem Meer übergeben.«

Er wühlt in seiner Hosentasche nach Kleingeld. »Reicht gerade so. Aber keine *Panini* dazu, das wird zu teuer!«

Wieder fahren wir am *Mezza Luna* vorbei, der halbfertigen Pizzeria, dann an dem Eckhaus von der *Addams Family*, wie wir es zärtlich besorgt nennen. Rechts ist der eingezäunte Teich mit den Gänsen. Ich zähle sie zu allen Zeiten, nach Weihnachten sind es ein paar weniger. Und dann, auf diesen Moment warte ich jedes Mal geduldig und freu mich schon vorher: Wir erreichen hinter *Orciano Pisano* die Kurve, fahren an ihren höchsten Punkt und gleich, gleich öffnet sich das Tal in alle Richtungen. Die Landschaft ist zum Weinen schön. Jeden Tag gleich und jeden Tag anders. Sanft, fast zärtlich, heute in verschiedenen Grüntönen, wie ein daunenweicher Frauenkörper in einem grünen Kleid. Mein Brustraum weitet sich wieder, das Herz nimmt sich Raum. Nach der Enge die Weite. Nach der Weite das Meer. Obwohl es noch nicht ausgesprochen ist, weiß ich es. Berlin können wir vergessen.

Heute sind am sonst so ruhigen Meer die Surfer, die Wellen sind hoch und krachen in hohem Tempo in die Bucht. Mit dem Rücken an der windgeschützten Wand des Cafés schauen wir ihnen zu. Das unermüdliche Hinauspaddeln, warten auf die passende Welle, aufs Brett und los. Ich freue mich mit jedem, der es schafft, nur mit der Kraft der Natur auf den Wellen zu reiten. Zu fliegen. Ich stelle mir das Kribbeln im Bauch vor, ein absolutes Hochgefühl.

Aufgeregt suche ich Toms Hand. »Hier ist es am schönsten. Ich weiß gar nicht, wie oft wir in den letzten Jahren die dreißig Kilometer an den Strand gefahren sind. Komm! Wir ziehen einfach ans Meer.«

Tom küsst mich aus heiterem Himmel. »Ganz einfach ans Meer«, wiederholt er. »Machen wir.« Er drückt meine Hand. Zweimal. Und ich spüre den Faden der Liebe und des Vertrauens, den wir über die Jahre gewebt haben. Für andere unsichtbar und stark.

Puls

Ein paar Tage später sitzen wir gemütlich in unserer Küche und diskutieren mit Maren und Ralf, unseren Besuchern, über Gott und die Welt.

Ralf ist ein begnadeter Koch und verwöhnt uns seit Tagen nach Strich und Faden. Er hat keinerlei Berührungsängste mit unserer Campingküche. Im Gegenteil, er liebt es, schnelle Gerichte zu zaubern, bei denen nur zwei Töpfe benötigt werden. Ich sollte mir all die Rezepte notieren, jubiliere ich heimlich: nur zwei Töpfe und Zubereitungszeit höchstens eine Viertelstunde. Genau mein Ding! Außerdem hat Ralf schnell verstanden, welche Geräte kompatibel sind und welche nicht.

Tom stiefelt nur ein einziges Mal zum Sicherungskasten, weil ich wieder mal parallel zum Kochen die Waschmaschine angestellt habe. Da die Waschmaschine in einem anderen Häuschen auf dem Gelände steht, widerstrebt es offenbar meinem Gehirn, eine Stromverbindung zu den Küchengeräten herzustellen. Meine Güte, ich kann es mir einfach nicht merken. Nicht waschen, wenn wir kochen!

Maren und Ralf reisen über die Wintermonate mit ihrem Wohnmobil durch Italien und Griechenland. Maren und ich hatten einen ersten Kontakt durch mein Kreta-Buch. Waren uns schnell sympathisch und es stand immer die Idee im Raum, dass sie uns besuchen, wenn sie durch Italien reisen.

Erst vor wenigen Monaten haben sie ihre erwachsene Tochter bei einem Motorradunfall verloren und das Unfassbare steht ihnen deutlich ins Gesicht geschrieben, sitzt mit am Tisch, ist die ganze Zeit auf unserem Hügel.

Marens Traurigkeit ist für mich zum Greifen nah, manchmal würde ich sie am liebsten in den Arm nehmen und ihr über den Kopf streichen. Doch ich fürchte, jede unverhoffte Berührung, jede unerwartete Nähe würde sie aus der Bahn werfen. Sie hat ihren Weg gefunden, mit der Trauer und dem Schmerz umzugehen. Es ist eine Mischung aus Weiterleben, Weiterreisen, Weinen, Schreiben, Reden, Schweigen und dem toten jungen Mädchen einen festen Platz in ihrem Herz zu sichern.

Tapfer gehen beide durch die schweren Tage, durch diesen ersten Winter ohne ihre Tochter. Halten sich aneinander fest, geben einander Sicherheit, haben ein Auge aufeinander und wann immer es passt, reden wir darüber. Über den unsagbaren Verlust, den Schmerz, das, was nie wieder sein wird. Die unermessliche Liebe zu den Kindern. Ob sie tot sind oder lebendig. Später darf ich Marens Zeilen lesen, das, was sie für sich aufgeschrieben hat, um zu verarbeiten. Sehr berührt lasse ich mich in ihre Worte fallen, Zeile für Zeile und bin ganz bei ihr. Ohne Worte.

Wir reden auch über vieles andere, zum Beispiel den Puls des Lebens, den Puls von Städten und Häusern.

»Für mich haben Städte einen Puls«, fängt Tom an. »Berlin hat einen schnelleren Puls als Köln. Kleinere Städte wie *Cecina* oder Lüneburg in Deutschland einen mittleren, für mich passenden Puls und manche Orte haben fast keinen Puls mehr. Die sind energetisch schon tot.«

»*Lorenzana* im Winter, leider«, ergänze ich. »Hübsch, aber fast kein Puls mehr.«

Wir wechseln uns ab, zählen Städte und Landschaften auf, in denen wir uns wohlfühlen, die uns energetisch aufladen. Wir sind uns einig, dass zumindest wir vier den Wechsel brauchen. Ab und zu kraftvolle, energetisierende Plätze voller Menschen und dann wieder ruhige, entspannende Orte mit viel Natur und wenigen Menschen.

Der Hügel, auf dem unser Haus steht, befördert alle Menschen, die uns besuchen, direkt in die Entspannung. Augenblicklich lächeln sie, lehnen sich zurück und lauschen den Geräuschen der Natur. Atmen den harzigen Duft der Zypressen ein und, besonders nach dem Regen, auch die würzige Mischung der Kräuter, die uns um die Nase weht. Der Natur zuhören, sie riechen und schmecken ist etwas, das wir hier wieder neu gelernt haben. Unsere Sinne sind geschärfter als vor einigen Jahren. Jedes Knacken im Unterholz wird registriert. Jeder Falter, der sich ins Haus verirrt, wird gerettet. Jeder Igel, der bei uns langkommt, wird beachtet.

Maren und Ralf erzählen von ihrer Liebe zur Insel Lesbos, der Entscheidung, ihre Firma und ihr Haus zu verkaufen, mit dem Ziel, mehr von der Welt kennenzulernen. Mit weniger Besitz und Geld klarzukommen. Sie sind Reisende wie wir, auch wenn die Art, wie wir reisen, unterschiedlicher nicht sein könnte. Gleichgesinnte, die noch einmal etwas Neues probieren wollen. Wir sind die erste Generation der Um-die-Fünfzigjährigen, die sich das erlauben und leisten können und manchmal überkommen mich tiefe Demut und Dankbarkeit für die Möglichkeit, dass unsere Altersgruppe sich ausprobieren darf. Wir sind in den Sechzigern auf die Welt gekommen, haben Eltern, die am Ende des Krieges oder in der Nachkriegszeit geboren wurden und so leben mussten, dass das Leben vorrangig verlässlich und überschaubar blieb. Sichere Arbeitsplätze, Häuser mit Zäunen, bezahlbare Wohnungen, solide Beziehungen, eine gute Rente. Für dann. Später. So verständlich aus ihrer Geschichte des Mangels und Verzichts, keine Frage.

Wir, ihre Kinder, dürfen wieder mutiger sein, auch mal etwas riskieren. Erlauben uns, weniger zu arbeiten, mehr zu leben und auch mal nichts zu tun. Wagen es, in uns hineinzuhorchen, was da noch ist außer dem, was von anderen erwartet wird. Wir schöpfen in der Regel aus der Fülle, nicht aus dem Mangel.

Wir tauschen uns mit Maren und Ralf darüber aus, dass wir neben Wohlwollen und Interesse auch immer wieder auf Neid oder Ablehnung stoßen. Haben alle vier lernen müssen, damit umzugehen, jeder auf seine Art. Die beiden berichten von ähnlichen Erfahrungen, und besonders die Frage, wie so ein Vagabundenleben mit oder ohne Geld denn überhaupt funktionieren soll, beschäftigt viele Menschen ernsthaft. Oft antworte ich, dass wir diversen Foren und Blogs folgen, die sich mit dem Thema Auswandern beschäftigen und alle Fragen werden dort ausführlich diskutiert. Es gibt Unmengen an wertvollen Tipps, wie das digitale Nomadenleben funktionieren könnte, und jeder muss seinen ganz individuellen Weg finden. Für uns war klar, dass wir weiterhin arbeiten und schon vorab viel Gespartes für Notfälle beiseitelegen werden.

Ich bewundere die, die es schaffen, von Selbstversorgung, Tauschhandel und Geschenktem zu leben. Das ist nicht unser Weg.

Trotz unserer Besucher schreibe ich weiter an meinem vierten Roman. Seit dem Workshop in Wien habe ich den roten Faden der Geschichte in der Hand und lasse ihn nicht mehr los. Da ich im Frühjahr 2019 den Roman veröffentlichen möchte, muss ich jeden Morgen diszipliniert schreiben. Egal, ob es donnert, Badewetter ist oder wir Besuch haben. Parallel kämpfe ich einen kleinen Kampf mit der Künstlersozialkasse. Schicke Abrechnungen, diverse Links meiner Bücher, der Website, den Social Media Accounts und unzählige andere Dokumente. Telefoniere mit einer netten Frau, die sagt, dass ich jetzt nur noch zwei, drei Sachen nachweisen muss. Aber dann! *Allora*! Ein bisschen wie auf der Post in *Lorenzana*.

Und endlich, nach vielen Monaten, werde ich dort aufgenommen. Bedeutet das doch eine monatliche finanzielle Erleichterung, auf die ich so sehr gehofft hatte.

»Tom! Maren, Ralf! Ich hab endlich einen Titel für das neue Buch und ich bin in der Künstlerkasse aufgenommen«, hüpfe ich freudig auf die Terrasse, doch nur Tom sitzt hier.

»Na, sag schon! Hat den Titel jemand von der Kasse vorgeschlagen? Du strahlst so!«

»Dir zuliebe!« Erwartungsvoll schaue ich meinen Liebsten an. Er braucht eine Weile, ehe er versteht, dass ich nicht ihn meine. Dann sagt er: »Ich glaube, das passt. Der erste Titel, der mir wirklich gefällt. Damit kann jeder was anfangen, er weckt Emotionen, ist schön kurz. Gefällt mir.« Er hebt albern den Daumen und wackelt damit.

Erleichtert schreibe ich nach gefühlt einhundert misslungenen Versuchen, einen passenden Titel zu finden, »Dir zuliebe« über das Manuskript, lasse es wirken. Gehe schwanger damit, probiere sicherheitshalber noch mal andere Titel und komme immer wieder auf ihn zurück. Der bleibt jetzt!

»Wo sind eigentlich Maren und Ralf?«

»Sie haben wahrscheinlich eine Ratte oder ein anderes Tier im Wohnmobil. Sind in den Baumarkt gefahren, eine Falle kaufen.«

»Ach, du Scheiße. Wie kommt die da rein?«

»Wissen sie auch nicht.«

»Und was für ein anderes Tier?«

»Wissen sie auch nicht.«

Später am Tag fachsimpeln die Männer darüber, wo das Loch im Reisemobil sein könnte, finden eins, versuchen die Maus, Ratte oder was immer sich darin versteckt hat, hervorzulocken, stellen Fallen auf. Doch das Tier lässt sich nicht sehen und schon gar nicht veräppeln. Keiner weiß wirklich, ob es verschwunden ist, aber seit einigen Nächten ist Ruhe. Kein Knabbern, kein Rascheln mehr. Schnell wird das Loch zugeklebt.

Nach einigen Wochen winterlicher Gemeinsamkeit steigen Maren und Ralf wieder in ihr Elfquadratmeter-Wohnmobil-Zuhause und fahren weiter Richtung Griechenland, immer südlicher, der Sonne hinterher und ich bin mir sicher, dass wir uns wiedersehen werden.

Nur zwei Tage später muss ich ebenfalls los, packe mein Handgepäck und bin inzwischen eine Meisterin darin, Sachen so zu kombinieren, dass ich eine Woche mit wenig Gepäck klarkomme.

Ein banger Blick wandert zu Tom und während ich weiter einpacke, versuche ich, seine Stimmung auszuloten.

»Brauchst dir keine Gedanken machen«, sagt er sofort. »Patient ist stabil!«

»Quatschkopf. Ich weiß ja, wie krass sich die Wechsel anfühlen, wenn wir Besuch hatten und dann plötzlich alle weg sind. Eben ist noch Gewusel, gemeinsames Essen und zack, plötzlich Stille. Nur noch du. Oder ich.« Behutsam setze ich mich zu ihm, kuschle mich in seine Armhöhle und versuche für einen Moment stillzuhalten. Er zieht mich näher und zuppelt so lange an mir herum, bis es für uns beide bequem ist.

»Das ging früher irgendwie leichter, oder?«, ärgere ich ihn. »Jetzt müssen wir ewig nach einer passenden Position suchen.«

»Ich will ja nicht, dass mir nach zwei Minuten der Arm einschläft«, antwortet er. »Und außerdem: Mach dir keine Gedanken. Ich glaube, dieses Mal werde ich das Alleinsein sogar genießen. Durch die Portland-Zeit und jetzt den Besuch von Maren und Ralf habe ich meine Batterien aufgetankt. Ich freue mich regelrecht auf die Stille und darauf, mal nur in meinem Takt zu leben.«

»Tja, der berühmte Wechsel. Hast du deine Menschen-Kontakt-Batterien aufgetankt oder wie heißen die?«

»Ja, so könnte man sie nennen, die sind jetzt randvoll, schwappen gleich über. Zum Glück bist du auch mal ein paar Tage weg!«

»Du, Blödi, ich wohne hier und ...« Ich drängle mich noch dichter an ihn, »... ich komme wieder!«, triumphiere ich und voller Schabernack blödeln wir noch eine Weile herum.

Irgendwann schnappt er sich mein Handgelenk und fühlt den Puls. »Viel zu hoch, junge Dame! Viel zu hoch!«

Heimwärts

Dieses Frühjahr kommt auf leisen Sohlen. Nach dem milden Winter beginnt eine lange Zeit des Regens. Wir gönnen der trockenen Erde jeden Tropfen und die Natur nimmt einen großen Schluck. Trinkt sich satt.

Die Spaziergänge um das Haus sind gerade nicht mehr möglich, da der aufgeweichte Boden wie Kaugummi an unseren Sohlen klebt. Bei jedem Schritt gibt es ein schmatzendes Geräusch und wenn wir die Füße heben, schauen wir plötzlich auf Plateausohlen. Auch an den Katzenfüßen bleibt die Erde kleben und sie kommen gar nicht hinterher, sich den Dreck abzuschütteln. Sie sehen zu putzig aus mit ihren erhöhten Lehmpfoten und rennen panisch zurück zum Haus, ihrem sicheren Ort.

Für unsere bevorstehende Fahrt nach Deutschland haben wir eine Route zusammengestellt, werden unsere Eltern besuchen und uns so viele Häuser wie möglich anschauen. Uns ist klar, dass es nicht einfach sein wird, von Italien aus ein Haus in Deutschland zu finden. Doch wir müssen es probieren, was sonst? Das mögliche zukünftige Wohngebiet ist weiter nach Norden gerutscht. Wendland ist im Gespräch, die Prignitz, das Lüneburger Land.

Die neue Aufgabe steht wie ein riesiger Berg vor uns und wir brauchen Etappenziele. Auf Reisen sind Tom und ich ein gutes Team und neben dem Berggefühl, für uns ein neues Heim zu finden, freuen wir uns auch darauf, Neues zu entdecken.

»Los geht's!«, muntere ich uns auf. Das Auto ist vollgepackt mit Kram, den ich in den Berliner Keller stellen werde.

Insgeheim soll es schon ein Zeichen ans Universum sein, wo die Energie hingeht: heimwärts.

Um es kurz zu machen, die Reise hat uns eher gezeigt, wo wir nicht hinwollen: ins Wendland, in die Prignitz, ins Lüneburger Land. Nach vielen Überlegungen gestehen wir uns ein, dass es uns ans Meer zieht. Die letzten sechs Jahre haben wir immer in der Nähe des Meeres gelebt. Wann immer es uns gut ging, sind wir zum Meer gegangen. Wann immer es uns schlecht ging, sind wir zum Meer gefahren.

»Warum nicht ans Meer?«, fragt Tom und schaut mich nachdenklich an. »Ich vermute, es ist zu teuer. Ansonsten bin ich sofort dabei.« Schnell sind wir uns dieses Mal einig und verlegen die Haussuche ganz in den Norden. Oh je, ein Umzug von Südeuropa nach Norddeutschland, ich fange schon mal an zu sparen.

Die neue Recherche zeigt, dass es Gegenden um Kiel, Schleswig oder Flensburg gibt, die für uns bezahlbar sind. Interessanterweise zieht es mich kein bisschen an die Ost-Ostsee. Vielleicht sind mir die Gebiete zu vertraut und wenn es schon kein Ausland mehr sein soll, dann wenigstens neue, mir unbekannte Gegenden, die es zu erforschen gilt.

Im Juli teilen wir uns auf. Ich fliege für meine Nonna-Zeit zu meinen Enkelkindern und versuche herauszufinden, was das Berlinprojekt meiner Tochter und Sam macht, und Tom erkundet die Gegend an der Ostsee, die für uns in Frage kommt.

Als ich dieses Mal in Portland ankomme, staune ich nicht schlecht. Klara und Sam sehen aus, als hätten sie sich gehäutet. Frisch, voller Energie, schlanker. Klara wühlt im Garten, bepflanzt alles neu mit blühenden Pflanzen und Büschen mit Beeren, überall gibt es Futter- und Badestellen für Vögel.

Auch im Haus herrscht eine neue Klarheit. Nie im Leben werden sie nach Berlin gehen, geistert ein vorwitziger Gedanke durch unsere Gespräche. Hin- und hergerissen zwischen der Freude, wie gut es ihnen momentan geht und der Traurigkeit, dass sie vielleicht nicht nach Berlin kommen werden, höre ich ihr zu.

»Ich glaube, wir haben unser Leben wieder im Griff. Du glaubst nicht, was wir seit Januar alles geschafft haben.«

»Erzähl!« Begeistert schaue ich mich im Haus um. »Und so viele neue Sachen, das Sofa, die …«

»Alles geschenkt!«, unterbricht sie mich im Eifer des Gefechts. »Seit einiger Zeit bin ich in dieser Schenkegruppe, die es in der Nachbarschaft gibt. Wer immer was zu verschenken hat, stellt es in die Gruppe und wer es braucht, meldet sich. Mittwochs ist ein Wünschetag. Da gerade meine Schaufel kaputtgegangen ist, stelle ich meine Frage am Mittwoch in die Gruppe, ob jemand eine Schaufel übrig hat.« Sie erzählt, wie gut sie ihre Finanzen in den Griff bekommen, Schulden abbezahlt und es fast geschafft haben, völlig frei davon zu sein. »Und«, ergänzt sie sichtlich stolz, »seit Januar kaufen wir keinen Tropfen Alkohol mehr. Also, nicht nur, dass wir keinen mehr kaufen. Wir trinken auch keinen Tropfen mehr und das tut uns so gut!«

Voller Neugier will ich alles ganz genau wissen. Warum, wieso, wie kam das, wie kam jenes?

»Weißt du, ein Teil von mir wusste immer, dass wir was ändern sollten. Das eine Glas Wein am Abend zur Belohnung war nicht mehr nur das eine Glas Wein. Es ist zu viel geworden. Und du kennst uns ja, wie es mit dem Rauchen war. Wenn wir solche Entscheidungen treffen, müssen wir radikal sein und es zusammen durchziehen. Also: kein Alkohol mehr! Erst mal für ein Jahr.«

Ich bin mir nicht sicher, wie ich sie anschaue. Nach einer kleinen Pause ergänzt sie sofort, dass ich ruhig trinken kann.

»Nein!«, sage ich entrüstet, »wenn ihr nichts trinkt, trinke ich auch nichts«, und verabschiede mich von meinem kühlen Glas Weißwein in der portländischen Sommerhitze. Kein Mensch braucht Alkohol. »Gibt es eine neue Form der Belohnung?«, frage ich erwartungsvoll.

»Aber ja, wie ganz früher in Texas. Lecker Eiscreme.«

»Hmm, eine sehr gute Alternative.«

»Nur hatten wir in Texas von allem etwas. Ab und zu Rauchen, immer wieder ein Glas Wein und jeden Abend eine Schüssel Eiscreme.«

Sie zeigt mir alles, was neu ist, und besonders beeindruckt mich ihr Interesse für die einheimischen Vögel. Klara kennt alle Namen, weiß, wie sie aussehen und besonders die Kolibris finden im Garten, was sie brauchen.

»Bleiben sie im Winter hier oder ziehen sie weiter? Ich erinnere mich an kalte Winter und Schnee.«

»Es gibt eine Art, die überwintern hier, weil sie von den Menschen gefüttert werden. Der *Anna-Hummingbird,* aber erst seit ein paar Jahrzehnten, wie Wissenschaftler glauben. Frag nicht, was das für ein Aufwand ist. Wenn es richtig kalt wird, hole ich abends die Futterstelle ins Haus, damit nichts gefriert. Ist ja nur Zuckerwasser in einem hängenden Glas, und morgens schwirren sie manchmal schon um die leere Stelle und suchen, dann muss ich es schnell wieder hinhängen, damit sie sich stärken können.«

Klara hat sich einen gemütlichen Platz eingerichtet, von dem aus sie die Futterstellen beobachten kann. Ganz oft höre ich mitten im Satz von ihr: »Pst. Ein Vogel, warte kurz. Ist ein *Bushtit, Hummingbird* oder ein *Nuthatch.*«

Selbst die Kinder bleiben ehrfürchtig stehen, wenn sich Vögel im Wasserbad tummeln. »Pst, Nonna. Look, it's a bird«, sagt Matilda mit heiligem Ernst, die kleinen Zeigefinger an den Mund gelegt. Natürlich warten wir, bis alle Vögel, frisch gebadet, wieder davon geflattert sind.

Meine Sehnsucht nach den Kindern hat sich monatelang im Körper gesammelt, in meinen Fingern festgesetzt. Ich will sie anfassen, durchkitzeln, umarmen, festhalten, abknutschen. Aber erst mal erstarren wir alle zur Salzsäure, stelle ich belustigt fest. *It's a bird.* Die kribbeligen Finger müssen warten.

Am Mittwoch stellt Klara die Frage nach der Gartenschaufel in die Gruppe, am Freitag holt sie glücklich das neue Teil ab. »Schenken ist wirklich noch mal anders als Tauschen oder für kleines Geld verkaufen. Schenken ist schöner.«

Und so erlebe ich mit, wie wir diverse Pflanzen von Nachbarn abholen, uns Torf nehmen dürfen, da wir die Hausnummer verwechselt haben, sogar einmal vom falschen Haufen. Aussortierte Kinderklamotten wandern zur Nachbarin gegenüber und übriggebliebene Utensilien von Jakobs Kindergeburtstag wechseln zum nächsten Kindergeburtstag. Überall freudestrahlende Gesichter von kleinen und großen Menschen, weil sie etwas geschenkt bekommen. Einfach so.

Bevor ich abreise, reden wir über die Zukunft und ich bin im siebten Himmel, als ich höre, dass sie kommen werden und sich zunächst für die kleinere Variante entschieden haben.

»Nächstes Jahr im Juni, Juli und August wollen wir nach Deutschland kommen. Unbedingt. Der andere Schritt ist zu groß, aber drei Monate bekommen wir hin, ohne hier alles aufgeben zu müssen.«

Drei Monate, so viele Wochen, Tage, Stunden, die wir uns sehen können, wenn wir wollen. Was für ein Fest! Was für ein Geschenk!

Parallel schickt mir Tom Fotos von den Orten und Stränden, die er gerade in Norddeutschland abfährt. Ja, jubelt auch hier mein Herz, schöne Strände, norddeutsches Klima, mehr *Moin* als *Ciao,* mehr Frische als Hitze. Ich bin bereit für einen Tapetenwechsel und mache mich zunächst wieder auf, heimwärts.

Von der Schönheit des Südens

Bevor Tom aufwacht, schleiche ich mich aus dem Bett. Die Palmen auf dem Grundstück, die großen Oleander- und Zitronenbüsche und die kleinen Geckos erinnern mich daran, dass ich im Süden bin. Längst ausgeschlafen, füttere die drei Katzen, die von ihrer nächtlichen Tour zurückkommen, koche einen ersten Kaffee und versuche, so leise wie möglich zu sein. Mir ist nicht nach Gesellschaft, manchmal überkommt mich die Wehmut über den bevorstehenden Abschied wie ein Schnupfen. Dann brauche ich Taschentücher und meine Ruhe. Denn, ganz gleich, wie lange die Haussuche dauern wird, den nächsten Sommer werden wir nicht mehr hier sein.

Ungezählte Male saß ich genau hier, auf der Terrasse vor unserem kleinen toskanischen Steinhaus. Zwei Stühle zusammengeschoben, Beine hochgelegt und den morgendlich-klaren Blick in die Ferne gerichtet. Und unendliche Male wohnte ich dem Übergang der endenden Nacht in den Zauber der Morgendämmerung bei. Still und doch laut, denn die Spatzen, die neben dem Haus in den Bambuswipfeln schaukeln, scheinen sich während des morgendlichen Putzens alles zu erzählen, was sie heute vorhaben. Was für ein fröhliches Zwitscherdurcheinander, und ich lausche.

»Vielleicht fliege ich heute mal zum Tümpel, da ist immer was los. Kommt jemand mit?«

»Nein, lass uns lieber hinter die nächsten Hügel fliegen, da waren gestern die anderen.«

»Na gut, immer bestimmst du.«

»Aber …«

Einem unsichtbaren Signal folgend, stieben alle Vögel gleichzeitig hoch in die Lüfte, umkreisen vergnügt mehrmals unseren kleinen Hügel, als wollten sie den Katzen und mir zeigen, was wir definitiv nicht können. Der Kater, der es sich auf meinem Schoß gemütlich gemacht hat, schaut mit einem halboffenen Auge in den Himmel, das andere bleibt vor lauter Trägheit besser gleich geschlossen. Selbstberuhigend leckt er sich über die gekreuzten Vorderpfoten, auf die er sein müdes Haupt wieder sinken lässt. Ich kenne ihn gut. Er war die ganze Nacht unterwegs, ist viel zu satt und viel zu müde für jegliche Art von Aktivität. Lässt den Vögeln ihren lächerlichen Triumph. Pah, fliegen. Ein kleiner, fast menschlicher Seufzer geleitet ihn zurück ins Katzentraumland. Genüsslich streckt er die Zehen.

Noch liegt der Nebel über den Wiesen, die in dem Sommer immer noch größten Eindruck mit einem irischen Grünton schinden. Nun bahnen sich erste Sonnenstrahlen ihren Weg, und die beiden, Nebel und Sonne, tänzeln herzerfrischend umeinander herum. Beide wissen ohne Zweifel, dass sich heute die Sonne durchsetzen wird. Nur dunkel erinnere ich mich, wie es sich anfühlt, wenn der Nebel gewinnt. Nicht heute, ganz gewiss nicht heute.

Auch Thymian, Basilikum, Oregano, Rosmarin und Minze sind sich einig, dass es noch nicht die Zeit des Nebels ist. Ihr unsichtbares Aufrichten und leichtes Abschütteln des Morgentaus, der den eigenen Duft zur Entfaltung bringt, bekräftigt die Aussicht auf einen toskanischen Sommertag.

Über allem liegt ein tiefer Frieden, manchmal ist die Stille nahezu perfekt und ich gebe mich dem kleinen Glück mit Haut und Haaren hin. Umfangen von Düften, Gezwitscher und Magie, dem Traum vom Süden.

Sommerplätze

Und so vergeht auch dieser Sommer bei aller Gemächlichkeit schrecklich schnell. Sobald sich die Hitze der Augusttage verzieht, öffnen wir die massiven Holztüren und testen, ob es wieder möglich ist, sich außerhalb des Hauses aufzuhalten. Es gibt Tage, da könnten wir Spiegeleier auf dem italienischen Terrassentisch aus Marmor braten und hätten endlich einmal eine richtig große Herdplatte.

Unsere Freunde geben sich zeitweise die Klinke in die Hand und ich freue mich über jede und jeden, der vorbeikommt. Manche kommen nur für einen Kaffee, manche über ein verlängertes Wochenende, manche verbringen ihren Urlaub hier. Jeder will noch einmal kurz vorbeischauen, bevor wir weiterziehen.

Mit Tanja und Marc entdecke ich die Bar *Miama* im beschaulichen *Laura* völlig neu. Absolut unklar ist mir, wo die vielen Menschen herkommen. Fasziniert beobachte ich das morgendliche Treiben. Der *Barista* hat alle Hände voll zu tun, jeden mit Kaffee und *Cornetti* zu versorgen. Die Kaffeemaschine zischt, dampft und brummt, der Bildschirm mit den italienischen Nachrichten läuft laut im Hintergrund und ich beschließe, öfter hierherzukommen.

Marc, Lieblingsfutter für Mücken, auch wenn wir zu viert zusammensitzen, hat keine Alternative, als vor den Quälgeistern zu flüchten. Er sieht übel aus. Seine Stiche werden, anders als bei uns, ziemlich rot und dick, jucken wie verrückt. Er ist den ganzen Tag am Einschmieren, Sprühen oder Kratzen.

Die Bar *Miama* ist sein zweites mückenfreies Wohnzimmer geworden.

Um leckeren Wein zu kaufen, fahren wir inzwischen öfter nach *Livorno* in eine kleine *Enoteca* in der Nähe vom Bahnhof und lassen uns die mitgebrachten Flaschen für wenig Geld wieder auffüllen. *Livorno* hat für uns viele Gesichter und es war keine Liebe auf den ersten Blick, auch nicht auf den zweiten. Es gab Zeiten, da schaute mich Tom an, als hätte ich den Verstand verloren, wenn ich sagte: »Komm, lass uns nach *Livorno* fahren!«

Erst seit wir die Fahrräder haben, sind wir mit dieser italienischen Hafenstadt versöhnt. Parken an der *Enoteca,* radeln ganz gemütlich in die Altstadt zur imposanten Markthalle, der *Mercato centrale,* eine der größten und schönsten, die ich je gesehen habe, und fahren dann weiter, dem lockenden Geruch des feucht-salzigen Aromas des Meeres entgegen, über die schwarz-weiß gekachelten Fliesen, der *Terrazza Mascagni,* und werden mit einer malerischen Aussicht belohnt. Wir fahren den Weg immer weiter, rechts das Meer, und entdecken kleine und größere Badeanstalten, *Bagnis,* und sehen, wie gut es die Livornesen verstehen, die sonnigen Tage am Meer zu genießen. Jeder Zipfel Strand wird genutzt, um zu baden und den Sommer zu inhalieren.

»*Livorno* ist ehrlich«, sagt eine Freundin, die mit ihren siebzig Jahren aus den Bergen um *Lucca* nach *Livorno* gezogen ist, um mehr unter Menschen zu sein. Eine kluge Entscheidung, denn alles ist ganz nah: Kultur, Ausstellungen, das Meer, Cafés, Menschen, die sie unterstützen. Der Puls der Stadt ist eine Mischung aus vielem, mal laut, überdreht, viel zu schnell und an Wintertagen gemächlich, ruhig, einladend.

Mit Natascha und Emiliano sind wir öfter im venezianischen

Viertel und genießen für wenig Geld an kleinen, wackligen Holztischen leckerste Pizzen und *Vino a la casa*. So auch heute.

»Mein Sohn macht mich wahnsinnig!«, sprudelt es aus Nataschas Mund und ihre roten Haare schwingen im Takt ihrer Empörung.

Ihr bildhübscher Junge um die zwanzig, der mit seinem Charme Eisberge zum Schmelzen bringt, dem die Mädchen reihenweise zu Füßen liegen, den jedoch die potenziellen Schwiegermütter kritisch beäugen, denn er ist »stinkend faul«, wie Natascha, jedes Wort betonend, versichert. »Frag nicht, was wir alles schon probiert haben, um für ihn einen Ausbildungsplatz zu finden. Aber die Krönung! Warte!« Sie fächelt sich Luft zu, trinkt Wasser. »Unser neues Auto ist Schrott. Totalschaden. Er hatte einen Unfall.« So entsetzt, wie ich sie wahrscheinlich anschaue, ergänzt sie schnell: »Ihm ist nichts passiert. Bei all dem Scheiß hat er auch immer ein bisschen Glück. Aber Emiliano und ich sind fertig mit der Welt. Wir zahlen das Auto noch ab und …« Sie bricht ab. »Erzähl was anderes. Ich will mal wieder lachen, rumgackern, nicht in den Sorgen versinken.«

»So ein Scheiß«, entfährt es mir.

Weiß ich doch, wie hart die beiden für ihr Geld arbeiten und gleichzeitig, wie schwer es mir angesichts dessen gerade fällt, von meinem Leben zu erzählen. Vom Schreiben, vom Pendeln nach Berlin, von Therapien. Genauso sage ich es ihr und dann, nach einem entschuldigenden Lächeln: »Ähm, zum Rumgackern war das jetzt auch nicht.«

»Ach komm, Lena, ist manchmal so. Irgendwann lachen wir wieder. Und bitte denk nicht so. Klar ist es bei uns nicht leicht, aber für uns seid ihr beide Inspiration. Ihr zeigt uns, wie man noch leben kann, wenn die Kinder aus dem Haus sind.« Sie erzählt von ihren Träumen und wir spinnen gemeinsam Ideen, was wir zusammen in Deutschland machen könnten. »Sohnemann wohnt jetzt übrigens erst mal bei seinen Großeltern in *Livorno*. Wir brauchen alle Abstand.« Sie seufzt und ein bisschen hoffe ich, dass meine Enkel auch mal eine Weile bei mir leben werden, auch ohne solchen Mist zu bauen.

Später in diesem Sommer besuche ich sie auf dem Campingplatz in *Tirrenia*. Stolz zeigt sie mir den neuen Sommerplatz, einen Wohnwagen mit Minigrundstück, direkt am Meer. »Ich musste was tun. Wir hatten ein echt schwieriges Jahr und ich habe überlegt, wo unsere Leichtigkeit abgeblieben ist. Einer von uns beiden war in letzter Zeit immer mies drauf oder müde, und ich hatte Angst um unsere Ehe. Noch nie sind wir so weit auseinandergedriftet wie in diesem Jahr.«

Aufmerksam höre ich ihr zu, bin ganz bei ihr.

»Also, dachte ich bei mir, wir haben sowieso Schulden, dann pack ich noch welche drauf und organisiere uns wieder einen Platz am Meer, das hat uns früher immer gutgetan. Seit wir den haben, geht es uns viel besser. Emiliano frickelt hier rum und ich genieße es, nach den Schichten im Krankenhaus direkt hierherzufahren. Das nächste Jahr müssen wir zwar viele Schulden abzahlen, aber das schaffen wir.«

Kluge Frau, hat sie mal eben ihre Ehe gerettet, egal was es kostet.

Emiliano, der später zu uns stößt, wirkt um so vieles leichter als in den letzten Monaten, so sehr strahlen seine Augen wieder. Natascha und ich wechseln einen wissenden Blick.

Aktuell schreibe ich das Toskanabuch, wie ich es für mich nenne, und ähnlich wie damals auf Kreta, habe ich das Gefühl, wenn ich es beendet habe, können wir gehen. Erst das eine, dann das andere. Der Roman »Dir zuliebe«, der mir einiges abverlangt hat, ist seit vier Monaten auf dem Büchermarkt, findet seine Leser und erhält gutes Feedback, was mich sehr glücklich macht. Manchmal bin ich marketingmüde und ziehe mich online zurück, überlasse die Bücher dem Lauf der Bücherdinge, dem Gott der Bücher und lasse los. Wenn ich dann nach einer Weile nachschaue, sehe ich, dass sie auch ohne ständiges Werben gekauft und ausgeliehen werden, wenn auch etwas weniger.

Während unserer Reisejahre habe ich nun bald fünf Bücher veröffentlicht und befürchte ein bisschen, dass ich, zurück in Deutschland, gut auf meinen kreativen Freiraum achten muss. Ich verspreche mir selbst, immer wieder Zeiten zu reservieren, in denen ich nur schreibe! Egal, ob es donnert, Badewetter ist oder sonst was im Leben passiert.

Heimkehrer

Ralf und Maren sind im September desselben Jahres noch einmal bei uns zu Besuch und endlich lege ich mir ein kleines Ralf-Toskana-Rezeptbüchlein zu. Alles, was er zubereitet, trifft unseren Geschmack und dieses Mal schreibe ich mit!

»Was für ein Jahr«, sagt er zur Begrüßung. Das Wohnmobil steht wieder am vertrauten Platz und wir begrüßen uns herzlich. »Niemals hätte ich gedacht, dass ich von zwölf Monaten im Jahr mehr als einen in *Lorenzana* verbringen werde.«

Nein, wirklich nicht, denke ich mir. Kein Mensch kennt *Lorenzana*. »Wir dachten auch, dass wir höchsten ein Jahr hierbleiben würden. Nun sind es schon wieder fast drei Jahre«, ergänze ich die lange Liste der Überraschungen.

Vermehrt lesen Tom und ich Heimwanderer-Geschichten in den Blogs und ausnahmslos alle bestätigen, dass Auswandern leichter ist als Zurückkommen. Einige beschreiben, was wir auch schon erlebt haben, dass wir undurchsichtige Vagabunden sind, die keiner festen Arbeit nachgehen, keine guten Mieter abgeben, zumindest nicht durch die Brille der deutschen Vermieter. Das Vermieten von Wohnungen erleben wir im Ausland deutlich entspannter. Da wird auch mal eine Wohnung für wenige Monate weitervermietet, möbliert, unmöbliert, angemeldet oder nicht. Bar gleich auf die Hand bezahlt oder monatlich überwiesen, natürlich auch mit Kaution. Aber insgesamt ist der Wohnungsmarkt flexibler und weniger von Angst geprägt. Eine Wohnung ist ein Gebrauchsgegenstand wie ein Mietauto. Letztendlich sehe ich es an uns, wir wären prima

Mieter, haben aber keine Chance auf dem ersten Mietermarkt.

Viele der Rückkehrer kommen erst mal bei wohlwollenden Freunden und Verwandten unter, was oft nur für kurze Zeit gutgeht. Andere erzählen, dass sie nicht mehr zurück in einen *normalen Alltag* gefunden hätten, was immer das für die Einzelnen bedeutet hat. Vielleicht, wieder eine Arbeit finden, die Kinder, falls sie mit Kindern unterwegs waren, in Kitas und Schulen unterbringen. Geld verdienen, um das Leben und die Miete bezahlen zu können. Manche hatten mit den vielen Wetterschwankungen mehr Probleme als früher, waren ständig krank. Und wieder andere berichten, dass die Beziehung daran zerbrochen sei, denn in Beziehung zu leben, ist ein ständiger Kompromiss, ein ständiges Abgleichen, was für beide passt, was nicht.

»Weißt du«, unterbreche ich Tom, der mir den Beitrag gerade vorliest. »Ich finde ja, dass es bei Paaren, die so unterwegs sind wie wir, viel-viel öfter um diesen Abgleich geht. Manchmal monatlich, weil wir so viel Neues probieren. Wenn wir in Deutschland wären, eine gemütliche Wohnung hätten, beide tagsüber irgendwohin arbeiten gingen, hätten wir wahrscheinlich nicht ständig die Frage wie ein Damoklesschwert über uns, ob das Leben für beide noch passt, oder?«

»Na ja, in dieser Art von festgeschriebenem Alltag ist man nicht ständig mit so viel Neuem konfrontiert, eingespielter. Aber auch da ist es nicht verkehrt, sich das öfter zu fragen, so weiß man viel schneller, ob der andere noch glücklich ist oder nicht.«

In dem Beitrag, den Tom gerade vorliest, geht es darum, dass das Paar, das seit drei Jahren im Bus unterwegs ist, eine Veränderung möchte. Eigentlich nicht das Paar. Er möchte wieder einen Wohnsitz in Deutschland, hat Sehnsucht nach einem Zuhause. Seine Partnerin kann es sich nicht vorstellen, würde am liebsten noch ein Jahr dranhängen, mindestens. Doch ihm zuliebe, der Beziehung zuliebe, geht sie mit ihm zurück. Sie versuchen es ein paar Monate, doch dann trennen sie sich. Ihre unterschiedlichen Bedürfnisse sind gerade nicht vereinbar. Schweren Herzens zieht die Frau los, will wieder raus in die Welt.

Inzwischen kann ich mich gut in beide Positionen hineinversetzen. Auf Kreta hätte ich zum Beispiel länger bleiben können, Tom nicht. Doch der Preis, unsere Beziehung aufs Spiel zu setzen, war mir zu hoch. Der Kompromiss, weiter im Süden zu leben, aber Toms Wunsch, nicht mehr auf einer Insel zu sein, sollte auch berücksichtigt werden. Das ist uns mit Italien gut gelungen.

»Puh, die Beiträge deprimieren mich. Gibt's nicht mal ein gelungenes Zurückkommen?«, frage ich meinen Rechercheur.

»Doch«, beruhigt er mich. »Die gibt's natürlich auch. Aber wenn wir die Erfahrungen der anderen lesen, sind wir auf alles vorbereitet. Auch darauf, dass die Sehnsucht, wieder zurück in den Süden zu gehen, erbarmungslos zuschlagen wird.«

»Erbarmungslos. Ja, das fürchte ich auch und davor graut mir ein bisschen. Dann müssen wir uns schleunigst an das erinnern, was im Süden schwierig war. Auf keinen Fall gehe ich wieder zurück.«

»Aber wenn ich dann unbedingt zurückwill?« Mit seinem treuherzigen Klimperblick versucht er, die Schatten der möglichen Geschehnisse vorwegzunehmen.

»Vergiss es!«, entfährt es mir so prompt, dass wir lachen müssen.

Ergeben hebt er die Hände. »Ist ja gut.«

»Ehrlich, Tommy. Dann müsstest du allein gehen. Ich besuche dich hin und wieder, aber nicht im Hochsommer und nicht im Winter.«

»Was bleibt dann übrig? Mai, Juni, September, Oktober?«, fragt er laut.

Ich überlege. »In manchen Jahren ist der März schön, in anderen nicht. Ich schaue einfach in die Wettervorhersage und komme spontan.«

Wir nicken uns zu, als hätten wir einen Deal, *falls*.

Während Toms Blick in die Ferne gerichtet ist und er in seiner ganz eigenen Zeitreise umherwandert, träume ich mich in ein gut isoliertes Haus nach Deutschland. Sehe eine gemütliche Küche mit einem großen Kühlschrank und einem Eisfach vor mir, in das mehr als eine Tüte tiefgefrorenes Gemüse passt. Wenn mir kalt ist, muss ich nur den Knopf der Heizung hochdrehen. Zwei Finger würden dafür ausreichen. Beim Bäcker verstehen uns die Verkäuferinnen wieder und ich bekomme sicher das, was ich bestellt habe. Außerdem hoffe ich sehr, dass es saftigen Mohnkuchen geben wird. Bei der Vorstellung läuft mir das Wasser im Munde zusammen.

»Worauf freust du dich in Deutschland?«, frage ich den träumenden Mann an meiner Seite und suche seine Aufmerksamkeit. Er überlegt keine Sekunde.

»Nachbarn, Infrastruktur, weniger Auto fahren müssen, wieder ein neues Hausprojekt anfangen. Meine alltäglichen Aufgaben finden, deutsch sprechen, das Meer, unsere Homebase. Wir beide in Deutsch.« Es sprudelt nur so aus ihm heraus. »Weißt du, was das Gute in den letzten Jahren war?«

Ich warte geduldig, bis er weiterredet. Manchmal macht er diese Pausen mit einem Fragezeichen am Ende und sie regen mich jedes Mal auf, weil ich nie weiß, ob das *Kölsch* ist oder ob ich was fragen muss. So was wie »Was denn?« Heute warte ich.

»Dadurch, dass ich aus allem ausgestiegen bin und alle kleineren und größeren Baustellen um mich herum mit den Jahren weniger geworden sind, bin ich mir immer wieder selbst begegnet. Einmal umgedreht. Zack, stand ich da schon wieder. Es gab kein Entkommen.«

Bei dem Bild muss ich lachen, sehe ihn ständig gegen Wände rennen und *Hallo* sagen. Zu sich selbst.

Nächtlicher Gruß an die Jüngere

Vorm Einschlafen, wenn ich an mich als junges Mädchen denke, fällt mir die Zeit ein, in der ich gerade achtzehn geworden bin. Unsicher, wütend, planlos und sehr allein. Hungrig nach Leben, Intensität und einer Sehnsucht, die nicht zu greifen war. Damals hätte mir niemand erzählen brauchen, dass eine Phase im Leben kommen wird, in der ich mich nach Leere und Stille sehnen würde. Leere machte mir Angst, Stille machte mich unruhig. Ich gab alles, um mich vollzustopfen. Mit Verabredungen, Kino, Essen, Konzerten, Menschen, Ausbildungen, Reisen und vor allem Arbeit. Ständig war ich in jemanden verliebt, auf der Suche nach einem Seelenpartner. Jemandem, der bei mir bleiben will. Für immer und ganz freiwillig. Und gleichzeitig habe ich alle boykottiert, die bleiben wollten. Das war mir damals nicht bewusst, aber heute weiß ich es. Die größte Sehnsucht und die größte Angst waren stets in meiner Nähe, Hand in Hand.

Es war undenkbar, mich in Landschaften zu verlieben, in Häuser, in schöne Textzeilen, in Tiere. In Tom, meine Tochter, ihren Mann, die Enkelkinder. Nichts davon war mit achtzehn sichtbar, nicht mal als Kondensstreifen. Viel dringender brauchte ich ein Bett und ein Einkommen, denn damals wusste ich für eine Weile nicht, wo ich schlafen sollte, wo mein Platz war und wie mein Leben weitergehen sollte. Meine Grundstimmung waren eine innere Unruhe und Beine, die laufen wollen, aber nicht konnten. Alles kribbelte, als hätte mich eine Ameisenbatterie belagert.

He, junge Frau. Ich stelle mir vor, wie ich mit der jüngeren Lena einen Spaziergang mache. Eingehakt, manchmal die Gesichter einander zugewandt, manchmal den Blick nach vorn gerichtet. Sie rührt mich, diese junge Frau.

Das Leben trägt dich, sage ich ihr, mir der Abgedroschenheit des Satzes bewusst. Irgendeiner da oben mag dich. Öffnet rechtzeitig Türen, damit du nicht kopflos dagegen knallst, lässt dich auf Menschen treffen, die dich wohlwollend begleiten, auch mal verführen, auch mal falsch abbiegen. Doch glaub mir, Mädchen, auch die Irrwege waren notwendig. Noch immer gehst du gern an deine Grenzen, willst das Leben aufsaugen in all seiner Buntheit. Lass dir nicht einreden, dass es nur die eine Art zu leben und zu lieben gibt. Noch kannst du dir nicht vorstellen, dass du mit fünfzig dein Leben noch mal umkrempeln wirst, dich manchmal so fühlen wirst wie mit achtzehn. Nicht weißt, wo gerade dein Zuhause ist. Du wirst erneut unruhig sein, die Stille wird dir wieder Angst machen. Doch manches muss sich anscheinend wiederholen, um endlich damit umgehen zu können.

Am Ende dieser Reise liebst du die Stille und die Leere und hast eher Angst, dich wieder zu voll zu stopfen. Was für ein irrer Kreislauf, oder? Manchmal muss man an beide Pole gehen, um eine gute Mitte zu finden.

Schon als junges Mädchen hast du eine tiefe Sehnsucht nach Sonne und Meer, und ich verspreche dir, du wirst sehr viel davon bekommen, mehr, als dir lieb ist. Freu dich auf deinen fünfzigsten Geburtstag, auch wenn kurz davor mal wieder alles zusammenbricht! Alles wird gut.

Aber das Schönste, was dich im Alter erwartet, ist eine verdammt entspannte Grundzufriedenheit. Mach weiter, auch wenn du dich noch nicht als Glückskind fühlst, du bist eins!

PS: Du wirst genug Menschen, nicht nur Männer, treffen, die dich lieben werden, genauso wie du bist, und du wirst einen treffen, für den du die Welt bist. Sein Alles-alles.
Dieser eine will bleiben, ganz freiwillig und für immer. Sag ja: Es ist noch so viel Leben zu leben.

»Tom!«, flüstere ich, als mir noch etwas Wichtiges, *molto importante*, einfällt.

Er ist längst in seiner vertrauten Einschlafposition, liegt auf dem Rücken, den rechten Arm wie zum Schutz über das Gesicht gelegt. »Hm«, brummt er und es klingt nach dem Brummen eines äußerst zufriedenen Mannes, kurz vor dem Tiefschlaf.

»Wir dürfen nicht vergessen zu heiraten.«

Seine freie linke Hand wandert auf meine Seite, ich komme ihm ein Stück entgegen.

»Nein!«, murmelt er. »Auf keinen Fall!«

ENDE

Wochen später

»Hast du schon ENDE geschrieben?« Tom schaut mir über die Schulter und ich bejahe es. »Aber die Geschichte ist doch noch gar nicht zu Ende und du hast mich dieses Mal auch gar nicht gefragt, was ich aus Italien vermissen werde, wie im letzten Buch.«

»Ich habe anders aufgehört und tja, wann hören Geschichten auf?«

»Wenn einer tot ist«, frotzelt er.

»Oder, wenn alle tot sind«, antworte ich. »Aber sag schon! Was wirst du vermissen?«

»Cappuccino für einen Euro zwanzig, Aperol-Spritz am Meer und überhaupt das Meer.«

»Mehr nicht?«

Er überlegt.

»Die Hügel? Das Licht?«, helfe ich nach.

Er schüttelt den Kopf. »Davon hatte ich in letzter Zeit genug. Alles bestens abgespeichert.«

»Na denn, lass uns mal wieder nach Norden fahren und endlich ein Haus finden.«

Wir packen unsere Taschen, die Katzen sind versorgt, und fliegen zusammen zum vierten Mal nach Deutschland, um ein Haus für uns zu finden. Von der wärmenden Sonne Italiens in den nasskalten Herbst Deutschlands. Der Wetterwechsel ist so überwältigend, dass wir beide direkt krank werden. Halsschmerzen, Husten, Schnupfen.

Bei der Hausbesichtigung eines meiner Lieblingshäuser an

der Schlei kann Tom kaum was sehen, wird von Schüttelfrost geplagt und schleppt sich bei der Besichtigung wie ein alter Tattergreis von Raum zu Raum. Schweißperlen auf der käsigen Haut. Ihn hat es viel schlimmer erwischt als mich.

Notgedrungen müssen wir auf der Stelle ein Hotelzimmer buchen, damit er sich hinlegen kann. Gerade jetzt! Wir haben nur die eine Woche, murre ich im Stillen über das geniale Timing seines Körpers.

Schnell schreibe ich dem Makler, dass wir uns für das Haus interessieren, und schon wenige Minuten später kommt die Nachricht, dass es weg ist. Wie so oft, denke ich frustriert. Jemand war schneller als wir, obwohl wir schon rasend schnell mit unserer Rückmeldung waren. Vielleicht dachte der Makler, dass ich mit diesem schlaffen Mann an meiner Seite es niemals schaffe, ein Haus zu kaufen.

Am Ende der Woche fahren wir zu einem Haus auf der Nordseeseite, obwohl wir nie an die Nordsee wollten. Nie! Nordfriesland. Himmel, ist das weit weg. Tom hatte es vor ein paar Tagen schon allein besichtigt und wieder aussortiert, weil es nicht an der Ostsee oder der Schlei liegt.

»Vielleicht sollten wir dem Haus doch eine Chance geben. Vielleicht war ich zu schnell.«

Wir überlegen hin und her.

»Komm!«, drängle ich. »Wir haben noch einen letzten Tag, lass uns hinfahren. Dann sehe ich es wenigstens von außen.«

Und ja, Nordfriesland ist für uns beide eine völlig unbekannte Gegend. Mal ist das Meer da, mal nicht.

Wenn wir zur Ostsee wollen, fahren wir eine gute halbe Stunde. So wie jetzt von unserem Haus nach *Cecina*. Wenn wir zur Nordsee wollen, sind es nur sechs Kilometer.

Als wir an diesem grauen, regnerischen Tag in die gemütliche Dorfstraße einbiegen, bremst Tom vor einem Reetdachhaus. Es scheint erleichtert aufzuatmen, dass wir doch noch mal vorbeikommen. Zweihundert Jahre alt, wirklich hübsch, gut in Schuss, und wir sehen sofort das ungenutzte Potenzial. Den schönen Garten, das große Grundstück.

Reden, planen, bauen in Gedanken um, als ob es uns schon gehöre. Tom erklärt mir mit leuchtenden Augen, was er verändern würde und wie sehr er sich auf ein neues Projekt freut. Er ist voll in seinem Element.

Ich schaue durch die unteren Fenster, erahne die Räume, denn für eine zweite Besichtigung reicht die Zeit nicht. Als ich in dem wilden Garten mit vielen Blumen stehe, freue ich mich, dass es Nachbarn gibt. Für einen Augenblick schließe ich die Augen und stelle mir vor, hier auch mal allein zu sein. Bei Sturm und Regen, in tiefster Dunkelheit. Und obwohl ich mit der Zeit gelernt habe, mich ohne Angst in die Stille sinken zu lassen und es mir dort gemütlich zu machen, fühle ich die Nachbarschaft wie eine doppelte Umarmung. Links und rechts. Geborgen. Sicher. Gehalten.

Kurzerhand ruft Tom an, und fragt, ob das Haus überhaupt noch zu kaufen sei. Ich halte die Luft an, höre seine Antworten, sehe sein Lächeln, sein aufgeregtes Hin- und Herlaufen beim Telefonieren.

»Es ist noch da«, er strahlt wie eine Tausend-Watt-Glühlampe.

Wirklich? Wo ist der Haken? Gibt es einen? Man wird so schnell misstrauisch, wenn es keine Hürden gibt. Ich muss ausatmen, erinnere ich mich. Haben wir ein Haus gefunden?

Wir schauen uns an. Nicken uns zu. Ja! Wir kaufen es!

Immerhin habe ich das Haus dieses Mal von außen gesehen und konnte in die unteren Fenster schauen. Keine Ahnung, wie es in der oberen Etage aussieht. Tom hat alles gesehen, das reicht.

Wieder ist mein Vertrauen in ihn weit wie das Meer, das stets in unserem Leben bleiben wird. Und wer weiß, vielleicht bleibt das Haus unser Hafen. Für immer.

Völlig erschöpft und immer noch krank landen wir wieder in Italien.

Beim Kofferauspacken, sagt Tom plötzlich: »Schreib noch in dein Buch, dass ich immer darauf achten werde, dass wir beide Abenteurer bleiben. Neues entdecken, uns nicht in unserer neuen Bequemlichkeit einpupsen.« Er packt seine Sachen in den Wäschekorb, sinniert weiter vor sich hin und ich möchte zu gern wissen, was er denkt.

Einpupsen. Pah!

ENDE (ODER?)

Dankeschön

Einmal möchte ich all den Menschen, die uns über die Jahre als Haushüter und Katzensitter geholfen haben, danken: Uwe (mein Janni im Buch), Ingrid und Reinhard, Dorit und Frank, Ute und Helmut, Sandra und Harald, Tanja, Marc, Christian, Maria, Eva, Sabine und Martin, Sabine und Michael.

Vielleicht kommt ihr später auch zu uns in den Norden, damit wir in aller Ruhe in den Süden reisen können. Schauen wir mal!

Danke für alles an Natascha, Kristina, Ilona und Meike. Ihr wart in meiner Italienzeit Freundinnen, Spiegel, Retterinnen.

Wie bei jedem Buch freue ich mich über Feedback aller Art und wer nichts verpassen möchte, trägt sich in den Newsletter ein: www.helenabaum.de

Wir lesen uns.

Eure Helena Baum

Italien (Lorenzana), im Oktober 2019

Helena Baum Bücher

Hör mir auf mit Glück

https://www.amazon.de/Hör-mir-auf-mit-
Glück/dp/396443373X/ref=sr_1_1?__mk_de_DE=ÅMÅŽÕÑ&cri
d=2FUQ4N8C7GYS8&keywords=helena+baum&qid=157226494
4&s=books&sprefix=Helena+Bau%2Caps%2C192&sr=1-1

Dir zuliebe

https://www.amazon.de/Dir-zuliebe-Helena-
Baum/dp/1096974568/ref=sr_1_2?__mk_de_DE=ÅMÅŽÕÑ&cri
d=2FUQ4N8C7GYS8&keywords=helena+baum&qid=157226497
8&s=books&sprefix=Helena+Bau%2Caps%2C192&sr=1-2

Erst mal für immer - Kreta

https://www.amazon.de/Erst-mal-für-immer-
Kre-
ta/dp/1520375328/ref=sr_1_3?__mk_de_DE=ÅMÅŽÕÑ&crid=2F
UQ4N8C7GYS8&keywords=helena+baum&qid=1572264978&s=
books&sprefix=Helena+Bau%2Caps%2C192&sr=1-3

Die dreckigen Dreißiger

https://www.amazon.de/Die-dreckigen-Dreißiger-Helena-
Baum/dp/1549827863/ref=sr_1_4?__mk_de_DE=ÅMÅŽÕÑ&cri
d=2FUQ4N8C7GYS8&keywords=helena+baum&qid=157226497
8&s=books&sprefix=Helena+Bau%2Caps%2C192&sr=1-4

Printed in Poland
by Amazon Fulfillment
Poland Sp. z o.o., Wrocław

90493919R00146